与大神组队的日子

YuDaShen ZuDuiDeRIZI

圆圆小啾 ○ 著

当代世界出版社

图书在版编目（CIP）数据

与大神组队的日子/圆圆小啾著.-- 北京：当代世界出版社，2014.4
ISBN 978-7-5090-0959-8

Ⅰ.①与… Ⅱ.①圆… Ⅲ.①长篇小说—中国—当代 Ⅳ.①I247.5

中国版本图书馆CIP数据核字（2013）第298635号

书　　名：	与大神组队的日子
出版发行：	当代世界出版社
地　　址：	北京市复兴路4号（100860）
网　　址：	http://www.worldpress.org.cn
编务电话：	（010）83907332
发行电话：	（010）83908409
	（010）83908455
	（010）83908377
	（010）83908423（邮购）
	（010）83908410（传真）
经　　销：	新华书店
印　　刷：	三河市祥达印装厂
开　　本：	730mm×960mm　1/32
印　　张：	8.25
字　　数：	250千字
版　　次：	2014年4月第1版
印　　次：	2014年4月第1次
书　　号：	ISBN 978-7-5090-0959-8
定　　价：	25.00元

如发现印装质量问题，请与承印厂联系调换。
版权所有，翻印必究；未经许可，不得转载！

CONTENTS

Chapter01　老婆，我们离婚吧 / 001

Chapter02　老板也在玩游戏 / 014

Chapter03　围观前夫的婚礼 / 025

Chapter04　比武招亲，你的夫君是大神 / 034

Chapter05　史上最华丽的婚礼 / 046

Chapter06　不是冤家不聚头 / 058

Chapter07　大神的指教 / 065

Chapter08　市场部的风波 / 075

Chapter09　聊着聊着就不紧张了 / 086

Chapter10　王府夕阳斜 / 099

Chapter11　冤家路窄巧相逢 / 105

Chapter12　女侠大战劫匪 / 123

Chapter13　老板的好意 / 130

Chapter14　特殊的谢礼 / 139

Chapter15　老板的反应 / 148

Chapter16　一场游戏一场梦 / 161

Chapter17　重新开始，行吗？ / 176

Chapter18　内鬼的真相 / 190

Chapter19　与大神见面 / 201

Chapter20　被绑架了？ / 206

Chapter21　出来混，总是要还的 / 215

Chapter22　太子爷的忧郁 / 225

Chapter23　K城之行 / 237

Chapter24　他真的爱你 / 244

Chapter25　有情人终成眷属 / 254

Chapter01
老婆，我们离婚吧

夏日炎炎，财务部办公室里却凉风习习。许兰芽吹着空调，一手握鼠标一手摸键盘，准备迎击电脑屏幕上即将扑上来的一群黑蜘蛛怪。

许兰芽玩的这款键盘系网游《幻剑情缘3》是当下最火爆的网络游戏，剧情动人，美工强大，任务丰富，深得众玩家的喜爱。许兰芽在游戏里的角色是红衣女侠，她的形象威风漂亮，手拿两柄长剑，挥舞起来虎虎生风，很是霸气。

相对而言，和兰芽组队的那家伙就有些逊色了，他是一个肉盾型的战士，身穿盔甲，手持一柄长矛，是兰芽在游戏里的老公刹雪无痕。此时，看到那群蜘蛛怪迎面扑来，他哆哆嗦嗦地直往兰芽身后躲。

【蜘蛛林】【私聊】【刹雪无痕】：蓝牙，这么多怪，我看光凭我俩解决有点勉强。这个任务不是可以跟其他夫妻组队完成的吗？不如再去找找帮手……

【蜘蛛林】【私聊】【赤血蓝牙】：呸，这是男人该说的话吗？跟其他人组队就要被分掉经验和奖励，我们明明有实力为什么要去找

帮手？你就是胆小怕事，你身为肉盾，天生拥有的如意金刚铁壁难道是拿来看的吗，快给我用上啊！

说完，红衣女侠狠狠踹了肉盾一脚，把他直接踹向怪群。只见肉盾强壮的身体在空中划出一道弧线，转眼就消失在怪群里。

兰芽的这一脚是经过计算的，刹雪无痕在空中有足够的时间给自己加上铁壁，一分钟之内刀枪不入。他飞进怪群之后，能100%地吸引蜘蛛怪的注意力。兰芽就趁这个机会从外围放大招，加上放招之前的准备时间，两分钟之内她把怪群一扫而光，经验值和奖励就到手啦。

然而，计划总是赶不上变化。

在刹雪无痕飞进怪群之后，并没有出现如意金刚铁壁的闪光，反而只看到一串串的数字从怪群中央冒出来，鲜红的字体看起来很恐怖。

兰芽心里一沉，不好了，这家伙又操作失误，没给自己加上铁壁！

刹雪无痕已经是兰芽的第三任老公了，前两任都因为操作不行，刷副本的时候只会给兰芽拖后腿，被她忍无可忍地一脚蹬掉了。而这第三任老公虽然比前两个稍微强一点，但关键时刻掉链子的事情也发生过不少。

算了，眼看就要到手的经验值不能浪费。

兰芽稍一思索，给自己加了个防御技能，冲进怪群里去英雄救美。不幸的是，在她找到刹雪无痕的时候，他已经被围攻而死，倒在地上躺尸了。

【蜘蛛林】【私聊】【刹雪无痕】：夫人，救我！

看见兰芽，刹雪无痕哀叫。

【蜘蛛林】【私聊】【赤血蓝牙】：安静点！

兰芽没好气地应了一声，抓起老公的一只脚就返身狂奔，而蜘蛛怪们也在身后紧追不舍。

屏幕上就出现了这样的一幅画面：红衣女侠在前面威风凛凛地拖尸，一群怪物在后面流着口水疯狂追逐，那场面要多可笑就有多可笑。

随后,兰芽找到一处易守难攻的高地,拖着刹雪无痕的尸体跳了上去。

蜘蛛怪都是NPC,自然十分敬业,虽然爬不上高地,但都挤在高地周围张牙舞爪,一个也不肯走。兰芽不紧不慢地放了一个大招,只听轰的一声,高地周围升起一阵白烟,各种红色数字纷纷冒了出来,被击中的蜘蛛怪也一只接一只地消失了。

副本完成,经验奖励到手,兰芽的心情十分愉悦。

她看着该得的东西全进了自己的包裹,这才不紧不慢地把老公刹雪无痕复活。

没办法,他是在任务中死掉的,就算立刻复活也拿不到经验和奖励,不如等怪全都刷完再复活。

活过来的刹雪无痕,看起来郁郁寡欢。

【蜘蛛林】【私聊】【刹雪无痕】:夫人,你太厉害了。

【蜘蛛林】【私聊】【赤血蓝牙】:好说^_^

【蜘蛛林】【私聊】【刹雪无痕】:这是你第几次独自完成夫妻任务了?

【蜘蛛林】【私聊】【赤血蓝牙】:……呃,没记住呢。

《幻剑情缘3》里的夫妻任务内容丰富,奖励也多,而且任务中只要有人活着,活着的那个人就能照样拿奖励。所以,兰芽在做任务的时候不太在意老公的生死,反正她一个人拖尸加刷怪也没问题,只要拿到奖励就行。

然而,刹雪无痕好像挺在意。

【蜘蛛林】【私聊】【刹雪无痕】:夫人,我觉得我配不上你。

【蜘蛛林】【私聊】【赤血蓝牙】:嗯?哈哈哈,老公不要伤心嘛,反正你被拖尸也已经习惯了嘛,我不嫌弃你的。

【蜘蛛林】【私聊】【刹雪无痕】:但是我有点嫌弃你啦!

【蜘蛛林】【私聊】【赤血蓝牙】:啊?!

【蜘蛛林】【私聊】【刹雪无痕】:老婆,对不起,你实在太厉

害了，跟你一起刷副本我总是觉得压力很大。我……还是喜欢可爱的妹子，为了不耽误我们相互的前程，离婚吧。"

兰芽震惊了。

离婚？！

她都没嫌弃刹雪无痕操作烂，刹雪无痕居然还嫌弃她没有女人味？纵观整个服务器，还有谁像她赤血蓝牙那么皮糙肉厚、勤俭节约、专心刷怪、百战百胜？有没有搞错？

兰芽有点生气了，她酝酿了一会儿情绪，准备好好教育一下老公。然而，就在她的手指按下键盘的一瞬间——

啪——

电脑屏幕一片漆黑，同时伴随着周围同事们的惊呼。

兰芽抬头四下张望，看见所有人的显示器都黑屏了。

不仅如此，刚才她头顶上舒爽的冷风也消失地无影无踪，整个办公室里开始弥漫起盛夏特有的闷热。

糟糕，停电了。

兰芽在风讯网络公司上了好几年班，知道自己所在的这栋楼有点先天不足，在建造办公楼的时候电路就没有铺设好。其中的科学原理她也不懂，只知道在炎炎夏日大量用电的时候，保险丝经常会烧坏。

然后，只要保险丝烧坏，她就要……

"兰芽姐！"前台小妹哭丧着脸冲了进来，"救命啊！我刚才用搅拌机打冰冻奶昔，一不小心把保险丝烧断了！电力抢修队说要一个小时之后才能赶到，你帮帮忙吧！"

果然……

兰芽很无奈，每当保险丝烧断的时候，就是她威风凛凛出马的时候了。很久以前，有一次她等不及工人来抢修，自己把保险丝接好，后来办公室只要一断电，肇事者就会向她求助。

但今天实在太热了，她真的不想干苦力啊。

兰芽苦笑："反正也只有1小时，就等等呗，大夏天的我不想汗流浃背啊。"

前台小妹哭诉:"但是老板20分钟以后要带客户来参观公司,怎么办呢……"

兰芽无语,为啥客户早不来晚不来,偏偏要今天来参观。要是客户们等一会儿走进办公室,看见人人汗流浃背、狼狈不堪的样子,老板一定会羞愤而死吧。然后,烧断保险丝的家伙就该倒大霉了。

本着同事之情,兰芽还是好心肠地站了起来。

前台那边有新的保险丝,兰芽拿了工具就一个人跑到楼道里,打开变电箱忙了起来。楼道里虽然比办公室凉快,却也比不上空调房,等到兰芽接上保险丝的时候,已经满脸都是汗水了。

她知道自己现在的样子挺狼狈,准备在回办公室之前,先去洗手间洗个脸,补补妆。然而,当她离开楼道走出安全门的时候,看见人事部门口,有几个小姑娘正围在一起,不知道在干什么。

"你们怎么了?"兰芽奇怪地问了一句。这些小姑娘是几个月前刚进来的新人。本着前辈照顾后辈的心态,平时兰芽总会帮她们解决一些困难。

"兰芽姐!"看见兰芽,其中一个叫小晴的女孩子连忙迎上来,面露难色,"兰芽姐,你知道搬桶装水有什么诀窍吗?"

兰芽定睛一看,一大桶纯净水正堵在人事部门口。

"啥诀窍?叫你们部门的男人来搬啊。"兰芽觉得奇怪,这些小姑娘一个比一个爱打扮,脚上的高跟鞋起码有10公分,让她们干粗活、重活实在很残忍,人事部的男人都干吗去了?

"这不是没男人在嘛……"小晴欲哭无泪,"送水工只把水送到门口,就走了。"

兰芽想了一会儿,哦,这段时间人事部有培训,男性员工都被叫走了。

她看看那些手无缚鸡之力的小姑娘,牙一咬,弯腰扛起了那桶纯净水。

"哇!兰芽姐好厉害!"小姑娘们惊叫起来。

"没事,我皮糙肉厚,上大学的时候在寝室里就经常干这事。"

兰芽笑笑，转身就往人事部里走。

要说办公室的布局，也真是讨厌。不知道是谁设计的，饮水机居然放在窗口的角落，那可是距离门口最远的地方。

兰芽的鞋跟虽然没有10公分，但起码也有5公分，扛着水真是挺吃力的。但既然已经出手助人，当然不可能半途而废，她只能在那群小姑娘充满崇拜的注视下，咬着牙一步一步往饮水机那边走。

可恶，这办公室怎么这么大！路怎么这么长！

正当兰芽咬牙切齿地往目的地缓慢挪动的时候，突然听见背后传来一个陌生的男人声音。

"这就是贵公司的人事部？"

瞬间，小姑娘们呼啦一下全都跑回自己的位置上正襟危坐。

兰芽头一麻，她的心中掠过一丝不祥的预感，有点僵硬地转过身。

只见人事部门口，正站着一群西装革履的男子，在最前面的是一名身材高挑的俊秀青年。

他的黑瞳沉静如水，温和之中似乎又带着一丝清高，从头到脚都挑不出任何缺点。这家伙不是别人，正是风讯网络公司的老板——段凌风。

老板带着客户来参观公司了，此时，距刚才前台小妹前来求助刚好过了20分钟。

在兰芽转身看见那群男人的时候，男人们也看见了她。

一时间，整个人事部都陷入了诡异的沉默。

这群成功人士大概也从没见过这么诡异的场面：窗明几净的办公室里，一名身穿高级OL套装的美女正站在中央，肩上扛着一桶19升的桶装水，满头大汗，表情狰狞。

过了几秒钟，才有一个比较年长的客户首先恢复意识。

他干笑着说："哈哈哈，段先生，没想到贵公司真是……卧虎藏龙。这么漂亮的一位小姐居然……呃，居然……"

"巾帼不让须眉。"段凌风淡淡地说。他的眉眼间尽是平静，不见一丝慌乱。

"啊，啊，对，"客户连忙点头，"对，巾帼不让须眉！能拥有这么优秀的员工，贵公司的前途不可限量啊！"

"过奖了。"

听着两人的对话，兰芽震惊了。

她真是对老板佩服得五体投地，在毫无防备的情况下看见如此一幅震撼的画面，他居然没有崩溃，而且能在短时间内思考出"巾帼不让须眉"这样高端的成语！

而在段凌风巧妙的应对之下，办公室里尴尬的气氛也缓和不少。众人闲聊一阵之后，就返身走出人事部，继续去参观下一个部门。

段凌风走在人群的最后面，兰芽觉得这件事不能就这么算了。她以最快的速度冲到饮水机前，将水桶"嘭"的一声砸上去，然后转身飞快地冲出去。

"老板！老板！"她冲进走廊，喘得上气不接下气，"请您听我解释，刚才……"

客户们已经走远了，段凌风仍站在走廊里，他还是一脸淡定，感觉并没有生气。

看着兰芽急得满头大汗，他笑笑，低声说："许小姐……"

那温柔的声音仿佛是最上等的丝缎，轻轻滑过兰芽的神经末梢，让她脸颊一烫："怎，怎么了？"

"你的裙子脱线了，去缝一下吧。"段凌风笑笑，转身就走了，留给兰芽一个潇洒的背影。

兰芽怔了几秒钟。

她低下头，果然看见短裙右边，靠近大腿的位置撕开了一道长长的口子。

啊啊啊啊——

这一定是刚才搬水桶的时候太用力，把裙子撑坏了。

许兰芽你真是个超级大笨蛋！

中午,许兰芽坐在办公桌前,一边吹着空调,一边有一搭没一搭地跟游戏里的朋友聊天。

据说刚才来参观公司的客户对这里的环境很满意,中午接受段凌风的邀请外出吃饭,一群总监经理级别的高管也一起去了。兰芽是个小主管,挨不上这等美事,只能留在公司里玩玩游戏。

【私聊】【赤血蓝牙】:我的婚姻看来是走到尽头了。

【私聊】【东湖侠女】:兰芽,你终于进化成雌雄同体的终极形态,不再需要男人了?

东湖侠女是兰芽现实里的闺蜜,本名胡雪嫣。兰芽和胡雪嫣是发小,虽然上了不同的大学,但毕业以后都成了公司白领,又都迷上了同一款游戏。而且,她们在游戏里也很像,都选了红衣女侠角色,为人处世行侠仗义,都是频道里鼎鼎有名的女中豪杰。

只是许兰芽比较追求完美,想要在游戏里达到全成就的目标。夫妻任务也是成就之一,因此兰芽不停地寻找合适的老公人选。

胡雪嫣生性就比较自在,没什么目标,也不加入帮会,独自在江湖上漂泊。

【私聊】【赤血蓝牙】:啊呸!你才雌雄同体啦,我被刹雪无痕甩了!

【私聊】【东湖侠女】:不是吧?他等级、操作、成就、名声样样不如你,还有脸甩你?用大腿想都知道你找老公只是为了做任务,才不会看上他那种菜鸟,能傍上你这个女大款是他上辈子修来的福分!

【私聊】【赤血蓝牙】:别这么说,我们俩只是各取所需而已嘛,我和他结婚也是有私心的。而且……唉!他甩我的原因貌似就是你刚才说的那些,他说我太厉害了,跟我在一起让他觉得压力很大,所以……

【私聊】【东湖侠女】:……

【私聊】【赤血蓝牙】:……

电脑两头,两人都不约而同地沉默了。

过了一会儿，胡雪嫣悻悻地打字。

【私聊】【东湖侠女】：也没办法啦，你太厉害本来就是事实。想开点，继续寻找下一春，频道里的单身男人多得是嘛。

【私聊】【赤血蓝牙】：你说得容易，没看见那些男人遇到我们就撒腿逃跑吗？听说过论坛里的名言吗——宁杀十只高级怪，不惹厉害女玩家。当初选中刹雪无痕是因为他信誓旦旦地表示愿意吃软饭，只要能带着他升级刷装备，不管我比他多强大都无所谓，可是现在……

【私聊】【东湖侠女】：吃软饭那种话不能当真，男人的潜意识里还是有自尊心的。虽然刹雪无痕客观上很想吃软饭，但主观上总有一天会受不了这种挫败感的。就像你老是嚷嚷着"好懒啊，出门不想化妆"，但真让你顶着一张惨白、干燥、灰暗，还带着眼角细纹的素脸出门，你行吗？

【私聊】【赤血蓝牙】：那怎么行，素颜出门只是我一个永远的梦想啦。

【私聊】【东湖侠女】：就是嘛，吃软饭对男人来说也是一个永远的梦想啦。

【私聊】【赤血蓝牙】：……

胡雪嫣的话也不无道理，兰芽仔细回想，觉得自己和刹雪无痕之间确实存在很多问题。自从两人结婚以后，每天唯一的任务就是刷怪、刷怪刷怪……几乎没有感情交流，兰芽几乎对刹雪无痕的性格和想法一无所知。

可能刹雪无痕在一次次被拖尸中已经对自己的实力心灰意冷，再也不想跟在一个强大的女玩家屁股后面捡经验值了。想到这里，兰芽似乎也可以理解刹雪无痕的想法，人都是有自尊的。

算了，两条腿的男人有的是，重整旗鼓再战江湖吧。

许兰芽很快从郁闷中解脱出来，上淘宝刷了几套化妆品，还顺手帮办公室的姐妹们又扛了一次桶装水。说到桶装水……呜呜呜，老板可千万别把她刚才丢脸的事情放在心上啊！丢老公事小，惹毛老板事

大,她只是不够娇弱又乐于助人,真不是故意在群众面前出丑的!

下班之后,许兰芽回到家里打开电脑,像往常一样自动登录QQ,脱掉职业装,换上家居服,然后去洗漱。白领丽人在职场上永远是光鲜亮丽的形象,只有回到家里才能真正放松。

顶着一张面膜,兰芽瞄了一眼屏幕,看见QQ有消息在闪。

是刹雪无痕。

为了方便联系,两个人结婚之后就互相加了QQ。

【刹雪无痕】:蓝牙,对不起。

许兰芽一怔,只是游戏里的婚姻而已,大家好聚好散,干吗道歉,犹豫一会儿,发了个问号表情。

【刹雪无痕】:上来了?中午在线上你生气了?突然下线。

【赤血蓝牙】:没,公司停电了。

【刹雪无痕】:哦。

两人都似乎不知该说什么,QQ里一下子沉默了。

其实停电之前的那一瞬间,兰芽已经构思了很多批评刹雪的话语,但随着电脑的黑屏,她像突然被浇了一盆冷水,冰冷僵硬。

现在冷静下来,还说什么呢?还有什么好说?如果自己为了一段虚拟婚姻大发雷霆,或者痛哭流涕,那感觉真是挺傻的。

这时,刹雪的消息又发了过来。

【刹雪无痕】:蓝牙,我们见个面吧。

兰芽又是一怔,今天自从刹雪无痕说要跟她离婚以后,她的脑袋就一直有些僵,转不过来。

她一直知道自己和刹雪无痕在同一个城市,但双方从来没有见面的想法,兰芽有些犹豫。

【赤血蓝牙】:行啊,在哪儿见?

抱着好聚好散的想法,她没拒绝刹雪无痕。反正以后也不是夫妻了,就当吃顿散伙饭吧。

兰芽随手披了一件针织衫,扎了一个马尾辫就出门赴约,根据刹雪无痕给的地址来到离家不远的一家咖啡馆。没想到偌大的T城,刹雪无痕居然住在自己附近，也算是一种缘分了。

咖啡馆里，兰芽看见洁净的玻璃窗前坐着一个穿牛仔外套的青年。

她直接走过去，轻声问："刹雪？"

男子抬起头。

他看起来比兰芽想象中的年轻，眼中带着些轻狂，头发是挑染的。看着他那头狮子似的鬃毛，兰芽几乎能想象出他在游戏里一边甩着头发，一边狂喊"老婆等等我"的样子，心里觉得有些好笑。

染发男子冲着兰芽点点头："蓝牙？"

"你好。"兰芽笑笑，坐了下来，也没点什么东西。他们本来就不是来约会的，把该说的话说完就走人吧。

染发男子看着兰芽，脸上没什么笑容。

"蓝牙，你真的不生气？"他开门见山地问。

她有些诧异刹雪无痕的直白，看来他并不是一个爱讲客套话的人，这点让兰芽觉得挺自在。能免去各种开场白也不错，大家早点把事情说清楚，早点各自回家算了。

"你说离婚的事？那没什么好生气的吧。"兰芽说，"一段游戏婚姻而已，散了也就散了。你对我有意见，就说明我们不适合一起做任务，既然如此也不能勉强组队，否则大家都不开心。"

听了兰芽的话，刹雪无痕有些意外，又有些无奈。

"你……就没什么别的话要说了？"他问。

"什么话？"

"比如设法挽回一下我们的婚姻，以后不要这么要强之类的。"

兰芽一头雾水："我为什么要说这种话？是你比不上我才主动要求离婚的，为什么要我来挽回婚姻？"

刹雪无痕露出鄙夷的神情："身为一个女人，因为不够温柔贤淑而被男人甩了，难道不是很丢脸的事情吗？"

兰芽皱眉，心里说不出的别扭："刹雪，可能我们的观念有些不同，我不明白操作厉害和不够温柔贤淑之间有什么关系，更不明白这

有什么可丢脸的。"

刹雪无痕轻蔑地笑笑:"我似乎懂了,蓝牙,你在现实里肯定也是一个很要强的女人吧?看你的神情气质,你大概是公司的主管或者经理吧?"

"差不多,看人还算准确。"

"别急着恭维我,我不但能猜出你的身份,也能猜到你这样的女人估计没有男人喜欢,你一直单身吧?"

兰芽的脑袋嗡的一声。

她的脸色有些不好看了:"刹雪,你约我出来到底想说什么?"

刹雪无痕耸肩:"也没什么,我本来在想,假如你因为离婚的事情而生气,那我们还有商量的余地,我会跟你好好沟通一下,让你认清自己身上的问题。既然现在你一点都不在乎,我们也就不必和好了,我直接把心里话说出来,我们就此拜拜。"

"什么心里话?"

"我的心里话就是,我觉得你作为一个女人实在是太不合格了。之前我一直在忍让你,但是你全无察觉。所以到了最后,我不想给你机会了,而且如果你不改掉自己身上这种强硬的毛病,估计世上没有一个男人会喜欢你的。我劝你别在歪路上走下去,让自己变得温柔一点吧。"

兰芽的脸色一阵青一阵白,她忍耐许久,才忍住向服务生要来一杯冷水,然后狠狠地泼在刹雪无痕脸上的冲动。

她强忍着怒气说:"刹雪,我们都不是小孩子了,应该知道要尊重他人的观念,并且尊重他人的生活方式。说实话我觉得你操作很差而且不肯努力,但是我没有把我的想法强加于你,在夫妻组队刷副本的时候,只要你配合我获得成就就可以。同时,我也不希望你对我的性格和处世原则提出具有性别歧视意味的建议,我不是性格强硬,只是希望把各种事情都力所能及地做到最好,这怎么能叫歪路?如果你希望现代女性能像封建社会那样做到三从四德,那我只能说——你该醒醒了。"

刹雪无痕笑笑："该醒醒的应该是你，一个迷人的女人首先就是要温柔可爱，这是亘古不变的道理。"

　　兰芽简直气疯了，一开始她还庆幸刹雪无痕的性格直爽，现在看来这样的直爽实在是太讨厌了。

　　刹雪无痕也已经不想再跟她聊下去："好了，我的话到此为止。我刚下班，想早点回去休息了。对了，我在游戏里已经找到了新的老婆，就要结婚了，你可以来看看，看看男人心中真正喜欢的女人应该是什么样。"

　　说完，他就起身离开了。

　　兰芽坐在原地，气得全身发抖。

　　这算什么事？她这是遇到极品男了吗？这个刹雪无痕模样看起来很周正，脑子里居然都是垃圾。更可恨的是，她居然跟这种垃圾做了这么久的夫妻！

　　回家的路上，兰芽越想越憋屈，越想越气。

　　看看周围没人，她站在黑暗的街道上，不禁大吼："刹雪无痕你这混蛋——"

　　不知哪家的狗被惊醒了，汪汪地叫了起来。

　　兰芽心中十分不甘，原本她打算见面以后就跟刹雪无痕彻底永别，现在她不愿这么做了。既然他就要再婚了，就意味着他早已经红杏出墙，否则绝不可能这么快就找到第二春！

chapter02
老板也在玩游戏

一夜没睡好,兰芽早上起来神情萎靡、脸色灰暗,就算上了3层粉底都遮不住。她对着镜子,心中十分郁闷,心情不好果然是导致女人衰老的最大杀器,这副模样活像一夜之间老了3岁,都快没脸去上班啦。

兰芽来到公司,走出电梯,迎面而来的同事们都像往常一样跟她打招呼。

"主管早……哎?!"

"兰芽姐……啊!"

"小许……呃……"

众人看到兰芽灰暗的脸色,纷纷露出各种不同的惊讶表情。兰芽淡定地从大家身边走过,听见后面有人在窃窃私语:"兰芽姐是不是昨天打麻将输钱了?"

兰芽郁闷地走进办公室,把手提包重重地往办公桌上一摔。

砰!

财务部的同事们都被吓了一跳,有人偷偷往兰芽这边看过来,也有人在小声议论着什么。网络能够从一定程度反映出一个人的真实形象。兰芽在游戏里很霸气,现实中也是一名雷厉风行的女强人,她在工作中深得同事们的敬佩,发火的时候也相当吓人。看到今天许主管一大早心情就这么不好，同事们心中都很困惑，不知道到底是谁得罪了她。

"兰芽姐，兰芽姐，我们等你好久啦！"这时，隔壁部门的小妹跑了进来。

"等我干吗？！"兰芽没好气地一抬头，瞬间把小妹吓退了好几步。

小姑娘花容失色，结结巴巴地看着兰芽说："我，我们办公室的桶装水喝完了，等，等着您去……啊，如果您没空的话就不用啦，我们自己行，我们自己真的行！"

原来又是找她扛水桶。

觉察到自己的态度不大好，兰芽拍拍脸，略微在脸上挤出一个笑容："我知道了，我有空的。现在就去吧。"

在小妹的带领下，兰芽来到后勤部，踩着8公分的高跟鞋轻松扛起一桶19升的饮用水，快步通过走廊。在她冲进后勤部办公室的时候，段凌风刚好从不远处经过。

身为公司老板，段凌风不喜欢坐电梯，每天早上都会走楼梯到风讯网络公司所在的楼层，然后低调地在各个部门巡视一圈。之前，兰芽霸气威武地扛着桶装水在走廊里大步奔走的场面他也见过一次，不过没有在意。而经过昨天那场风波，这位财务主管许兰芽小姐总算在他记忆里留下了一点印象。他饶有兴趣地看着兰芽忙得满头大汗，行政小妹则在一旁一脸崇拜地尾随着她。

"只有这些吗？还有没有别的事情需要帮忙？"兰芽在问。

"呃，呃……如果可以的话，那边有一台电脑的光驱好像不太好使，兰芽姐能不能……"

"没问题，哪台？我去看看。"

段凌风觉得发现了新大陆，昨天帮忙扛水的事似乎不是巧合而是常态。并且，看起来许小姐乐于助人而且人缘不错，相当受公司妹子们的崇拜啊。

这年头男人真是不好当，不但要跟同性竞争，偶尔还会被霸气美

女抢走人气，压力真大。

段凌风十分纠结地回了自己的办公室。

许兰芽对自己被老板窥视的事情一无所知，她像往常一样帮忙扛了水，又轻松修复了那个不好使的光驱，然后哼着歌回到自己的座位上。

兰芽喜欢帮助别人，也有这个实力，从体力活到脑力活无一不擅长。助人为乐会让她的心情变好，这样一圈转完以后，昨晚心头被刹雪无痕留下的阴霾，慢慢地消散。

一上午，兰芽都忙着审阅各部门交上来的报表，风讯虽然规模小但是业务繁忙，财务部也整天忙得脚不沾地。不知为何，今天财务总监叶婷居然没来，上司缺席，工作就全堆到了兰芽的头上，差不多忙到下午一点她才有空吃饭。

兰芽在楼下随便买了个便当，吃完又匆匆回到办公室继续工作。进门的时候她看见叶婷的助理洋洋正站在叶婷的办公室门口不知所措，便迎上去问："洋洋，怎么了？"

"兰芽姐！"洋洋一脸纠结，"叶总监今天怎么还没来上班呢？她上周交代的报表我已经做好了，等着她审阅以后交给老板呢。"

"是交给段先生的？我看看。"兰芽接过报表扫了几眼，发现是程序开发部上半年的开发费用，还挺重要的。叶婷是兰芽的直属上司，遇到突发事件的时候她可以临时代理叶婷，于是兰芽没多想就让洋洋回去工作，见老板的任务自己接手了。

不过……见老板啊。

坐电梯前往上一层楼，兰芽心中十分纠结。那条脱线的裙子已经在她心里留下阴影了，不知道老板会怎么看待这件事啊……但是重要的工作必须汇报，她也只能硬着头皮独闯"虎穴"了。

段凌风所在的楼层十分安静，除了他的办公室就只有几间会议室，平常不开会的时候整层楼里只有他一个人。许兰芽踩在走廊厚厚的蓝色地毯上，一边赞叹这安静的工作环境，一边暗骂资本家真会享受生活。

可恶的段凌风，自己独享一整层楼，却把一大堆员工们全都塞在楼下，万恶的资本家！

来到走廊尽头的办公室，许兰芽敲了敲门，得到回应之后小心地推门进入，踏进了"老板办公室"这个可怕的禁地。

偌大的办公室里鸦雀无声，只是偶尔传来鼠标清脆的点击声。宽敞的黑色办公桌后面，段凌风舒适地坐在真皮老板椅里，正专心致志地盯着电脑屏幕。

在炒股票吗？

兰芽心里想着，恭敬地喊了一声："段先生。"

段凌风抬头，看见兰芽心里有些意外，脸上倒是波澜不惊："许小姐？稀客啊。"

风讯公司里有不成文的规定，上下级之间都是直接汇报工作，不能随意越权，听说这是公司股东从外企里学来的规章制度。所以，兰芽平常有事只跟叶婷汇报，基本不跟段凌风打交道。

今天算是特例，兰芽也并没觉得紧张，拿着报表走上前："段先生，叶总监今天没来上班，她的助理制作的报表就由我来拿给您看了。"

段凌风皱眉："叶婷没来上班？"

"没。"

"是吗……我会去了解一下情况，报表你放在桌子上吧。"段凌风嘴上说着，眼睛还在目不转睛地盯着屏幕。兰芽也没兴趣多在老板面前逗留，放下报表就准备走。

"许小姐，你的裙子还好吗？"就在她转身的一瞬间，段凌风突然问。

兰芽一愣，随即脸色通红。

她抬头，发现段凌风正从屏幕后面看着他，唇角有一丝深邃的笑意。

兰芽的脸更红了！

兰芽也不知道自己是面对老板紧张恐惧，还是面对帅哥尴尬心

跳。总之被段凌风这么一看,刚才走进办公室时候的从容顿时荡然无存。

"我,我……"她结结巴巴,情急之下冒出一句特蠢的话,"裙子我已经补好了!补得很好,今天还穿着呢!"

此言一出,她好想钻到地板下面去。

许兰芽一紧张就语无伦次,所以当年她大学毕业以后放弃了前途更好的营销部和公关部,转投财务部。

看到许兰芽满脸通红的样子,段凌风反倒觉得十分有趣。

还以为这位小姐美丽干练,热情大方,没想到被开玩笑的时候也会窘迫害羞,也有可爱的一面嘛。

于是,他接了兰芽的话:"别穿了,用我拨下去的公关经费再买一条新的吧。否则不小心让客户看见了,还以为我们公司克扣员工的福利。"

兰芽更窘迫了,老板大人啊,您这是体贴我呢,还是嘲笑我呢,还是警告我下次别再出丑呢?她更窘迫了:"段先生,求您别再提那件事了,行不行,我保证下次不会在客户面前闹笑话啦!"

段凌风笑笑:"抱歉,我不是故意让你难堪。客户也觉得你性情率真,热心助人,是一位非常优秀的员工。因为那件事,昨天的工作气氛轻松了不少,我还得感谢你呢,所以拨款是我本人的一点心意,你不必客气。"

兰芽继续抗争:"才不要!要是用经费买了新裙子,穿着那条裙子的时候我会不停地想起那件丢脸事情的!"

"那……穿着这条补过的裙子,你就不会想起那件事了?"

"总之就是不要!"

"许小姐啊……"

"绝对不要!"

两人正在拉锯,电话突然响了,段凌风冲着兰芽做了一个噤声的手势,拿起电话:"是我。"

兰芽很想趁此机会落荒而逃,但又觉得对老板不告而别挺不礼貌的。她尴尬地站在办公桌前,走也不是留也不是,不小心看了一眼段凌风的电脑屏幕。

就是这一眼,让兰芽大吃一惊。

段凌风在电脑上的东西不是工作事务,也不是股票,而是《幻剑情缘3》的游戏画面!

一时间,无数念头充斥着兰芽的脑海。

老板居然也打游戏——废话,风讯是游戏公司,老板打游戏就等于钻研业务嘛。

他账号是多少,能加好友吗——老板这种生物能躲多远就躲多远啦,干吗还要在游戏里跟他成为好友?这是找死!

资本家真是万恶,员工们在辛辛苦苦地工作,他居然独自在悠闲地打游戏——不是说钻研业务吗,那什么时间都可以啦。

哎,不行,真的好好奇啊,他的账号到底是什么?多少级了?段凌风做生意很有一套,那他打游戏的水平怎么样,是高手还是菜鸟?

那边段凌风还在接电话,这边许兰芽的脑袋里已经一片混乱了。

虽然仔细想想也很合理,但是"老板上班时间打网络游戏"这种事实还是让她很难接受,老半天都呆滞地张着嘴,回不过神。

段凌风只是在游戏的登录页面,并没有上线显示玩家姓名,因此兰芽也无法得知他的游戏账号。而他同时也在浏览器里开着游戏的官方论坛,兰芽小心地扫了一眼,还没来得及看清段凌风在论坛里的会员账号,就被一条红字滚动公告吸引了注意力。

【号外】【喜讯】:祝贺玩家【刹雪无痕】和【青草幽幽】新婚大喜!两位新人的婚礼将于今晚8点在月老神庙天辉堂宴会厅举行,凡是参加喜宴的玩家都可得到888金的大礼包,欢迎诸位赏光!

刹雪无痕,新婚大喜!看到这八个字,兰芽眼中冒出熊熊烈火,连眼珠子都快瞪出来了。

这时,段凌风打完电话,回头一看,看见兰芽正愤怒地盯着自己的电脑屏幕,顿时惊得心脏都漏跳了一拍。幸亏段凌风是见过世面的淡定老板,如果是兰芽手下的那些小弟小妹,大概已经吓得不敢说话

了吧。

"许小姐?"段凌风试探着问,"你怎么了?"

兰芽恍然回神,连忙摇头:"没,没什么。老板,您也打游戏?"

段凌风笑笑:"随便玩玩而已,我觉得这款《幻剑情缘3》做得相当不错,有很多值得我们公司学习的地方。"

"但是,风讯的主打产品不是西幻风格游戏吗?跟这种古装游戏没什么关系吧?"兰芽奇怪地问。

"虽然时代背景不同,但核心部分是一样的。无论是什么种类和性质的游戏,核心价值就是有趣和好玩,幻剑3很好玩,这一点已经足够我们学习了。"

段凌风一谈到游戏就滔滔不绝,兰芽很是敬佩,老板果然是老板,着眼点也跟自己这种员工不一样。不过兰芽不是专业人士,让她打游戏很乐意,但是一提到专业名词她就头大了。

趁着段凌风说完一串话喘口气的间隙,她赶紧问:"那,段先生,没事的话我就先走了?"

听兰芽这么问,段凌风立刻意识到了自己的失态,不自在地咳嗽几声:"不好意思,许小姐,一谈到游戏开发的事情我就有点得意忘形。你赶快回去吧,待会儿我会给全公司发一封邮件,你记得查收。"

"邮件?跟您刚才接的电话有关吗?"

"有关,而且跟你的上司叶婷有关。好了,你回去吧。"

叶婷?

兰芽心里十分奇怪,但又不好意思跟段凌风仔细打听,带着满脑子的问号,离开了老板办公室,乘电梯下了楼。

其实不但兰芽奇怪段凌风的反常表现,段凌风也很奇怪兰芽刚才盯着电脑屏幕的愤怒神情。兰芽也在玩幻剑3的事情他早就知道,为避免核心技术外泄,公司的网络部也会关注员工们的上网情况。

但是,到底有什么事情能让这姑娘这么生气呢?

他只是开着登录页面,并没有显示游戏账号;而游戏官方论坛只能看见论坛账号,他在论坛注册的ID是一串数字和英文,平常也基本不发言,没有任何会暴露身份的线索。

段凌风可以肯定,兰芽看电脑的时候绝不可能得知他的游戏账号。

那么,她到底在生什么气呢?难道不是因为他?

高智商的大脑开始运转,段凌风双手支起下颌,漆黑的双瞳映照着电脑屏幕的荧光。

这时,滚动在论坛上方的喜帖吸引了他的注意力——刹雪无痕?

这个名字,似乎在哪里听过。

哦,想起来了,几个月之前刹雪无痕曾经和频道里鼎鼎大名的高级女玩家赤血蓝牙结过婚,当时的婚礼场面十分盛大,围观群众也纷纷赞叹刹雪无痕的好福气。只要有了赤血蓝牙这个强大的老婆,今后刹雪无痕就能一边乘凉,一边等着经验值刷刷往上升了。

段凌风知道赤血蓝牙在幻剑3里的实力,刹雪无痕跟她的差距不是一点半点。明眼人都看得出来赤血蓝牙跟刹雪无痕结婚只是为了找个老公做夫妻任务,除此之外两人从头到脚完全都不配。

既然如此,他们就不存在感情破裂的可能性,为什么会离婚?

难道是赤血蓝牙嫌弃刹雪无痕太无能,一脚蹬掉了他?

不像,如果是刹雪无痕被赤血蓝牙甩了,就不太可能有脸这么大张旗鼓地结婚,毕竟被老婆甩是一件很丢脸的事情。而且……赤血蓝牙,蓝牙……兰芽?

脑海中突然灵光一闪,他似乎明白了什么,段凌风微微一笑。看来今天晚上频道里有好戏看了,他也去凑个热闹吧。

想到这里,段凌风修长的手指迅速敲打起电脑键盘。为了给晚上空出时间,白天他得赶快把工作完成才行。

兰芽离开老板办公室以后,坐在电梯里还是气不打一处来。

刹雪无痕!你这个混蛋实在是太可恶了!不但冷酷无情地把老婆

021

甩掉，居然还敢这么高调地准备二婚！重要的是，这个混蛋为什么有资格摆酒？他们俩只是口头上说要离婚而已，在游戏里还没有进行任何操作。既然没操作，就等于说刹雪还是已婚身份，怎么可以跟别的女人结婚？

电梯停下，打开，兰芽气冲冲地冲进办公室，也不管上班时间不合适再打游戏，迅速登录幻剑3的客户端，打算向刹雪无痕问个清楚。

但是，当她登录客户端的一瞬间，就什么都明白了。

【系统提示】：玩家【刹雪无痕】向您提出离婚，因为您超过8小时没有回应，婚姻关系已经自动解除。

自动离婚功能，是幻剑3的特有功能。不知道该说这个功能是富有人性还是没事找事，只要一方提出离婚，另一方8小时之内没有回应的话，系统就会自动解除两人的婚姻关系。

往好处想，有的夫妻在离婚之际关系交恶，一秒钟也不想看到对方，自动离婚刚好撇清关系，眼不见为净。但有时一方有了离婚的打算而无法说出口，另一方又因为各种原因8小时没上线，等上去的时候突然发现自己已经"被离婚"了，那感觉……真挺不好受。

就像兰芽现在这样。

人都是有自尊心的，尽管兰芽跟刹雪无痕没什么感情，兰芽也一直以为自己很大方豁达，但是当一切真正到来的时候，她还是有点无法接受。

一种无法形容的郁闷在心中涌动，兰芽原本还在纠结到底要不要去看看刹雪无痕的新夫人。现在，刹雪无痕高调反而让她坚定，这件事不能就这么算了，要是她今晚不去参加酒宴，她许兰芽三个字就倒过来写！

叮咚！

音箱里传来清脆的提示音，公司邮箱里有新邮件。兰芽想起刚才老板说要群发一封跟叶婷有关的邮件，连忙打开邮箱，看见发信人果然是段凌风。

亲爱的风讯游戏公司各位同仁：

向大家告知一件令人高兴的消息，本公司财务部的总监叶婷小姐今天向行政部请了婚育假。叶婷小姐已经怀孕3个月，决定回家安心休养，为下一代的诞生作好万全的准备。在叶婷小姐请假期间，公司董事会将会委派其他人临时接替她的工作，望诸位同仁与新总监友好相处，继续为公司的发展努力。

发信人：段凌风

办公室里传来窃窃私语，看来大家都看到了那封邮件。

许兰芽向后倒进椅子里，长吁一口气，心情有些复杂。原来叶婷是怀孕了，难怪今天没有上班，这让兰芽心中的一块大石头落了地。

叶婷是风讯有名的工作狂，和兰芽一样走的是女强人路子。她今天突然一声不吭就旷工，原本还让兰芽挺担心，以为她是出了什么事，幸好。

但是另一方面，兰芽也挺郁闷。叶婷是她的直属上司，她对叶婷的工作情况是最了解的。既然上司请长假，为什么不让她这个主管直接升职，却要另外空降一位总监，难道段凌风对她有什么不满，或者对她的工作能力有什么怀疑吗？

想到这里，兰芽似乎也明白刚才段凌风把她从办公室支走的原因了。叶婷请假和空降总监的事情，其实对兰芽的影响是最大的，段凌风可能觉得当面告诉她这件事会有点尴尬。

接下来的一整个下午，大家都在讨论叶婷的事情。3点多的时候叶婷的MSN上线了，她告诉大家自己今天早上突然在卫生间里昏倒，不省人事，家人急忙叫救护车把她送到医院，才知道她居然已经怀孕3个月了。

叶婷的语气轻描淡写，却能想象出当时的情况有多惊险。办公室里的众人都被吓坏了，连连告诫她要好好保养身体，不要担心公司里的事情。

而等问候完大家，向所有人告知了自己的情况之后，叶婷又私下

跟兰芽聊了起来。

【婷夫人升级成婷妈妈喽~】：兰芽，辛苦你了。

【蓝色的豆芽】：还好^_^

【婷夫人升级成婷妈妈喽~】：我不在的时候，财务部就交给你了。反正大家都很熟悉，我手下那些孩子，你就尽管使唤吧。

【蓝色的豆芽】：呜呜呜，我可没这么好的福气。虽然你走了，但我的工作内容完全没变。

【婷夫人升级成婷妈妈喽~】：怎么，老板没让你接替我的位置？

【蓝色的豆芽】：没有啊，他给全公司发了一封邮件，说是会空降一位新总监。叶婷，你说我是不是哪里工作做得不好，老板怀疑我的能力？

【婷夫人升级成婷妈妈喽~】：不会，你是我合作过的最好的下属。段先生之所以空降总监，恐怕也有他自己的苦衷。

【蓝色的豆芽】：苦衷？

【婷夫人升级成婷妈妈喽~】：是啊，我们风讯公司的老板虽然是段凌风，但背后还有几位股东组成的董事会，风讯算是他们旗下的产业之一。段凌风确实是个优秀的老板，但他负责的只是公司日常事务，巨大的资金链掌握在股东手里。恐怕，是那些股东早就觊觎我这个财务总监的位置，一看我让位就立刻给段凌风施加压力，不让他从公司内部挑选合适的新总监吧。

【蓝色的豆芽】：你是说，这个新总监会是走后门进来的？

【婷夫人升级成婷妈妈喽~】：很有可能，所以我不在的时候，就要麻烦你多费心了。我知道老板也一直很想从股东手里摆脱出来，实现自己独立单干的梦想，所以他肯定会站在你这一边的，你就放心去干吧。

【蓝色的豆芽】：谢谢你叶婷，你的话我会记住的。

两人谈完正事以后，又闲聊了几句，叶婷就下线去休息了。

关掉MSN，又退出幻剑3的客户端，许兰芽闭上眼睛揉揉太阳穴。职场风向真是变幻莫测,她和叶婷合作了好几年,没想到突然有一天就来了个人事大地震。如果新总监要真是凭着股东的关系开后门进来的,那她就十分头大了。

既然是关系户,要不就是特别蠢,要不就是特别难伺候,要不两样都沾。兰芽虽然在工作上雷厉风行,但实际上心思很单纯,让她动脑子应付一个关系户上司,还不如让她做三天三夜的报表。

算了,船到桥头自然直,说不定情况也没她想象的那么糟糕。今天晚上刹雪无痕和青草幽幽那对狗男女的婚礼,才是需要她最先解决的问题。

Chapter03
围观前夫的婚礼

夜晚,乌云密布,月黑风高,好一个杀人夜……不对,好一个围观婚礼夜。

安静的卧室里,许兰芽表情严肃,两眼放光,小心翼翼地登录了幻剑3的客户端。好友列表不停地抖动,他们看到了今天早上论坛里的滚动公告,纷纷来询问兰芽到底是怎么回事。

【私聊】【友A】:英雄!你终于下定决心甩了刹雪那个废物了吗?他脸皮真厚,还好意思寻找第二春?

【私聊】【友B】：到底怎么回事呀，蓝牙，你不想做夫妻任务了？

【私聊】【友C】：蓝牙，你是不是给了刹雪一大笔分手费？头一次看到他这么大方啊，那条结婚置顶帖子在论坛里滚动一天了，那可是靠着人民币才能买来的东西，你干吗对他这么好？那种废物看不上就一脚蹬了算了，还给钱？

看着一条条的私聊消息，兰芽哭笑不得。

大家的误会好深，都以为是她赤血蓝牙用一大笔钱打发了刹雪无痕，刹雪无痕还很厚脸皮地用这些钱娶了新老婆。看来没有一个人能猜透刹雪无痕的心，但是自从经过了昨晚的线下见面之后，兰芽已经什么都明白了。

刹雪无痕对她这个强大的老婆忍耐了太久，终于爆发了。

他不是脸皮厚，也不是有钱，他所做的一切都是在满足自己长久以来被伤透的自尊心。所以这一次的婚礼，他要大张旗鼓，他要一掷千金，他要用巨大的婚礼规模和大量的真金白银满足自己身为男人的自尊心，这样他才能从中得到一点安慰。

兰芽其实觉得这样的刹雪无痕挺可怜，转而又觉得自己是个笨蛋。

是她被甩了啊，是她单方面被老公甩了以后，老公还昭告天下说自己找到了新老婆。她许兰芽已经是弃妇、黄脸婆了，最可怜的应该是她自己，为什么还要去同情刹雪无痕？

兰芽静静地看着时间一分一秒地过去，7点55分的时候，果断地握紧了鼠标。

好吧，刹雪无痕和青草幽幽的婚礼是8点整开始，就让她去会一会这对新人，看看刹雪无痕的第二春到底是什么情况！

红衣女侠离开复活点，一路飞檐走壁宛若一朵红霞。路过的行人看到她头上顶着的姓名，纷纷惊呼起来。

【燕京城】【玩家】：是赤血蓝牙！

【燕京城】【玩家】：她跑得好快，老子长四条腿也追不上啊！

【燕京城】【玩家】：快看，她飞奔的方向好像是月老庙，她的前老公刹雪无痕今天要在那里摆喜酒吧？

【燕京城】【玩家】：没错！俺还准备去喝喜酒顺便领那个888金的红包呢，赤血蓝牙难道也要去领？

【燕京城】【玩家】：你傻呀，她一看就是去砸场子的！

【燕京城】【玩家】：真的？那为了看热闹，俺也必须去喝喜酒啊！

【燕京城】【玩家】：不过，那个刹雪无痕也太不像话了，像赤血蓝牙这么厉害的老婆哪里去找？居然跟人家离婚然后找了个名不见经传的小丫头。要是蓝牙姐姐能看中小弟，让小弟做入赘女婿也无所谓啦！

【燕京城】【玩家】：你说得轻巧，到时候保不准从蓝牙妹子那里骗到钱和经验值以后一脚蹬了她，像刹雪无痕那样去寻找真爱！

底下的玩家们七嘴八舌，兰芽也没心思去管。酒宴的时间就快到了，她可不能在这里为无谓的事情耽搁。

当兰芽赶到月老庙的时候，游戏里的天色已经彻底黑了。今晚的月老庙特别热闹，大门口张灯结彩，红色的灯笼高高挂起，天空中弥漫着星星点点的荧光，连月色也格外皎洁明亮。

月老庙平常作为玩家缔结婚约的地方，附带的天辉堂就顺便给玩家办喜酒。只要玩家付足够的虚拟金钱，就能包下10桌、20桌、30桌等规模没有上限的喜宴。因为摆酒很贵，所以通常玩家结婚以后，随便摆10桌意思意思就行了。

但是，今晚的刹雪无痕却是大手笔，他摆了50桌！

按照一桌10个人算，这场婚宴有500人。按照每个人888金的红包计算，还要加上酒席上各种增加人物属性的高级食物……妈呀，这可真是一笔大数目。

兰芽咂舌，她想象不出刹雪无痕到底有多憋屈，都被压抑得疯了，今天结婚的时候才会这么使劲花钱。

天辉堂门口被人挤得水泄不通，来凑热闹的玩家一半是为了那

888金的红包,一半是为了围观新娘子和新郎。兰芽凑到人群的外围,原本只是想看看那个青草幽幽长得什么模样,却没想到左脚刚踏出一步,后面的人流就潮水般涌了上来!

眼前一黑,兰芽瞬间被挤进了人群里,完全分不清东南西北。

【月老庙】【赤血蓝牙】:救命!救命!让我出去!

她惨叫,她最讨厌这种前胸贴后背的拥挤场合了!

然而前后左右都是人,所有的玩家都在专心致志地围观新人拜堂,还有不少人在起哄:"亲一个!亲一个!"现场的气氛热烈到极点,月老庙频道的公共聊天室都被人刷屏刷疯了,谁能注意到小小一个赤血蓝牙的惨叫?

兰芽一向引以为傲的操作,在此时完全派不上用场了。因为周围都是人,她根本改变不了自己的行进方向,也不可能跳起来飞檐走壁,更没法放大招把玩家们像怪那样掀飞。在一波一波的人潮涌动中,她只能像一艘坏掉的小船,一会儿被挤到左边,一会儿被挤到右边,一会儿被挤到前面,一会儿又被挤得翻转了360度……

妈妈呀,再这样下去她都快被人群挤得窒息了,最后,她只能使用下蹲技巧,蹲在人群里寻找出口。随便什么出口都好,只要能让她离开人群就行!

老天似乎听见了兰芽的心声,她蹲在地上艰难地挪动了一会儿,突然看见前面有一道亮光!

这是月老庙的出口吧,那亮光一定是月光投到水面上落下的倒影!

兰芽心中大喜,使了吃奶的力气往亮光处挪了过去。五米、三米、一米……亮光越来越近,越来越清晰,她一个加速,终于闯出了人群!

一瞬间,她似乎感觉人群沉寂了一下。

怎么了?网络掉线了吗?玩家们闹得太过火被GM全部禁言了吗?兰芽有些奇怪地从地上爬起来,好奇地往四周看。

半秒钟后,她呆了。

有两个家伙也呆呆地看着她。

那两个家伙,一个穿着红色的新娘装,一个掀起了新娘的红盖头,三个人的表情都像是被雷劈了一样……没错,和兰芽面对面站着的,就是今晚月老庙的主角——刹雪无痕和青草幽幽。

青草幽幽的职业是女弓箭手,身材娇小,左脸颊和肩膀上文着很漂亮的花纹。兰芽知道女弓箭手是幻剑3里最受男性欢迎的角色,也就可以理解刹雪无痕与她坠入爱河的原因。

没办法,人家怎么看都比自己有女人味嘛,如果兰芽是男的,想结婚的话肯定也会首选青草幽幽这样的可爱妹子……但是这些现在都不重要了,重要的是,为什么她会不小心跑进了拜堂现场!难道她刚才爬错了方向,那光源不是月光,而是拜堂现场的烛光吗?

可惜,没人听得见兰芽此时内心的咆哮,就算听见了也不会有人信。

因为看见兰芽和刹雪无痕对峙的场面,所有玩家已经瞬间补了一个跌宕起伏、充满鲜血和复仇的三角恋爱情故事。

【月老庙】【围观群众A】:赤血蓝牙来砸场子了!

【月老庙】【围观群众B】:蓝牙干得好!群众等你好久了!

【月老庙】【围观群众C】:蓝牙姐,你要相信我,我是为了看你砸场子才来喝喜酒的,真不是为了888金的红包!

月老庙的公共频道又被刷屏了,气氛甚至比刚才新人拜堂的时候更加热烈,所有人都期待着赤血蓝牙跟她前老公以及前老公的现任老婆来一场大战,好好满足大家饥渴的八卦之心。

兰芽哭笑不得,这群唯恐天下不乱的家伙!

她想解释,但是刹雪无痕已经抢先一步开口了。

【月老庙】【刹雪无痕】:蓝牙,你这是什么意思?

【月老庙】【赤血蓝牙】:什么什么意思?

【月老庙】【刹雪无痕】:我们之间已经结束了,你说你不在意,那你完全可以无视今天的婚礼,为什么偏偏要来破坏我的好日子?

兰芽震惊了，这位先生你有被害妄想症吗？你见过有谁砸场子是从人群里摔出来的吗？她赤血蓝牙身上一没有武器二没有战斗道具，随便穿了一件日常的布衣就跑到这里来，用膝盖想也知道不可能是来找人打架的。

该不会先生你脑子里整天臆想着自己的前妻今天会来找茬，所以看到前妻的一瞬间激动得忘乎所以，就将没过脑的话给说出来了吧？

想到这里，兰芽在心里唾弃刹雪无痕的自我感觉未免太好。

【月老庙】【赤血蓝牙】：刹雪，我只是凑巧来看热闹，凑巧被挤进人群，凑巧找出口的时候找反了方向而已！

【月老庙】【刹雪无痕】：你以为我会相信吗？

【月老庙】【赤血蓝牙】：你这是什么意思？我们认识这么久，你应该清楚我是什么样的人！

【月老庙】【刹雪无痕】：是的，我清楚。我清楚你的操作很强大，好胜心强，而且是一个锱铢必较的人。我们离婚，我又结婚，虽然你嘴上说无所谓，其实心里挺生气的吧？

兰芽简直气晕了，她以前怎么没看出这个男人这么会颠倒是非！她确实好胜心强，但那只是针对怪物，从来不会针对人！更糟糕的是，刹雪无痕这一桶脏水泼得振振有词，很符合兰芽在游戏里给陌生玩家留下的印象，一时间围观人群议论纷纷，很多人都开始猜测赤血蓝牙和刹雪无痕离婚的内幕。

【月老庙】【玩家】：喂喂，你们说蓝牙和刹雪，到底是谁甩了谁？

【月老庙】【玩家】：怎么看都像是蓝牙甩了刹雪吧？肯定是蓝牙嫌弃刹雪处处不如自己，扔给他一笔分手费以后要求离婚，刹雪一时气不过，所以立刻找到新老婆而且大摆筵席昭告天下，存心气气蓝牙。

【月老庙】【玩家】：+1

【月老庙】【玩家】：+2

【月老庙】【玩家】：+3

【月老庙】【玩家】：这么说来的话，蓝牙可真是不厚道，当初结婚的时候她就应该知道刹雪能力不行嘛。现在可好，玩过人家以后又始乱终弃，也难怪刹雪会生气。

【月老庙】【玩家】：蓝牙姐，算了吧，得饶人处且饶人，刹雪被你甩了肯定挺郁闷的。你这样的条件哪里找不到男人？放人家一条生路，今天就平心静气地离开吧。

看着屏幕上一条一条的消息，兰芽的双手在颤抖。

玩幻剑3这么多年，她从来没有像今天这么震怒过！什么叫混淆黑白，什么叫倒打一耙，什么叫搬弄是非，她算是全都认识到了！

当大家在窃窃私语的时候，刹雪无痕和那个女弓箭手站在一旁，互相依偎着不知道在说什么。他们就像受了极大的委屈似的，正在互舔伤口，但是兰芽能清楚地感觉到从刹雪无痕身上散发出来的低调的得意。

兰芽不会随便陷害别人，但这不等于她看不出别人对她的陷害，她不是傻子。事情变成现在这副样子，正中刹雪无痕下怀，他早就设定好了台词和剧本等着她今晚现身，然后巧妙泼她一盆脏水，让她下不了台！

好一个刹雪无痕，兰芽打从娘胎出来，真是头一次见到心眼这么小的男人！不就是操作比你厉害，反应比你快，脑袋比你好使吗？

兰芽一边愤怒得气喘吁吁，一边在脑子里快速思考。她赤血蓝牙在幻剑3里大小也算是一个名人，怎么能败在一个阴险男人的手里？

眼珠子一转，她很快有了主意。好吧，你刹雪无痕想报复我，想攻击我的时候在众人面前出尽风头，那我们就比比谁出风头的本事更大！

她微微一笑，双手在键盘上翻飞，打出一行字。

【月老庙】【赤血蓝牙】：刹雪，既然今天是你的大好日子，我们就不说那些糟心的事情了。这是我给你和妹子准备的红包，价值1999金，请你赏光收下吧。

说着,她立刻用红纸包了一堆虚拟金币,递给了刹雪。

蓝牙的态度突然180度大转弯,刹雪无痕反倒惊诧了。他原本打算利用围观群众的脑补能力,伪造出相反的事实,让大家都以为是蓝牙始乱终弃,最终把她逼得无地自容,扭头逃跑。

如果她就此在游戏里消失就更好了,然而事与愿违,刚才的舆论压力似乎并没让蓝牙受到打击。

刹雪无痕迟疑地接过红包,犹豫地道了声谢。

【月老庙】【赤血蓝牙】:不客气,这笔钱就算我给你的分手费吧。之前我送给你的那些武器、道具、药品、食物,还有那件七彩羽衣套装,也不用你归还了,都送给你吧。

【月老庙】【青草幽幽】:刹雪,这是怎么回事?你送我的那件七彩羽衣,不是说是你专门为我量身打造的吗?

刹雪无痕一惊。

他赶紧对新老婆发了一条消息。

【月老庙】【私聊】【刹雪无痕】:她没说清楚,羽衣的材料是我们一起打的,但成衣是我一个人做的,我没骗你啊!

青草幽幽半信半疑。

看着刹雪无痕和青草幽幽突然静默了,兰芽在心里发笑,估计刹雪无痕是正在编造理由对老婆解释那件羽衣的来历吧。

【月老庙】【赤血蓝牙】:刹雪,我一向只把游戏当消遣,游戏里的婚姻我也不会当真。既然没感情了,大家好聚好散,到底你我之间谁先想到的散伙,不用我点明,我俩心里知道。但是,今天有几句话我要说清楚。整个服务器都知道,我赤血蓝牙争强好胜,游戏成就一个也不想落下,所以我为了做夫妻任务才找人结婚。为组队而结婚,这是我过去的观点,也是我今后永远的观点,没了你刹雪无痕,我还会继续去寻找合适的队友!

礼堂里静悄悄的,大家都有点搞不清楚状况。

刚才明明觉得赤血蓝牙已经落了下风,为什么她一瞬间又变回了威风凛凛的样子?

还有，"自己心里知道"是什么意思？这种话最能引人遐想了，一时间人群里又开始议论纷纷，开始猜测刹雪无痕和赤血蓝牙到底是谁先甩谁。

刹雪无痕有点紧张，赤血蓝牙一副气势汹汹的样子，像是随时会扑上来咬人，却又一句话都没有怪罪他，她心里到底在打什么主意？

【月老庙】【刹雪无痕】：蓝牙，好聚好散是我们都明白的道理。你的心意我领了，酒席就快要开始，你赶紧入席吧。

【月老庙】【赤血蓝牙】：抱歉，我今天不是来喝酒的，是趁此机会宣布一件事。

说着，她走到礼堂正中，面朝围观群众。

【月老庙】【赤血蓝牙】：大家听好了！我赤血蓝牙已经跟刹雪无痕离婚，从此又是孑然一身，潇洒不羁！刹雪不稀罕跟我组队打怪，不稀罕在我身后捡道具和捞经验值，这无所谓，他让出的这个位置欢迎更多的男玩家来填补！是的，为了夫妻任务，我赤血蓝牙不能没有老公，我还要继续结婚，但我会提高选拔条件，所以，我决定从今晚起举办一场比武招亲！

一瞬间，围观的群众全都炸开了。

比武招亲，这难道就是那种只在武侠剧里见过，让众多男人热血沸腾的招亲游戏？

【月老庙】【赤血蓝牙】：其实，经过刹雪的事情，我也反省了自己。之前我一直以为自己很强，老公在我身边只是一个摆设而已，他只要乖乖跟在我后面就足够了，打怪升级我一个人就行。但是，我忘记了一点，凡是人都会有自尊心，打怪的时候我只顾一个人快活，却没有注意到老公跟不上我的节奏，心里涌起的挫败感，这是我的错。因此，我才决定要举办这场比武招亲。这一次，我不会再选择一个吃软饭的男玩家，我要找一个比我更强的男人和我并肩作战。只有在招亲擂台上打败我，才能成为我赤血蓝牙新一任的老公。有信心的男玩家们，全部都来挑战我吧！

说完，她身形一晃。

众人只见眼前一道红影掠过，回过神的时候，赤血蓝牙已经不见了。

Chapter04
比武招亲，你的夫君是大神

赤血蓝牙要比武招亲的事情，瞬间传遍了整个服务器。

公共聊天频道里又开始刷屏了，众玩家纷纷庆幸自己跟赤血蓝牙和刹雪无痕在同一个服务器。光是他们离婚结婚的八卦，就能聊上三天三夜。

【世界】【绿意红裤衩】：喂喂，你们说蓝牙刚才的话，难道就是对刹雪人生的真实写照？

【世界】【外星人3号】：什么话呀？

【世界】【绿意红裤衩】：就是那个"老公在身边只是一个摆设，打怪的时候跟不上老婆的节奏，心里涌起的挫败感"。

【世界】【杨八卦】：很有可能！人家蓝牙妹子是性情直爽的女中豪杰，才不会像刹雪无痕那么小心眼又虚荣，明明是二婚还要在论坛里大张旗鼓地宣传，生怕人家不知道他结婚了！

【世界】【外星人3号】：要真是那样就太好笑了呀，迅速脑补了刹雪跟在蓝牙屁股后面捡经验值的画面！

【世界】【我有三条腿】：那刹雪的人生也太失败了，我就觉得他这次结婚特别兴奋，拼命砸钱搞排场，像是憋足了劲儿给谁看似的。看来，他在蓝牙那里忍得太久，都快压抑成变态了，二婚的时候得赶紧证明一下自己是个男人。哈哈……

【世界】【杨八卦】：你们这些八卦王比我还八卦呢。别光顾着聊了，大家都是男玩家吧？打算去参加比武招亲吗？蓝牙刷怪那么厉害，跟着她那可是吃喝不愁，一辈子都不需要再奋斗。刹雪那小子想不开，白白让出这个好位置，哥几个要不要去试试？

【世界】【绿意红裤衩】：人家是人妖啦！

【世界】【外星人3号】：好恶心，我虽然是货真价实的雄性外星人，但是不想在擂台上丢人现眼。

此言一出，频道里就沉默了。

赤血蓝牙的实力众所周知，服务器里一大半的男玩家都不是她的对手。也正是因为太强，蓝牙之前所有老公的本领都不如她，双方结婚一阵子以后男方就表示自尊心太受伤，主动提出离婚。经过几番折腾，蓝牙终于找到了号称爱吃软饭的刹雪无痕，两人的婚姻虽然维持了比较长的时间，终究摆脱不了分道扬镳的命运。

世界上，真的有配得上赤血蓝牙的男人吗？

也难说，幻剑3不断有旧人离去，新人进来，说不定真会有豪杰接下蓝牙的绣球！

想到这里，频道里的玩家们纷纷前往比武招亲现场。虽然自己不想上场打，但看别人打还是挺有趣的。

这个晚上，大家都因为八卦而热血沸腾，最惨的就只有刹雪无痕夫妻了。

确切地说，是刹雪无痕。

他看着宴会厅里空荡荡的酒席，心中气不打一处来。

要知道他是花了多少钱在论坛上把喜帖置顶滚动了一天，又是花了多少钱布置了这次喜宴，那可都是人民币啊！

他本想趁着结婚的机会好好出一口心中的恶气，缓解长期被蓝牙

打压的郁闷,没想到好不容易把大家的目光集中到自己和青草身上,却被蓝牙简单的一句"比武招亲"抢走了所有的人气!

刹雪穿着大红礼服,狠狠踹了桌子一脚。

【月老庙】【青草幽幽】:刹雪,你怎么啦?

一旁,青草幽幽正一个人对着满桌饭菜大快朵颐。她对人气没什么兴趣,看见菜肴倒是很开心。刚才宾客们听说蓝牙要比武招亲,纷纷领完红包连喜酒都不喝就赶去看热闹,正中她的下怀,她可以一个人独享这些高级菜肴,尽情提高自己的人物属性了。

看到青草幽幽大吃大喝的样子,刹雪的心情稍微好了一点。他中意的女孩就应该是这样乖巧可爱,不论何时都乖乖待在他身边,无条件地信任他,而不是像赤血蓝牙那样好像一团火焰,无论出现在哪里都会把周围的人燃烧殆尽,让人无法忽视她身上夺目的光芒。

这时,一个剑客玩家匆匆跑进礼堂问,今晚这里是不是有人结婚?

刹雪无痕心中一喜,庆幸还是有人对婚礼感兴趣,连忙迎上去拱手作揖。

【月老庙】【刹雪无痕】:正是在下,公子远道而来,不如先坐下喝一杯……

【月老庙】【玩家】:喝什么喝,赶快把那个888金的红包给我,我还要去参加比武招亲呢!"

啪——

刹雪无痕听见自己心碎的声音。

这边的酒席门可罗雀,那边的比武招亲正在如火如荼地筹备着。

打擂台是幻剑3的特色活动之一,完全由有兴趣的玩家自己安排,官方不干涉。想组织擂台的玩家,只要提交擂台的内容和规则,官方就会搭建场地发布公告,并安排NPC维持秩序,让符合条件的玩家参与活动。

但是,很少有玩家会组织擂台,因为那太贵了。

摆擂台就跟摆喜酒一样，需要人民币。

兰芽递交完擂台资料，用支付宝付经费，点击确认的一瞬间，她的心在滴血，就这么眼睁睁地看着一大把人民币掉进了游戏公司的口袋。哼，万恶的资本家，擂台不就是一堆数据而已，你们赚钱还真容易！

但是兰芽一点都不后悔，她现在只想摆一场比刹雪无痕的婚礼更加盛大的擂台，好好挫一下他的锐气，也好好出一出自己心中的恶气。她似乎明白了刹雪今晚一掷千金的想法，当一个人想要泄愤的时候，根本不会在乎钱，就算倾家荡产也无所谓，只要能让自己痛快就行！

经费交出，活动启动，NPC们有条不紊地忙碌起来。

在燕京城外的中央广场上，很快搭建起一座擂台。擂台外围涂抹着亮眼的大红色，周围还绕上了红色的丝绸和大花，十分喜庆。

给兰芽准备的位置在燕京城门上方，在那里，城头的位置外形就像一座凉亭的屋顶，下方有一小块空间刚好能容纳几个人站立。兰芽怀抱绣球站在那里，居高临下，看着众人忙碌，等待着比武招亲的开始。

擂台侧面，众多勇士很快排成了一个长队，从NPC那里领取了号码牌。由于参赛的人数比想象中多，本次比赛分为初赛、复赛和决赛。在NPC的安排下，选手们首先分成若干组互相PK，胜者进入复赛，继续PK，最终胜出的10名玩家就能跟赤血蓝牙正面对决。能将赤血蓝牙打出擂台的人，就是最终的胜者，可以成为她新一任的夫君。

这些参赛的人，有的纯粹是来凑热闹，有的想试试自己的实力，也有真心想跟蓝牙组队，成为本服最厉害的夫妻队伍的。招亲的报名时间截止到晚上9点，那个时候NPC已经发出了300多个号码牌，并且将选手随机安排成两人一组，准备开始比赛了。

赤血蓝牙比武招亲，在晚上九点半准时开始。

【比武招亲擂台】【NPC】：第一场预赛，由剑客【白发如雪】迎战盗贼【狩猎王】，比赛开始！

随着主持人NPC激昂的声音，青衣剑客和黑衣盗贼同时出手，一时间擂台上剑光四射。

台下被挤得水泄不通，玩家们纷纷为两位勇士起哄喝彩。兰芽托腮靠在城头，觉得办一场擂台也挺好玩的。

幻剑3虽然副本任务丰富，但真人PK的项目却很少，好像是为了构造和谐武侠世界什么的……这种事情兰芽也不懂。她只知道PK是玩家不变的兴趣，只要一有机会，必定有无数人会趋之若鹜。

所以，虽然这场比武招亲目的是给自己找老公，但众人也过了一把PK的瘾。这不，还有好多手痒的女玩家也混了进来，不求胜利，只求舒舒服服地打一架。

兰芽没有规定参赛选手的性别，反正大家都知道幻剑3里同性是不能结婚的。不过，她倚栏眺望，却看到众多柔美华丽的妹子混迹在参赛人群里。她是完全不介意游戏里老公的性别，如果能跟妹子结婚的话也不错啊。妹子不会在乎另一个妹子操作如何，也不会有男玩家那种奇怪的自尊心……

幻想着自己跟一个可爱或者潇洒的女玩家缔结婚约，两人打怪喝酒弹琴跳舞，兰芽不知不觉有些心驰神往了。她真的受够了那些玻璃心的男人，跟在她后面捡经验值就是这么丢脸的事情吗！

这时，视线无意中投向了广场的一角，兰芽看见那边的一棵大树下，有一个白衣人站在那里。

周围的气氛十分喧闹，但白衣人似乎完全不受影响，兀自拈花沉静，默默旁观着这一场PK盛宴。

他是参赛者吗？兰芽心里掠过一个问号，同时觉得那个白衣人有些眼熟。她想切换画面仔细看一下，刚要操作的时候却收到了NPC的私信，原来是预赛已经结束，即将开始复赛了。

回复完私信，等到兰芽再次回头去看树下时，那个白衣人已经不见了。而此时擂台上传来一阵惊呼，只见一个黑衣刺客以凌厉的动作将对手踢飞出场外，毫无悬念地获胜。

围观的众人开始议论纷纷。

【比武招亲擂台】【玩家】：那个黑衣剑客好厉害，是谁？

【比武招亲擂台】【玩家】：不知道啊，他隐掉了名字。

【比武招亲擂台】【玩家】：这种比赛还需要匿名上场吗，该不会是刹雪无痕隐姓埋名再战江湖吧？

【比武招亲擂台】【玩家】：不可能，你看到他的动作没有？刹雪的操作才没这么厉害，否则也不会整天被赤血蓝牙拖尸。看那个PK风格，我倒是想起了一个人……不过，那种人不可能会对比武招亲感兴趣啊。

兰芽一边看着大家闲聊，一边继续欣赏比赛。复赛果然比初赛精彩很多，几十名脱颖而出的高级玩家你来我往，纷纷拿出自己的看家本领。各种绚烂的大招和武器挥出的剑光在擂台上碰撞，好一番惊心动魄的景象。

想到在这些参赛者中，即将有一个人成为自己未来的夫君，兰芽突然觉得心情很复杂。

刹雪那边的婚礼应该结束了，而她自己经过这么久的发泄，也已经慢慢平息了怒气。如果不是两人互相怄气，今晚的故事应该早就完结了。这么晚了，现实世界很多人已经上床睡觉了，幻剑3的燕京城门口还是如此喧闹。

比武招亲很有趣，大家也玩得很开心，但是……这样真的好吗？

因为自己的好强，为了一个虚拟的成就一次又一次地找人结婚，这么做……真的有意义吗？看着擂台喧闹的情景，兰芽感到有些疲惫，她闭上眼睛向后靠在椅子里，耳中嗡嗡作响，觉得那些PK声和喝彩声正在离自己远去。

这一场游戏而已，她是陷得太深了吗？

耳边传来一阵欢呼，兰芽瞬间从迷蒙中惊醒，发现自己居然睡了20分钟。NPC发私信来告诉她，因为进入复赛的选手大都实力相当，难分上下，比赛时间就延长了一些。此时已经是午夜12点了，NPC提醒兰芽尽快结束比武招亲，也好让看热闹的人早点回去休息。

兰芽赶紧回复了NPC，然后站在城头，俯视着楼下的场面。

　　决赛的擂台,与最初的擂台不一样。围观群众大都安静地站在一起,很少有人说话,大家都不想错过最终的结局。而从复赛中脱颖而出的10名男玩家则在擂台上站成一排,等待着与赤血蓝牙正面PK。

　　兰芽深吸一口气,身形一晃,跃下城头。

　　众人只看见一道红霞飞过,转眼间赤血蓝牙已经稳稳地站在了擂台边缘。

　　【比武招亲擂台】【赤血蓝牙】:首先,感谢各位的赏光。我赤血蓝牙算是弃妇,能得到众位英雄的赏识实在是不敢当。

　　一名剑客走了出来——

　　【比武招亲擂台】【玩家】:蓝牙妹子太客气了,有机会跟你成婚组队是我们高级男玩家的福气。我们会向你证明,这年头的男人不是都像刹雪无痕那么没用,和我们结婚,你不会后悔的。

　　兰芽笑笑,这番自荐真是诱人,那么,从哪一位开始呢?

　　【比武招亲擂台】【赤血蓝牙】:你们之中能把我打出擂台的就是胜者,但是我不安排你们的出手顺序,想PK的人就自己上来吧。

　　众位英雄你看看我,我看看你,都有些犹豫。

　　现在大家的压力反而更大,都走到这一步了,要是被赤血蓝牙一拳打飞该多丢脸啊?谁都不想成为第一个被打飞的人。

　　英雄们互相承让了一会儿,都不肯走上前。

　　这时,一名一直站在角落里,形象非常不起眼的黑衣人走了上来。兰芽认出,他就是刚才复赛里一招把对手打出擂台的那个黑衣人。

　　【比武招亲擂台】【匿名】:诸位,时间也不早了,与其互相承让,不如早点出手。否则,快到手的娘子就会被别人娶回家了。

　　说完,他对兰芽一拱手。

　　看起来,这个家伙想第一个上场,不管是兰芽还是其他人都松了一口气。对其他人来说,只要自己不是第一个输,就不会很丢人;而对兰芽来说,大家互相客气着不肯出手,她也没法逼着他们PK。

　　于是,众人迅速让开,擂台上只留下了兰芽和黑衣人。

见兰芽英姿飒爽地站在自己面前,黑衣人再次拱手。

【比武招亲擂台】【匿名】:抱歉,多有得罪。

下一秒,没等兰芽反应,黑衣人的身影突然一晃就消失了!

兰芽大惊失色,同时看见自己在屏幕上的血格瞬间掉了一大半,并且系统显示出两行字:

玩家【赤血蓝牙】遭到玩家【匿名】攻击。

玩家【赤血蓝牙】被玩家【匿名】打伤,损失2456点血。

兰芽震惊了,这世界上居然真有操作这么厉害的男玩家!而且这个匿名的出手既快又狠,兰芽甚至都没有看清楚他是怎么出招的。刚才复赛的时候,明明没有发觉他有这么厉害,难道是隐藏了自己的实力?如果真是这样,那他这一次的出手也是没有用上全力,否则以他的力量和速度,兰芽觉得自己根本不可能只损失两千多点血,黑衣人砍掉她一级也是小意思。

尽管黑衣人手下留情,兰芽还是被打飞出去,摔出擂台半天都爬不起来。要知道她上一次被打飞还是以中级玩家的身份去单挑高级怪,因为森林里视线不好,才被打飞的。

赤血蓝牙,败了。

幻剑3中传奇的女玩家,就这样败在了一个连真名都不知道的男人手里。

与兰芽相比,更加震惊的还是其他的参赛者。大家原本打算悠闲地看着他被兰芽打飞,成为第一个吃螃蟹的人之后,再纷纷出手和兰芽PK,没想到辛辛苦苦从初赛打到决赛,连蓝牙的手都没能摸一下,就被这小子抢了先!

但是规则就是规则,把赤血蓝牙打出擂台的人就是她的新老公,这是不会改变的事实。于是,NPC恭喜黑衣人之后,让他站在城门下面,再让兰芽站在城头给他抛绣球。

兰芽手握绣球,有些不好意思。

围观的气氛,再一次到了高潮,众人纷纷起哄,对着这对新人大喊:"抛!抛!"

而这时,黑衣人转身面对众人,突然说话了。

【比武招亲擂台】【匿名】:谢谢诸位这么捧场,不过,我这一路上都匿名示人,接绣球的时候可得要露出真容了。今日与蓝牙姑娘相识算是一种缘分,希望今后的路我们也可以一直走下去。

说着,他收起了匿名功能,同时脱去了那身黑衣。

一瞬间,兰芽震惊了。

她这是眼花了吗!这个人不就是她初赛时候看见的那个站在树下旁观比武招亲现场的那位白衣公子吗?

但是最让兰芽震惊的不是这件事,而是白衣公子头顶上显示的玩家姓名——一剑天下。幻剑3鼎鼎有名的大神,本服的第一高手,一剑天下!

"兰芽姐,兰芽姐。"

"……啊?!什么事?"

"你在想什么心事,报表等着你签字呢。"

"哦,我这就来!"

下午的办公室里,兰芽虽然忙得一塌糊涂,但偶尔也会神游天外。

签完字,她给自己冲了一杯咖啡,坐在茶水间的窗前继续神游。她脑袋里还充斥着昨晚游戏里的比武招亲的画面,为什么是大神!那种高贵冷艳不食人间烟火的生物,为什么会跑到PK场上来跟一群男人抢老婆!

昨晚,一剑天下露出真容的一瞬间,整个频道都噤声了。

每个游戏的每个服务器都会有一位大神,幻剑3也不例外。

每一位大神都淡定从容,略不合群,一剑天下也不例外。

他是幻剑3成立以来,单人成就最辉煌的玩家,基本上凡是一个人能完成的任务,一剑天下都已经完美地完成了。他没有任何队友,也从未跟人组队,从不涉及任何需要团体作战的任务,他就像一阵清风,人人都知晓他的存在,却从没有人能够准确地抓住他。

一剑天下在幻剑3里是一个异类，普通人一年到头能看他走在大街上的机会也没几次。这样一个低调的高人，居然会隐姓埋名来参加比武招亲？赤血蓝牙的魅力有这么大吗？

　　反应快的玩家，趁一剑天下还没离开的机会冲上去，打算来一场采访大拷问。

　　【比武招亲擂台】【资深狗仔队K】：一剑天下大大，我是幻剑3聊天八卦周刊狗仔分刊的记者，为何一向低调的您这一次会对赤血蓝牙的比武招亲产生兴趣？您来参加PK有什么特殊的原因吗？

　　【比武招亲擂台】【一剑天下】：凑巧而已，我在幻剑3里已经拿到了全部的单人成就，接下来想挑战一下双人和多人成就。我不想在普通人身上浪费时间，希望自己的队友能迅速上手，蓝牙姑娘在幻剑3里的名气很大，操作很强，应该能与我合作愉快。

　　说完，他看了一眼呆滞地站在城头的兰芽，同时，兰芽收到一条系统消息。

　　【系统提示】：玩家【一剑天下】请求加您为好友。

　　兰芽连忙点了确认，一剑天下的新消息马上弹了过来。

　　【比武招亲擂台】【私聊】【一剑天下】：狗仔队这边你应付吧，我走了。婚礼的时候再见，不会让你失望。

　　说完，一剑天下翩然离开了现场。

　　大神起驾，普通人也不敢阻拦。虽然狗仔队还有一大堆问题想问，却也没胆子挽留一剑天下，于是被留下来的另一位当事人兰芽就十分悲惨了。狗仔队、参赛者加上围观者，每个人都丢出七八个问题砸向她。

　　兰芽还从没见过这么混乱的场面，又不知道该怎么应付，那天晚上足足被折腾到3点才睡。

　　就算在梦里，她也继续在困惑：比武招亲的获胜者，真的是一剑天下？他和她，要结婚了吗？

　　段凌风经过茶水间的时候，正巧看到兰芽在发呆。平常在职场上的雷厉风行和游戏里的霸气威武此时在她身上荡然无存，相反看起来

有点呆呆的。段凌风心里觉得好笑,抬起手指敲了敲门。

兰芽一回头,看见段凌风,连忙吓得站起来:"老……老板!"

段凌风笑笑:"想什么心事呢?"

"没……没什么,眼睛有点累,看看外面的蓝天。"兰芽不好意思地搔搔头,"您找我?"

"不,正巧路过。"段凌风看看门外,发现周围恰好都没有人,就压低了声音,"不过,既然碰到你了,有些事情正好可以跟你聊聊。"

兰芽一阵紧张,觉得上司找下属不会有别的事,不是批评就是指责。

但是,段凌风并没有不高兴的样子。落座之后,他开门见山地说:"叶婷请假期间,我没能让你暂代她的岗位,很抱歉。"

兰芽一愣,顿时一阵惶恐,连连摆手:"您太客气了。我在风讯工作又不仅仅是为了升职,再说您肯定也有您的考虑,空降一位财务总监如果对您来说比较合适,我不会有任何意见。"

段凌风苦笑:"空降总监并不是我的本意,叶婷应该都跟你说了。风讯还是一个很年轻的公司,我虽然胸怀大志却没有办法控制住所有的事态。但是我向你保证,这种状况只是临时的,风讯是我一手建立起来的事业,我不会永远让它被别人摆布。"

"老板……"兰芽非常感动,段凌风果然是一个实在人,老板愿意对下属说这种发自肺腑的话真是让她开心极了。对她来说,年轻气盛的段凌风,实在比那些人到中年擅长打官腔的私企老板要强得多。

然后,段凌风又适时加了一句:"所以,你可以随时跟我保持联系。如果有什么事情不方便跟新总监说,也可以直接告诉我。"

兰芽心中突然一沉。

这是段凌风在暗示她,新总监跟他并不是一派的吗?

她偷偷看着段凌风的眼睛,看见他表情平静地喝了一口茶,眼神看起来没有任何异样。这难道就是传说中的办公室政治?段凌风和公司股东各有算盘,股东趁着叶婷请假的机会把自己人塞在了财务总监的位置上。而段凌风也不甘示弱，迅速与旧员工谈心，企图拉拢他们，双方都想趁此机会在风讯巩固自己的权力。

兰芽觉得心情很沉重，如果让她选择，她当然不可能站在那些连面都没有见过的股东那边。段凌风是她最大的上司，叶婷也一直支持她，自己应该跟叶婷站在一条阵线上。

但是，她跟股东又不存在利益冲突，让她鲜明地表示自己的立场也不可能。再说，段凌风虽然是大老板，但财务总监才是兰芽的直属上司，要她跟总监作对，而且越权直接跟大老板联系，这样合适吗？

看出兰芽心里的纠结，段凌风也没再多说什么。

他收起喝空的纸杯，站起来说："好了，我还有工作，就先聊到这里吧。希望你们财务部能跟新总监合作愉快。另外，不要忘记，如果你发觉工作上有什么难以解决的事情，可以直接告诉我。"

兰芽苦笑："老板，我明白了。我会尽量跟新总监好好相处的，请您放心。"

话说到这个地步，她觉得段凌风也该听得懂自己的意思。

果然，段凌风心领神会地笑笑，没再多说什么。

他离开茶水间，回到办公室，登录了刚注册几天的QQ，给某人发了一条消息。

几分钟后，兰芽也回到办公室，在她游戏专用的QQ上收到了一条消息，是一剑天下发过来的，只有一句话。

【一剑天下】：晚上8点在鹊仙桥等我。

兰芽把工作、交友和游戏分得很清楚，这个QQ只加在游戏里认识的朋友。之前联系最密切的是前老公刹雪无痕，之后，似乎要变成一剑天下了。

她，真的要跟大神结婚了吗？

兰芽再一次问自己。

她只是改变观念不找拖油瓶，想要一个和自己实力相当的老公而已，却钓到一条大鱼。这感觉，就像抽奖只想抽中一个5块钱的鼓励奖，却不小心抽中了5000块的头等奖。

自己和一剑天下的实力差距，兰芽还是明白的。虽然她能够傲视一大群男玩家，但与一剑天下相比，又像是小虫与天神的距离了。

不过，大神反正也只是想跟自己组队打怪而已。

兰芽托腮看着聊天框，一剑天下的QQ号码很长，一看就是新注册的。

好吧，看得出来大神对她本人没有一点兴趣，根本不想用常用的号码来跟她联系，不愿意暴露自己的私人信息。既然如此，她不需要有心理压力嘛，就当是找到了一个强力的组队帮手，轻轻松松地开始新一轮打怪旅程吧！

想到这里，兰芽觉得轻松多了，也开始期待新一场的婚礼。

Chapter 05
史上最华丽的婚礼

这是自己第几次结婚呢？兰芽已经数不清了，但是到了晚上8点，当她登录游戏来到鹊仙桥的时候，还是被眼前的情景吓了一跳。

红色，满眼都是喜庆的大红色。

浅红的柳絮在微风中飘摇，地面上的青石砖隐隐泛着红光，鹊仙桥两边的桥栏上已经缠上了大红色的绸缎和红花，整个世界都仿佛透着喜庆的气氛。

漂亮的红色之中，一身白衣的一剑天下站在鹊仙桥的中央，风流倜傥，气度不凡。如果兰芽的年纪倒退十岁，还是一个会发花痴的怀春少女的话，估计看到这样的大神已经激动得晕过去了。

尽管她不花痴也不犯晕，还是被这样的阵势震惊得够呛。

好友列表在不停地弹跳着，估计朋友们都已经知道她又要结婚的消息。但此时的兰芽完全不想回复任何一个人，兀自缓缓地向一剑天下走去。

大神就是大神，不怒自威，玉树临风。

看着那飘飘的白衣，一瞬间，兰芽仿佛看不到其他任何东西，听不到其他任何声音。

整个鲜艳嫣红的世界里，仿佛只剩下了她和一剑天下两个人。

来到鹊仙桥上，兰芽发现除了一剑天下之外，桥上空无一人。原本总是喜欢在这里摆摊吃喝聊天斗嘴的玩家们全都不见了，连鹊仙桥的专用频道里，也几乎见不到一个人在聊天。

一剑天下看到兰芽，摇着扇子慢悠悠地迎了上来。

【鹊仙桥】【一剑天下】：夫人真守时。

大神，你说话能不能别这么亲密？我们压根就没真感情！兰芽心里一阵恶寒，脸上却毫无表情。

【鹊仙桥】【赤血蓝牙】：那个……今天桥上怎么都没人？

【鹊仙桥】【一剑天下】：都让我支走了。

兰芽大惊。

【鹊仙桥】【一剑天下】：不仅是鹊仙桥，凡是今晚送亲队伍经过的地方，我已经都派人清场。我一剑天下的婚礼，可不会像普通人的婚礼那么粗制滥造，中途绝不允许有莫名其妙的人来打扰。

兰芽脸颊一烫，一剑天下显然就是在暗指她昨晚大闹刹雪无痕婚礼现场的事情。所谓的大神就是如此，平常不会轻易现身江湖，但江湖上的大小事情他一概知晓。

【鹊仙桥】【赤血蓝牙】：那……那件事是一场误会啦，我并不是故意要去砸场子的。

【鹊仙桥】【一剑天下】：是吗？我还以为你真是去砸场子的。是误会的话就算了，如果是事实，我倒敬你是一位英雄。

说着，大神摇了两下扇子。

兰芽无语了，大神您是批评我呢还是嘲笑我呢？您是期待世界和平呢还是唯恐天下不乱呢？

【鹊仙桥】【赤血蓝牙】：算了，过去的事情就别提了。接下来我们要去哪儿，月老庙吗？

【鹊仙桥】【一剑天下】：不，那种出钱就能摆酒的地方，我不稀罕……哦，来了。

什么来了？

兰芽一抬头，只见鹊仙桥的另一头，两名粉衣女子正翩翩而来。

【鹊仙桥】【一剑天下】：夫人，我还有一点事情要办，那两位姑娘会带你去选首饰和试礼服，晚上9点我会来迎亲，记得别睡着了。

【鹊仙桥】【赤血蓝牙】：不会的啦。

【鹊仙桥】【一剑天下】：那稍后再见，对了，这是我给你的聘礼。时间太紧来不及做更好的，你就将就一下吧，以后我再补更好的。

他刚说完，兰芽这边就叮咚一声响起了提示音。

【系统提示】：玩家【一剑天下】赠送您一套【霞光羽衣】，请确认接受。

霞光羽衣！

兰芽惊讶得眼珠子都快瞪出来了，为什么偏偏会是霞光羽衣？霞光羽衣是七彩羽衣的升级版，需要首先制作出七彩羽衣，然后加上各种珍贵布料进行第二次制作，经过72小时的待机时间才能有一定概率成功，获得霞光羽衣。

【鹊仙桥】【赤血蓝牙】：这么珍贵的东西我不好意思收啊，大神！

【鹊仙桥】【一剑天下】：一件衣服而已，快收了，别一副没见过世面的样子。

呜呜呜,被大神嘲笑了……兰芽只能万般纠结地点击了确认。

【鹊仙桥】【一剑天下】:这件羽衣是我闲来无事做着玩的。恰好你的那件七彩羽衣落入了不仁之人手里,我的聘礼就算对你的补偿吧。

兰芽一怔,心中慢慢涌起一股暖意。

大神的语气虽然轻描淡写,但兰芽很明白他话里的意思。他也觉得刹雪无痕做事不地道,将前老婆赠送的礼物当聘礼送给现老婆,实在为人不齿,也实在人品太差。但是无所谓,他和兰芽已经离婚了,今后他一剑天下会用自己的方法来补偿赤血蓝牙。

真感动啊。

【鹊仙桥】【赤血蓝牙】:谢谢夫君,聘礼我会好好珍惜的!

【鹊仙桥】【一剑天下】:珍惜就不必了,穿着它多帮我打点怪吧,呵呵。

说完,大神身影一晃就不见了,估计用瞬移大法去了别的地方。

兰芽被留在原地,看见那两名粉衣女子已经在旁边等候多时。她们十分知趣,见新娘子和新郎官耳鬓厮磨,都非常体贴地在一旁等待,没有来打扰他们。

而且……

兰芽定睛一看,两位姑娘头顶上居然都有玩家姓名,红奚和绿萼。她们不是NPC,而是真实的玩家!

【鹊仙桥】【赤血蓝牙】:你们是玩家?

【鹊仙桥】【绿萼】:我们算是一剑天下的手下,被他雇来筹备婚礼的。如果蓝牙姑娘准备好了的话,就随我们去试礼服吧,时间不早了。

兰芽越发震惊,雇来?玩幻剑3这么久,她头一次知道玩家是可以雇用的,那到底一剑天下是以什么为代价来雇用她们的?最重要的是,为什么这俩姑娘会同意被雇用?!

她突然觉得,自己似乎应该重新审视这款网络游戏的强大功能了。

在红奚和绿萼的带领下,兰芽离开鹊仙桥,回至燕京城。到了城里,玩家才渐渐多了起来,大家都在聊着今晚9点一剑天下和赤血蓝牙的婚礼。

【世界】【玩家】:听说了没,万年钻石王老五要结婚了!

【世界】【玩家】:是啊是啊,昨晚他匿名参加赤血蓝牙的比武招亲,一招就把蓝牙打趴下了!

【世界】【玩家】:嗨,大神不愧是大神,给我们男同胞争了口气。看看赤血蓝牙以前的老公刹雪无痕是什么东西嘛,连老婆都打不过,玩什么游戏、组什么队?丢脸哦。

【世界】【玩家】:也不能这么说,蓝牙这么厉害,换了你也未必打得过她。只能说她和一剑天下是千里姻缘一线牵,从此以后夫唱妇随,全频道再也没有他们的对手啦。

【世界】【玩家】:哇,对哦!他们俩结婚是为了组队打怪做夫妻成就的,这下可完了,今后谁在做夫妻任务时,要是碰上他们俩,都不知道怎么死的!快快,我得赶快把这件事告诉我家的废物老公,让他提高警惕。

兰芽设定了自动领路功能,让自己跟着红奚和绿萼。然后,她扫了一会儿屏幕,又翻上去看了看下午和傍晚的聊天记录。记录的内容大致上都是关于大神和女中豪杰的婚事八卦。至于昨晚刹雪无痕砸重金办的婚礼,似乎已经被所有人遗忘了。

兰芽心中一阵唏嘘,既是同情又是得意,看来有些事情终究是无法用钱办到的。刹雪无痕企图用金钱提高他婚礼的知名度,虽然达到了一定的效果,但是当真正的大神一剑天下出马的时候,再多的钱都转移不了玩家们落在他身上的视线。

呃,好像这件事里,自己也有一定的责任嘛。

如果不是自己乱入刹雪无痕的婚礼现场,如果不是她头脑发热举办比武招亲,一剑天下也不会有出场的机会。

呵呵,真是对不起了,刹雪无痕。

兰芽一边想着,一边点开好友列表。可怜的列表已经闪动多时,兰芽直到现在才有空去看。其实她的列表里真正的好友只有胡雪嫣一个人，其余都是分不清谁是谁的普通朋友。兰芽本来就不是沉迷游戏的人，无意在游戏里结识太多朋友，也无意陷得太深。

果然，点开提示喇叭，第一个跳出来的就是胡雪嫣。

【私聊】【东湖侠女】：我的姑奶奶，你才离婚一天，今天又要结婚了？

【私聊】【赤血蓝牙】：缘分^_^

【私聊】【东湖侠女】：听说昨晚的比武招亲挺热闹？哎，我朋友聚会到一点钟才回家，倒头就睡，都没来得及去围观，错过了大八卦啊！

【私聊】【赤血蓝牙】：没关系啦，你还能赶上今晚的婚礼。

【私聊】【东湖侠女】：哈哈哈，你这混球就是不按常理出牌！那天你被刹雪无痕甩了以后，我还以为你会消沉一阵子。没想到你瞬间就复活了，还钓了这么大的一只金龟婿！干得好，就该气气刹雪无痕和青草幽幽那对狗男女，刹雪无痕甩了你真是瞎了他的狗眼，我咒他以后一刷怪就死机！

【私聊】【赤血蓝牙】：哈哈哈，汗，也不用这样诅咒别人啦。刹雪的三观的确挺奇怪的，不过没有他甩我的话，我也不可能遇到一剑天下。对了，说到一剑天下，你对他有什么了解吗？

兰芽在游戏里一向只知道打怪升级做成就，对八卦几乎毫无了解。相对而言胡雪嫣的交际圈子比较广，兰芽想打听小道消息的时候，总能从她口中挖出一星半点的东西。

【私聊】【东湖侠女】：唉，他啊……这个，怎么说呢……

【私聊】【赤血蓝牙】：怎么，他人品不好？

【私聊】【东湖侠女】：也不能这么说吧，应该说……基本没人知道他人品如何。

【私聊】【赤血蓝牙】：此话怎讲？

【私聊】【东湖侠女】：一剑天下那个人，你也应该看得出来，他超级不合群，在游戏里一向独来独往，交际圈比你还窄。

【私聊】【赤血蓝牙】：干吗拿我做比较！

【私聊】【东湖侠女】：别打断我！而且，他在游戏里好像长期雇着一群手下，当他需要办什么事情的时候，那些玩家就会很自然地现身帮他去办。感觉一剑天下就像是低调的武林盟主那样的角色吧，所以也有人说他可能是哪个有钱人家的少爷，带着仆人来游戏里打发时间，那种人不是我们一般玩家能消受得起的。

【私聊】【赤血蓝牙】：我倒是没感觉他身上有少爷气质，虽然装酷是有一点，不过大神都这样吧。

【私聊】【东湖侠女】：嗯，让人比较纠结的不是这种事，而是……他很喜欢争夺荣誉。

【私聊】【赤血蓝牙】：此话又怎讲？游戏里的那些家伙，哪个不喜欢荣誉？

【私聊】【东湖侠女】：一剑天下对荣誉的欲望比他们强多啦，你可以关心一下官方的成就榜单，以及各种比赛的获胜情况。基本上，只要是单人可以参加的比赛，一剑天下都会参加并且得到冠军。

【私聊】【赤血蓝牙】：哦哦，是所有的比赛吗？难道作文大赛和诗歌朗诵比赛他也会参加？

【私聊】【东湖侠女】：呸！你以为你在小学呢！幻剑3没有这么奇怪的比赛！不过征文比赛倒是有过，一剑天下当然是冠军啦。

和胡雪嫣聊着，兰芽迅速翻了一下官方论坛的帖子。

果然，满眼都是一剑天下的名字。

正如胡雪嫣说的那样，凡PK赛、单人副本赛，他都各种首杀，视频大赛、P图大赛、征文大赛……一切比赛全部都有一剑天下的身影。他从不做任何宣传，赛前保持沉默，赛中拿出傲人实力，最后轻松赢得胜利。

曾经有一次P图大赛，游戏里一个专门帮妹子P照片的家伙志在必得，赛前拼命造势，努力拉票，觉得冠军非他莫属了。然而，比赛途中突然杀出了一剑天下，他以一幅意境优美的PS山水图博得评委的一致好评，就连事先被拉票的妹子们也纷纷倒戈，转而支持一剑天下。

总之，一剑大神平常从不轻易显山露水，但只要他出手，别人就只有咬着手指在旁边围观的份儿。

兰芽看帖子看得心惊肉跳，突然觉得自己嫁了一个挺可怕的相公啊……

就在这时，在前方领路的红奚出声了。

【燕京城】【红奚】：蓝牙姑娘，我们到了。

兰芽一抬头，看见面前矗立着一座古色古香的建筑，牌匾上书三个大字：天香阁。

这个地方兰芽知道。在幻剑3的新手指南里，曾经说过天香阁是游戏里唯一一个可以定做衣服的商店。在这里，衣服的材料和款式完全没有限定，全部按照玩家的喜好来办，当然制作费用也相当不菲。而做衣服的时间，根据衣服的复杂程度也各不相同，总的来说，它就像现实中的那种高级手工定制时装店，高端洋气罕见，一般人根本消费不起。

兰芽疑惑地看着天香阁，有些难以置信。

【燕京城】【赤血蓝牙】：我们就要在这里试衣服？

【燕京城】【红奚】：正是，蓝牙姑娘别客气，赶紧吧，新郎还在等着呢。

说着，她在兰芽背后推了一下，兰芽只觉得眼前一黑，双脚就踏进了天香阁的门槛。

屋内别有洞天，几位裁缝已经挽着红色的嫁衣在那里等候。幸亏他们是NPC，如果是玩家的话，兰芽真要怀疑一剑天下是不是已经暗中统治了整个游戏。

嫁衣的华丽程度自然不必说，兰芽脱下红衣女侠套装，换上嫁衣容光焕发地站在铜镜前，感觉里面的人已经美得不像自己了。嫁衣很好地衬托出了女侠英姿飒爽的气质，又为她增添了一丝妩媚柔美，所有的细节都恰到好处。

红奚和绿萼对兰芽的美貌真心称赞了一番，为她戴上一顶珍珠华冠。于是，新嫁娘的形象就此出炉，赤血蓝牙即将再一次出嫁。

八点半,迎亲的队伍准时出现,NPC们吹着唢呐前来迎接兰芽。兰芽穿上红色的绣花鞋,在众人的搀扶下踏进了八抬大轿,前往婚礼现场。

不愧是霸气的一剑天下,在正式拜堂之前,他安排了长达半个小时的游街。只见迎亲的队伍离开天香阁,走上燕京城的主大街,一路吹拉弹唱热闹前行。今晚的燕京城格外喜庆,天空散落着淡红色的柳絮,玩家们聚集在街道两侧围观,对这盛大的婚事议论纷纷。

【燕京城】【玩家】:一剑天下还真是大手笔。我玩幻剑3多年,头一次看到新娘子游街的。

【燕京城】【玩家】:那得花一大笔钱吧?

【燕京城】【玩家】:岂止有钱,还得有名!如果你是名不见经传的小玩家,GM凭啥让你游街?没人气啊!

【燕京城】【玩家】:哎,这下一剑天下和赤血蓝牙可真是强强联合,从此以后打遍天下无敌手了吧。

兰芽听着众人的谈话,轻轻放下轿帘。

强强联合,真是一个令人遐想的词语。最初进入幻剑3的时候,她也曾想过要找一个和自己旗鼓相当的老公,然而事与愿违。等到很久以后,她终于放弃了这个梦想,实力强大的一剑天下却悄然来到了她的身旁。

游街结束了,队伍的目的地不是月老庙,而是燕京城北面的月华殿。那里通常只有表彰比赛获胜或者获得其他荣誉玩家的时候才会使用,今天却为一个玩家的婚礼开启了。

兰芽顶着红头盖,在红奘的搀扶下缓缓走出轿子。而正殿里,一身红衣的一剑天下已经等在那里了。

看到那挺拔潇洒的身影,兰芽的脸居然红了一下。

喂喂,赤血蓝牙,你在发什么花痴呢?又不是第一次结婚,脸红个什么劲儿?

接下来的流程就跟古装剧里一样,夫妻在月老面前拜了天地,谢了宾客,而后大家入席。一剑天下准备的是999金的红包,兰芽知道他有足够的钱发更大的红包,但他故意选择了这个数目。

因为,它比刹雪无痕的红包高一个等级,一剑天下就是要让刹雪无痕知道,他这个新老公比蓝牙以前的老公厉害。

果然是争强好胜的大神啊。

酒席摆了88桌,全坐满了,后来的人还只能站着。一剑天下本想临时加座,可惜月华殿的空间就只有这么大,桌子摆不下。最后,晚到的客人们只能在室外站着,端着各种珍馐美味一个劲儿地猛吃。

没有滚动的系统公告,也没有大张旗鼓的八卦传播,一剑天下的婚礼就靠着玩家之间口口相传,成了整个服务器人尽皆知的大事,招来了将近三分之二的玩家。

兰芽白天还在公司上班,一天劳累归来,迎接她的就是这样一个盛大的场面,真是让她高兴极了。

【月华殿】【一剑天下】:满意吗?

【月华殿】【赤血蓝牙】:满意,满意极了!

【月华殿】【一剑天下】:刹雪无痕好像没有来。

【月华殿】【赤血蓝牙】:哈哈哈,这么盛大的场面他会来才怪,自取其辱啊!

一剑天下笑笑,过了一会儿,他像是自言自语地说。

【月华殿】【一剑天下】:对,自取其辱,明明自己做不到的事情却偏要去做,确实是自取其辱……

【月华殿】【赤血蓝牙】:什么意思?

【月华殿】【一剑天下】:没什么,时间不早了,该跟夫人入洞房了。

看到入洞房三个字,兰芽又是一阵脸红。

你今天怎么老是失态啊,赤血蓝牙!游戏的洞房而已,你不是早就习惯了吗!

幻剑3的新婚洞房跟其他游戏的洞房差不多,没有任何暧昧气氛,只不过是一间张灯结彩的房间而已。在一剑天下的重金装修之下,这个房间比一般的洞房更华丽一些,但归根结底也只是一个普通的房间。

根据系统规则，夫妻结婚是有奖励的，但必须走完整个结婚流程才会有，洞房就是流程的最后一步。在洞房里，夫妻必须不停地聊天，直到获得规定的好感值才能出洞房。

兰芽觉得这是整个婚礼中最坑人的步骤了，她和之前的几任老公根本不熟，为了聊到规定的消息数量实在是煞费苦心，甚至有一次结婚的时候，她因为实在找不到话聊而和老公被关在洞房里一整夜，早上出来的时候人都快死了。

进了洞房，果然像兰芽预料的那样，两人开始大眼瞪小眼了。

没办法，双方对彼此的了解大概就只有名字而已，大神也没兴趣事先调查赤血蓝牙的情况吧。兰芽有些尴尬地在洞房里走来走去，突然看见一剑天下开口了。

【月华殿】【一剑天下】：这个洞房，是不是聊天要满一定的字数才能离开？

【月华殿】【赤血蓝牙】：哈哈哈……好像是吧。那个什么，大神你……办这次婚礼花了不少钱吧？

【月华殿】【一剑天下】：还行吧，我要的效果到了就好，花多少钱无所谓。凡是能用钱解决的问题，都不算大问题。

瞧瞧，这财大气粗的。人家完全不在乎结婚花多少钱，因为人家压根就不算计钱。

【月华殿】【赤血蓝牙】：其实你不用这么铺张浪费的，游戏结婚而已，随便拜个堂就行啦。

【月华殿】【一剑天下】：那么，被刹雪无痕的排场全面碾压，你也无所谓？"

兰芽怔了怔，她都快忘了这件事了，没想到大神居然还记着。

【月华殿】【一剑天下】：你们之间有什么恩怨，我不清楚。但是既然你跟我结了婚，我就不会眼睁睁地看着你在别人那里受欺负。

兰芽感动得热泪盈眶。

【月华殿】【赤血蓝牙】：大神，你真男人啊！

【月华殿】【一剑天下】：不敢当，有仇必报而已。

其实这种仇说白了跟你本人根本就没关系吧？刹雪无痕结婚的时候，比武招亲还没开始呢！

兰芽觉得，自己是不是该重新认识大神的人品了……

【月华殿】【一剑天下】：最近你在做什么任务？

【月华殿】【赤血蓝牙】：啥？

【月华殿】【一剑天下】：夫妻任务。我对非单人性质的任务不太了解，麻烦夫人多加指点了。

兰芽在心里暗叹，大神啊大神，你嘴上请夫人指点，语气却还是一副大神腔，真以为别人看不出来吗？就算你的用词再客气，也掩饰不了你大神的内在啊！

【月华殿】【赤血蓝牙】：最近新出的夫妻副本，我跟刹雪才刚通关。新副本估计是下周开，因为夫妻任务比单人任务操作复杂，我会先带你熟悉一下情况。

【一剑天下】：那就劳烦夫人了。

【赤血蓝牙】：另外，任务里……可能需要与他人配合，就是说，可能要与其他夫妻一同组队，你……可以吗？

兰芽有些小心翼翼地问。

【一剑天下】：和其他夫妻？我知道了，需要的时候我会安排，不想跟陌生人组队。

救命！幻剑3里到底有多少人是您的手下，您是不是带了一个团队来陪自己玩游戏啊？

接下来的时间里，兰芽简单地跟一剑天下介绍了幻剑3夫妻任务的特色，以及自己之前刷过的几个副本内容。而一剑天下也很认真地请教了一些打法，甚至和兰芽模拟了一下合适的站位。

兰芽满头无奈，在洞房里讨论战斗话题，她和一剑天下也算是所有夫妻里的头一对了吧。

她已经能想象，从今往后自己和一剑天下将不会有任何浪漫，肯

057

定成天就是打怪打怪，一路碾压其他人获得至高的夫妻成就。

呜呜呜……这样一来的话，她的形象距离可爱温柔婉约就更远了啊！

Chapter06
不是冤家不聚头

早上9点，兰芽踩着8公分的高跟鞋冲进办公室，在炎炎夏日里热出了一头大汗。

昨晚她跟新老公一剑天下刷副本刷到半夜，又因为太激动而睡不着觉，折腾到4点多才迷迷糊糊地睡去。因为临睡前不幸忘了上闹钟，一觉醒来的时候已经8点多了。

大神不愧是大神，操作技能果然跟以前的老公们不可同日而语。在副本里他不但不会被拖尸，甚至跑得比兰芽还快，结果导致两个人经常抢着出手，悲惨的怪被打得七荤八素，都不知道该先反击哪个人才能保命。

虽然两人的磨合度还有一点问题，但兰芽已经很满意了。这样下去，年底的夫妻PK大赛，她和一剑天下获胜绝对没问题。

办公室里，弥漫着一种奇怪的寂静气氛，所有人都在埋头专心工作。

自从财务部总监叶婷请假以后，众人经常浑水摸鱼。而兰芽没有升职，也不适合去代替叶婷监督纪律。今天是怎么了？

"兰芽姐！"这时，邻座的小妹娟娟对她招招手。

"娟娟，今天大家怎么都不说话？"兰芽压低声音问。

"兰芽姐，你迟到了一会儿，所以不知道。刚才人事部来通知，新的财务总监今天就要上任啦！"娟娟小声说，但掩饰不住语气里的激动。

"是吗？"兰芽一惊，这么说的话，她就要有新上司了？

"而且啊，已经有人在老板的办公室里看到新总监了，听说是个帅哥！"

"哦？"听到帅哥二字，兰芽的眼睛亮了。

财务部一向女多男少，男性资源严重缺乏。如果来个男总监倒也不错，大家看到帅哥心情好，工作效率也更高了。

两人正说着，突然听见有人喊了一声："老板来了！"

兰芽和娟娟立刻停止闲聊，抬头一看，只见段凌风领了一位穿休闲衫的年轻男子进来。看到那个男人，兰芽心里突然狂跳了一下，感觉那个人有点眼熟。她躲在电脑屏幕后面看了又看，头顶突然炸开一个响雷！

这个跟在段凌风身后的人，不就是……不就是刹雪无痕吗！

今天的刹雪无痕打扮十分英挺，挑染的短发染回了黑色。

就像那天兰芽所见到的一样，刹雪无痕不爱笑，眼中带着一丝漠然，踏进办公室以后，他只是静静地扫视了一眼周围。但是帅哥不管干什么都会加分，就是这简简单单的一眼，兰芽已经听见有妹子发出赞叹声。

对她们来说，可能有一场艳遇发生了吧。

但是对兰芽来说，似乎是一场噩梦开始了。

段凌风当然对兰芽和刹雪的孽缘一无所知，这并非出自他本意的人事安排，已经让他非常不悦了。他努力隐藏自己的负面情绪，礼貌地介绍："这位是由风讯董事会股东委派来的新财务总监，莫问衡先

生,希望大家今后多配合他的工作。对了,莫先生,那边那位许小姐是财务部的主管,也是叶婷之前的下属。今后她就是你的下属了,财务部的所有工作,大家都会通过许小姐向你汇报。"

听着段凌风充满磁性的声音,兰芽只觉得全身一阵冷一阵热。救命!她临时请辞这个主管的位置行不行啊,随便找个人来替代她行不行啊!

看着兰芽脸色青白的样子,莫问衡脸上依然没什么表情,只是淡淡地说:"那么,就请许小姐待会儿到我办公室来一下吧。今后就要一起工作了,我们需要相互熟悉一下,也希望许小姐为我介绍一下财务部的情况。"

兰芽露出比哭还难看的笑容,不情愿地点了点头。

简单介绍完毕之后,段凌风就去忙自己的事了,莫问衡也进入了财务总监办公室,开始代替叶婷行使职责。兰芽在座位上如坐针毡,站也不是,坐也不是,她真是搞不明白,为什么偏偏会是刹雪无痕成为她的新上司,难道是她这个月没烧香所以倒大霉了吗?

"兰芽姐,你还不去总监办公室吗?"娟娟小声问,"那个帅哥总监看起来很不好对付,你可别在人家上班第一天就跟他结下梁子啊。"

唉,也是,游戏里的恩怨不能带进工作。

兰芽说了一声"我知道了",不情愿地站起来,拖着沉重的脚步去见莫问衡。

财务总监的办公室曾经属于叶婷,那是一个温馨可爱的地方,充满了叶婷喜欢的粉色小摆设。但如今她已经不在,所有的东西自然都收了起来。

墙角堆着几个箱子,到处都空荡荡的。莫问衡正站在落地窗前,低头端详着一盆绿色植物。

"莫先生。"兰芽开口,尽量让自己的声音显得正常。

"你好,许小姐。"莫问衡回头,脸上带着似笑非笑的表情。

"我已经汇总好了叶婷离开之前经手的几份重要报表,另外,关于我们财务部的情况……"

兰芽的话说到一半，莫问衡就用手势阻止了她。

他回到办公桌前，悠闲地坐了下来："不用急，工作的事情今后你有足够的时间汇报。现在，让我们先来谈谈吧……蓝牙。"

听到最后两个字，兰芽背后突然起了一层鸡皮疙瘩。

当她和刹雪还没离婚的时候，刹雪在游戏里就是这么称呼她的。

"蓝牙，兰芽，你取的名字还真有深意。"莫问衡似笑非笑地回味着那两个字，"看到员工资料的时候，我还在怀疑会不会有这么巧的事。不过，也不算太巧，你住的那个住宅小区居然是风讯股东为员工们安排的宿舍，从那个时候开始，我就觉得我们总有一天会再见面的。"

"你这家伙！"兰芽一阵恼羞，"你……居然尾随我，你变态啊！"

风讯的股东，除了投资风讯游戏公司以外，还在其他若干个小公司里注入了资金。而后他们租下了兰芽所在的这个小区，专为公司的年轻单身员工提供住宿服务。

兰芽对这件事略有耳闻，但并不是很在意。人事部在安排宿舍的时候，特意将相同公司的员工的房间隔开，因此大家都没有和同事住在一起的感觉，平常也不会刻意提到这件事。

看到兰芽孥毛的样子，莫问衡似乎显得很高兴，笑道："我只是好奇而已，看看你会不会在背后骂我，果然……不过也无所谓，这只是我一时兴起，我既不会在乎你对我的成见，也不会很变态地骚扰你。"

呵呵，那句"不在乎你对我的成见"，这种鬼话到底在说给谁听！

兰芽在心里冷笑，同时也对莫问衡的身份产生了一丝疑惑。

既然是跟踪她到小区，就说明他应该不是那里的住户，也就是说他不是那些股东斥资成立的任何一家公司的员工。那么，他是谁？在被派到风讯公司之前，他是什么身份？

看来,今后得关注一下了。

兰芽隐藏住心里的困惑,冷声道:"莫先生,过去的事情就不用再提了。请不要再继续践踏您在我心目中的形象,那样会让大家都不开心。"

莫问衡冷笑:"我在你心目中还有形象吗?那天和青草幽幽的婚礼之后,你已经彻底看透我这个人了吧?不然,你也不会举办那个什么比武招亲,还大张旗鼓地跟一剑天下结婚,还搞了这么盛大的婚礼存心来气我。"

兰芽无奈道:"我没这么多无聊的时间来气你,也不是钱多烧得慌非要办这豪华的婚礼,那是一剑天下的安排。不过照你这种性格,就算我再怎么解释你也不会相信的,那么就算了,今后你走你的阳关道,我过我的独木桥,我们井水不犯河水,别再互相折磨了。"

莫问衡又笑:"如果你和一剑天下不在夫妻任务里影响到我和青草幽幽,我自然不会再纠缠你。"

兰芽咬牙:"你可真够小心眼的,我以前怎么没看出来!"

莫问衡摇头:"错,我不是小心眼,顶多是爱憎分明而已。对待我的朋友以及喜欢的人,我可以处处忍让。但是对于和我有恩怨的人,我是不会善罢甘休的,这一点也是我的工作作风,希望许小姐你以后可以记住。"

兰芽听出了这番话里的不对劲:"什么叫做和你有恩怨?我们只是性格和观念不合而已,不是吗?"

莫问衡冷笑:"大概是吧,那么,时间也不早了,午休之前你就把财务部的情况跟我简单介绍一下吧,麻烦了。"

兰芽满头雾水,但是上司的命令无法违抗。

接下来,她就将预先准备好的资料拿出来,而莫问衡在听她讲解的期间,也适时提了一些问题。从工作方面来看,莫问衡很认真也很专业,并不像提起游戏的时候那么胡搅蛮缠。

莫问衡到底是什么人?他们之间,是不是有什么自己不知道的误会?

带着满满的疑问，兰芽总算赶在吃午饭之前完成了汇报，也回答了莫问衡一切刁钻古怪的问题。这家伙居然比想象中的还要难缠，找出了财务部工作上的许多疏漏，看来是专业财务出身。

兰芽累得筋疲力尽，在听见莫问衡说出"你可以走了"的时候，简直如获大赦。

她赶紧离开莫问衡的办公室，打开门之前又听见莫问衡叫住了她："许小姐。"

兰芽回头。

莫问衡似笑非笑地看着她："许小姐，我在想，无论是你们财务部还是段凌风本人，甚至是整个风讯公司，都挺不欢迎我这个空降总监吧？"

兰芽一怔："此话怎讲？"

莫问衡没有回答，而是继续说："不过，许小姐，虽然段凌风年轻有为，但他空有一腔热血，在经商方面跟股东们相比还嫩得很。我知道他的野心很大，但还是希望你能认清现实，一味对这位老板死心塌地的话，对你并没有好处。"

兰芽觉得后背有些发冷。

她听得出莫问衡的潜台词，他猜到段凌风会拉拢她，并且正在隐晦地提醒她注意自己的身份。虽然段凌风是老板，但股东们才是真正出钱支撑公司的人。股东一方和老板一方，到底听谁的话，兰芽应该心里清楚。

兰芽勉强挤出一个笑容："我明白了，谢谢总监的提醒。"

然后，她立刻落荒而逃，逃回自己的办公桌直喘气。

当莫问衡还是她游戏里的老公刹雪无痕的时候，兰芽总觉得他是一个傻乎乎的很好对付的年轻人。但是自从刹雪对她说出"蓝牙，我们离婚吧"那句话之后，就逐渐露出了本来面目，变得越来越难对付。

每一次遇到，兰芽就觉得这个对手强大一分，看来今后她在工作和游戏里都没有安稳日子过了。

娟娟看到兰芽疲惫地趴在桌上的样子，轻声问："兰芽姐，你怎么了？脸色好苍白，是不是总监为难你了？我们一起去吃午饭吧，我请你喝奶茶。"

兰芽抬头笑笑："没事，我起床太晚来不及吃早饭，好像有点低血糖。不用你请我啦，等我休息几分钟我们去吃寿司吧，我请你。"

两人正在闲聊的时候，总监办公室的门打开了，莫问衡走了出来。

大家正收拾东西准备出去吃午饭，看见总监立刻停下了手里的动作。

"真好，既然大家都没走，中午我请大家吃饭吧。"莫问衡扫视了一圈，露出爽朗的笑容，"有缘在一起工作，今天我请客，跟大家随便聊聊。"

总监发话，自然没人敢违抗，众人只能放弃各自的计划，略微拘谨地站在原地准备跟着总监出发。但是，兰芽不在其中，她才懒得在这种私事上迁就莫问衡，就这么坐在原位笑了笑："抱歉，我有点不舒服，就不去了。既然总监请客，大家记得尽量多吃点。"

一句玩笑话惹得大家都笑了起来，莫问衡也不勉强，微笑着说："那许小姐好好休息吧，下次有机会再一起。"

说着，他就在众人的簇拥下离开了财务部。

转眼间，整个办公室就都空了，兰芽无精打采地趴在桌子上，觉得心情差极了。

不明白，真是不明白啊，为什么世界这么小！她真是个傻瓜啊，如果那天晚上不答应刹雪的见面请求，今天什么事情都不会有！

越想越郁闷，兰芽从抽屉里随便摸出一袋饼干，又泡了一杯奶茶，一边吃着饼干喝着奶茶，一边登录了幻剑3的游戏客户端。莫问衡去吃饭了，肯定不会在游戏里，所以现在是难得的清静时间，让她游戏娱乐一会儿，喘口气吧。

Chapter07
大神的指教

才刚登录游戏，兰芽就看见好友列表里有信息在闪。

她点开一看，居然是一剑天下。

【私聊】【一剑天下】：中午上线的话，来随便刷个副本吧。

消息是上午发过来的，兰芽看一剑天下还在线，就回了消息。

【私聊】【赤血蓝牙】：时间会不会太紧？

【私聊】【一剑天下】：上线了？没关系，随便刷个简单的，提高一下我们组队的磨合度。

【私聊】【赤血蓝牙】：这……

【私聊】【一剑天下】：怎么了，心情不好？

似乎看出兰芽有些勉强，一剑天下立刻问。

兰芽汗颜，大神的直觉未免太敏锐，关于心情她可是半个字都没提啊！不过游戏里的老公也是老公，抱怨几句应该无所谓。况且兰芽心里正堵得慌，十分需要找人发泄一下，所以她就不客气地开始抱怨了。

【私聊】【赤血蓝牙】：嗯，有点心烦，不太想打怪。

【私聊】【一剑天下】：怎么了？

【私聊】【赤血蓝牙】：一剑大大，你上班吗？

【私聊】【一剑天下】：是工作上的事情不高兴？

看到他避重就轻的回复，兰芽突然觉得自己好傻。一剑天下既有钱又有实力，还有一大批雇用的下属，说不定真是哪家的阔少爷。跟这种衣食无忧的有钱人谈工作，她是很傻。

【私聊】【一剑天下】：你不吭声的话，我就当是了？

兰芽叹息：唉，这种糟心的事情，大神你应该是不会明白的。

【私聊】【一剑天下】：说说看。

【私聊】【赤血蓝牙】：我们部门来了一个新上司，和公司大老板是两个派系。他们俩都要我听他们的话，但是我不知道该听谁的。

【私聊】【一剑天下】：必须要选择吗？哪个的话都不听，难道不行？

【私聊】【赤血蓝牙】：大神，您好天真，在办公室里不坚定自己的立场，只会被所有人都排斥啊。算了，是我多嘴，不该跟你讨论这种无聊的问题，我们打怪去吧。

一剑天下没说话，过了一会儿，发过来几个字。

【私聊】【一剑天下】：黑风山九连环。

【私聊】【赤血蓝牙】：大神，你想刷这个副本？

【私聊】【一剑天下】：嗯。

兰芽无语了，该怎么说呢，大神的口味……还真是独特呢。

黑风山九连环，在幻剑3的所有多人副本中是最有名的鸡肋。顾名思义，黑风山就像它的名字那样凶猛，是一处山贼的老窝。进入副本的玩家，必须徒步通过黑风山，而在必经的盘山小路上分别有9批山贼把守，每一批山贼见到玩家之后都会丢出两个选择：要么给钱，要么挨揍。

所谓的挨揍就是PK，但基本没人会选择这一条。原因是，山贼向玩家索取的金额，只有10金，但通过这个副本之后获得的奖励却高达1000金。而且就算玩家选择PK，胜利之后也是不增加经验值的。

衡量之下，几乎所有的玩家都会选择破财消灾，而因为这个副本相当无聊，经常是十天半月都没人去刷它。那些可怜的山贼NPC，生活实在寂寞。

大神所谓的随便刷个副本，真的就是"随便刷"！

兰芽一路跟着大神腾云驾雾，前往黑风山。

阴冷的黑风山，终年雾气缭绕，幽深寂静。因为长久缺少人气，显得有点阴森恐怖，兰芽一百个不情愿踏进这里。

两人来到黑风山脚，看见只有唯一一条小路通往山上。路旁插着一块破破烂烂的木牌：有山贼出没，危险！

一剑天下环视周围，轻甩雪白的衣袖，翩然上山。兰芽也紧跟其后，踏上了刷鸡肋副本的无聊道路。

大神就是大神，即使走在这渺无人烟的荒山上也是玉树临风，不可方物。一身红衣的兰芽原本也算夺人眼球，但走在大神身边就像一个穿着红衣服的普通丫头，连一点女侠的风范都没有。

不行，她得做点什么来挽回大神夫人的形象。

【黑风山】【赤血蓝牙】：大神，等会儿遇到山贼，那些钱就由我来出吧。

【黑风山】【一剑天下】：都已经是夫妻了，你还总是客气什么呢？叫我一剑或者天下就行了。

兰芽一阵脸红，人家在认真跟他讨论钱的事，他都在说些什么啊！

而且大神为什么会叫她的名字叫得这么自然！不管叫一剑或者天下都好肉麻啊！

【黑风山】【赤血蓝牙】：不不……咱俩的等级相差太大，直呼你的名字会有罪恶感的。

【黑风山】【一剑天下】：那随你吧，不过，遇到山贼的时候不用你出钱。

【黑风山】【赤血蓝牙】：但是这么点钱，让大神你出的话总觉得有点掉价啊。

【黑风山】【一剑天下】：我什么时候说过要出钱？

【黑风山】【赤血蓝牙】：那你……

【黑风山】【一剑天下】：打。

打？！

兰芽刚看见这个字的出现，眼前突然吹起一阵黑风。黑风过后，一个身穿黑色布衣的NPC大摇大摆地走上来，走到路中央拦在两人的面前。

【黑风山】【山贼】：此山是我开，此树是我栽，要想从此过，留下买路财！

唉，都多少年了，这个副本里的台词居然都没变过，真是太老土了。

兰芽在心里叹息，打开包裹打算拿钱出来打发NPC。

就在这时，一剑天下突然从腰间抽出剑迎了上去。走到NPC面前，他连一丝犹豫都没有，直接挥手一剑。

NPC都来不及惨叫，就血溅当场。

【系统提示】：玩家【一剑天下】为民除害，杀死邪恶山贼一名。

兰芽震惊了。

大神还真的要打！

行凶者本人依然很淡定，杀了山贼之后，随手甩去剑上的血，利落收鞘。他的剑名为九夜玄天，挥剑时只见银光不见剑身，在以最快速度杀死高级怪的时候，据说怪被砍杀的一瞬间甚至不会感到自己中剑，所以，大神用九夜玄天去砍一个山贼，实在大材小用。

但是，兰芽此时更在意的不是这种事，而是……大神，你杀山贼到底图个啥啊！

【黑风山】【赤血蓝牙】：呃……大神，如果你要训练队伍磨合度的话，有很多高级副本可以选择，能得到的奖励也更多。在这里杀山贼既没有钱，又没有经验值，跟他们打架完全没有任何意义啊！

【黑风山】【一剑天下】：你别急，等会儿就知道了，我们继续前进吧。

说完，他就自顾自地继续往前走。

兰芽一头雾水，只能紧随其后。两人一路走一路杀，杀了武术家山贼A、弓箭手山贼B、剑客山贼C、刺客山贼D……这个黑风山副本真是要多鸡肋有多鸡肋，连设计的NPC形象都很懒，直接从玩家的角色里面山寨了几个人。兰芽越打越无聊，如果不是因为身边的大神出招赏心悦目，她真的想出钱打发走这些山贼，早点通过副本算了。

不过，经过这几场简单的战斗，兰芽和一剑天下的配合度有了显著的提高。他们的职业分别是男剑客和女侠，都是属于近攻型的角色，因此要格外注意配合度。当群怪扑上来的时候，需要擅长单人对集体作战的一剑天下出马，兰芽负责回血和辅助，而当遭遇单个高级怪的时候，主力输出就变成了攻击命中率高的兰芽，一剑天下退回后方。

慢慢地，两人一路杀上了山顶。

黑风山九连环一共有9关，最后一关兰芽他们刚才已经经过了。如果刚才给钱的话，副本就到此为止，但因为他们选择了PK，因此将山贼打倒之后，他身后出现了一条通往山顶的崭新道路。

这，就是所谓的隐藏副本吗？

兰芽心里十分好奇，但一剑天下并没有说什么，她也不好意思问，跟着他继续前进。

这山顶才是真正的最后一关。这里没有啰唆的山贼，也没有树林和小路，只有一片空地。空地上，一团黑风在阴森森地转悠着。

【系统提示】：黑风山老大因练功而走火入魔，盼各路英雄出手相救，为民除害。

不管多华丽的词语，中心思想就是打。

兰芽和一剑天下默契地调整了一下装备，用带法术属性的武器轰向走火入魔的黑风山老大，把那团黑风直接打散了。

黑风消失之后，地上躺着一个彪形大汉。

一剑天下俯身碰了碰他，就在这一瞬间，系统突然响起"叮咚"一声。

是世界频道发公告的声音。

兰芽一愣，看见世界频道显示一行大红字。

【世界】：恭喜夫妻玩家【一剑天下】和【赤血蓝牙】完成【黑风山九连环】的隐藏任务【拯救黑风老大】！两位是第一个完成该副本隐藏任务的玩家，获得通关奖励五十万金以及圣光盔甲两套，奖励已经发送到邮箱，请查收！

五十万金！圣光盔甲！

兰芽震惊了，同时看见自己的信箱收到了那些奖励。

所以这不是梦，是真的！

一瞬间，世界频道里炸开了锅，无数玩家都在捶胸顿足。

【世界】【玩家】：黑风山那个鸡肋副本居然有隐藏任务！

【世界】【玩家】：我第一次刷那个副本，战了三个山贼就无聊得吃不消啦，赶紧给钱了事，没想到后面居然藏着这么一座大金矿！

【世界】【玩家】：不是吧，黑风山副本开了这么多年，居然今天才被人打出隐藏任务？一剑天下和赤血蓝牙果然了得，强强联合，江湖第一夫妻！

而此时，副本剧情居然还没结束，其他山贼也来凑热闹了。他们浩浩荡荡地跑到山顶上，在兰芽和一剑天下面前排成一行，激动得跪下来拼命磕头。

【黑风山】【山贼A】英雄！谢英雄对咱家老大的救命之恩！

【黑风山】【山贼B】兄弟们之前真是有眼不识泰山，居然还敢对英雄收买路费！

【黑风山】【山贼C】多谢英雄大人有大量，咱们兄弟没齿难忘。将来英雄行走江湖有什么难处，咱们绝对赴汤蹈火，在所不辞！

这些NPC还真智能，态度瞬间就180度大转弯了。她觉得很好笑，玩了这么久的幻剑3，还从没被NPC像这样三跪九叩过。

兰芽和一剑天下领了奖励之后，两人自动返回了黑风山脚。

【黑风山】【赤血蓝牙】：大神，你是不是搞到了游戏攻略，知道这个副本背后有猫腻？

【黑风山】【一剑天下】：我不用搞到游戏攻略，也知道这里面有猫腻。

【黑风山】【赤血蓝牙】：为什么？

【黑风山】【一剑天下】：游戏公司没这么蠢，会设计一个鸡肋副本在这里。如果是货真价实的鸡肋，既没有人气又没法让玩家获得收益，开发组很快会修改或者取消这个副本。但是黑风山这么多年都好好地留在原地，就说明它有存在的价值，所以，我觉得有必要来一下。

这番推理看似简单，副本常年摆在那里必然有它的道理，因此大神就来打怪了。

但是……一般人哪会想这么细！幻剑3从最初到现在起码出了几千个副本，谁会发觉一个小小的鸡肋副本里会隐藏着秘密，而且有闲心花这么多的精力去通关一次！

【黑风山】【赤血蓝牙】：大神，难道这么多副本的内容，你心里都有数？

【黑风山】【一剑天下】：不，单人副本我已经没兴趣了，最近只对多人副本有研究。

好吧，兰芽已经听出大神话语中对各种多人副本成就势在必得的自信了。她一直觉得自己是个好胜心很强的人，看来一山还比一山高。

【黑风山】【一剑天下】：心情好点没？

兰芽一愣，一时说不上话来。

【黑风山】【一剑天下】：打完副本，又拿了这么多奖励，还获得了副本首杀成就，心里舒爽一点没？

大神居然还记得她心情不好的事？打了这么长时间的副本，兰芽自己都快忘了刚才心情不好的事情了。

【黑风山】【赤血蓝牙】：夫君好细心体贴，娘子感动啊！

【黑风山】【一剑天下】：嗯，感动的话，就多叫几声夫君来听听吧。

【黑风山】【赤血蓝牙】：别得寸进尺！

【黑风山】【一剑天下】：你能愉快地继续上班了吗？

【黑风山】【赤血蓝牙】：……还好吧。

【黑风山】【一剑天下】：其实，在办公室里站队，并没什么大不了的。

【黑风山】【赤血蓝牙】：啊？

【黑风山】【一剑天下】：你回想一下，刚才的副本里，那些山贼一开始恶狠狠地问我们要钱，最后却对我们感激涕零，这是为什么？

【黑风山】【赤血蓝牙】：因为我们救了他们走火入魔的老大啊。

【黑风山】【一剑天下】：是的，山贼原本对我们不怀好意，但当我们解决了他们的困难以后，我们就变成了他们的朋友。在工作上，其实也是一样的。

【黑风山】【赤血蓝牙】：？？？

【黑风山】【一剑天下】：在公司里，每一个老板和上司当然都希望下属能站在他的一边，这对他们来说很重要，却不是最重要的。对你来说，相比站对队伍，你更应该做的是完美地完成自己的工作，成为公司不可或缺的一位职员，只要你的工作能力强，自然不会有人敢动你。

兰芽呆了。

这……这是大神吗？她这还是在游戏里吗？为什么游戏里的大神突然跟她讲起职场法则来了？

【黑风山】【赤血蓝牙】：可是……我光是努力工作就够了吗？理性很重要，感性同样重要，假设就算我很优秀，但如果上司或者老板不喜欢我，认为我不是他那派的人，而对我产生感情上的厌恶，就算我再努力也没有用啊！

【黑风山】【一剑天下】：你只是不愿表达清晰的立场而已，又不是要跟谁唱反调。如果一个上司或者一个老板，因为员工不喜欢拍马屁，或员工没有死心塌地环绕在他的身边而对他有意见，而因此忽视这位员工的工作能力，那我觉得这种上司和老板很小心眼，并不称职。而如果你真的碰到这种事……那，这样的公司不会有什么发展前途，早点走人无所谓。

兰芽怔了许久。

大神的话字字珠玑，让她醍醐灌顶。

是啊，她是业务精通的成熟白领许兰芽，从她手里从来没有出现过一笔错账坏账，叶婷曾经多次真诚地说过，她没有兰芽不行。既然她的工作能力这么优秀，为什么还要担心会被上司或者老板讨厌？

她是有能力的员工，她是凭真本事走到了今天这一步。职业技能就是她吃饭的工具，如果段凌风或者莫问衡因为她不够忠心而把她赶出风讯公司，那是他们有眼无珠。

离开了风讯，兰芽可以凭自己的实力找到一份待遇更好的工作，但风讯却未必能再找到像她一样优秀的员工。孰轻孰重，大家都看得到；而谁在这场风波里占据真正的主动权，也显而易见。

【黑风山】【赤血蓝牙】：大神，谢谢你的指教，我的脑袋清楚多了！

【黑风山】【一剑天下】：呵呵，不客气，如果你状态不好，刷起副本的时候也会影响发挥，对我没什么好处。

喂喂，大神你也太诚实了吧，是在暗示人家，你并不是乐于助人，而是为了不影响自己刷副本做成就？

不过，一个陌生人能如此提点自己，兰芽心里还是挺高兴的。

再次感谢了一剑天下之后，她就开开心心地下线了。

退出客户端的时候，午休时间也即将结束。兰芽伸了个懒腰，快速喝完奶茶准备开始下午的工作，刚要打开电子报表的时候，听见外面传来一阵喧闹。

财务部的众人围着莫问衡走了进来。

这顿午饭效果似乎很好，大家都情绪高涨，莫问衡的脸上也有了笑意，甚至嘴上还在开着玩笑。他在下属们的簇拥下走进了财务部，看到兰芽的时候，脸上的表情也没有任何变化，和大家打了招呼之后进了自己的办公室。

众人返回办公桌,上班的时间已经到了,他们的情绪却似乎还没有平静下来,各自压低声音闲聊着这顿新上司宴请的午餐。

"那家的菜好棒哦,下次也跟我朋友一起去。"

"不过价钱也不便宜啦,莫先生真是大方。"

"没想到他还有这么爽朗的一面嘛,等菜的时候说的那几个笑话笑死我了。"

"早上老板把他带来的时候我还紧张了一会儿呢,看他那时候都不笑的样子,以为是冷面变态上司呢,没想到……不过,他可能是那种工作如冬天般冷酷,平常如春天般温暖的类型吧。"

"讨厌啦,要是一直如春天般温暖该多好。"

这时,妹子娟娟凑了过来,对兰芽轻声说:"兰芽姐,你身体好点没,还觉得不舒服吗?"

兰芽笑笑:"已经没事了,你们呢?好像吃饭吃得很开心?"

一听到吃饭,娟娟的眼睛立刻亮起来:"可开心啦!莫先生比想象中要有趣和爽快得多,我都快变成他的粉丝了!对了,他好像也玩幻剑3,我记得兰芽姐你也在玩吧?说不定会很有共同语言!"

都已经在游戏里结过婚又离婚,怎么可能会没有共同语言!

兰芽无奈,嘴上只能说:"哈哈,是吗?不过我操作很烂的,还是偷偷玩自己的,别丢人现眼了吧。"

她一向把工作和游戏分得很清楚,现实中基本没人知道她在幻剑3里呼风唤雨的模样。

没想到莫问衡还真有一套。只凭一顿午饭就拉拢了众下属,看来,以后得对他更加小心了。

Chapter08
市场部的风波

"以上就是本周工作的汇报,谢谢大家配合。"会议室里,回荡着总监助理洋洋清脆的声音,她曾经是叶婷的助理,自从叶婷请假之后,她的上司自然就换成了莫问衡。

"这周辛苦大家了。"环视一圈众下属,莫问衡冷静地说,"那么,按照风讯公司以往的惯例,从明天开始公司会放一周的大假,希望大家好好休息,以充沛的精力迎接新一轮的工作。"

兰芽坐在莫问衡的右手边,一边听着他训话,一边胡思乱想。

转眼间,莫问衡来到财务部已经半个月了,他比想象中更快地融入了这个部门,而且展现了十分优秀的工作能力。叶婷在位的时候,因为她生性温和,导致部门的秩序有些松散,大家一有机会就偷懒,交上来的报表也经常出现低级错误。

但是莫问衡就不一样了,他虽然平常对大家挺客气,但是在工作上要求严格,对待各种财务数据一丝不苟。虽然背后有人说他人格分裂,但不得不承认,他来了以后,财务部的风气严谨多了。

而对兰芽来说,有一个严格的上司反而会让她更轻松。之前叶婷在的时候,她时常要帮她收拾各种烂摊子,额外的工作十分繁重,现在换了莫问衡,她立刻一身轻松,只要做好自己分内的事情就够了。不过兰芽始终觉得莫问衡这个人深不可测。

他既爽朗又小心眼,既会在游戏里傻兮兮地跟在她身后叫老婆,又会在现实中用恶毒的语言讽刺她没有女人味。到底哪一个才是真正的他?人格分裂真是这么有趣的事情吗?

会议结束了,会议室里的气氛很轻松,大家一边收拾东西,一边商量着放假期间要去哪里玩。兰芽已经跟一剑天下约好了要刷副本,所以没参与讨论,况且,下班之前她还有一件事情要解决。

收拾完东西,她离开会议室,走出财务部,抓紧时间前往市场部。

在下班之前,她想找市场部的负责人黛西讨论一下公关费用的问题。

按照常理,像风讯这种制作网络游戏的公司,客户群长期且稳定,并不需要市场部每个月去开发新客户。但不知为何,黛西那边的公关费用,每个月都居高不下。

之前因为兰芽太忙,做自己工作的同时还要协助叶婷,也顾不上黛西这边。现在莫问衡把总监该干的事情都一手包办,兰芽这边轻松了许多,自然有空处理黛西的事情了。

黛西以前是做销售的,应酬经验丰富,交际圈也很复杂。兰芽大致能猜出她手里的公关费用是怎么回事,但还是要亲自去确认一下。

来到市场部,里面乌烟瘴气,几个员工正在打麻将,其他人都不见了,估计是提前溜了。兰芽看到这样的情景,顿时气不打一处来。最近段凌风在带领程序开发部忙着新游戏的上市,来不及管别人,这些家伙居然这么嚣张。

在工作场合,打游戏、刷淘宝、聊天、看电影已经够娱乐了,这群家伙居然抽烟打麻将,像什么样子!

她敲了敲门,大声问:"黛西在吗?"

一个浓妆艳抹的女子懒洋洋地从牌桌上回过头,看见兰芽,嫣然一笑:"哟,我还以为是谁呢,原来是财务部的大忙人许小姐。都快下班了,来我们市场部有何贵干?大家差不多都走啦,你找人的话估计没戏。"

兰芽笑笑："我不找别人，就找你。上次跟你说过的，你们市场部的公关费用一直居高不下，让你们交出的计划也迟迟不交，我想亲自过来跟你谈谈这个问题。"

黛西眯起眼，笑容里带着些刻薄，讥讽道："哎哟，原来许主管是为工作而来，真是有失远迎。不过呢，你知道我们市场部的人都是目不识丁的粗人，让我们交出像许小姐做的那样的清晰、整洁、专业、美观的财务报表，那真有点强人所难。"

兰芽又笑，客气道："我知道你们都是做销售出身，可能会觉得做报表麻烦，这件事可以慢慢学。不过，你们的公关费用这么高，到底钱花在哪里了，这一点总可以告诉我吧？"

市场部是风讯公司里一个非常尴尬的部门，风讯成立初期，人事部把它当成将来发展和服务客户的主要部门，因此认真地从一些小公司招来了这批销售人员。以黛西为首的这些人年纪不大，却阅历颇深，看起来应付客户应该会很有一套。

但事实证明风讯并不需要像一般贩售产品的公司那样拼命去招揽客户，只要有一个厉害的程序开发部把游戏做得精美绝伦就够了。游戏前期搞宣传打广告什么的倒是挺需要，可这又不是黛西的特长，她的主战场在酒桌上。

段凌风长期忙着和程序开发部一起搞技术，没空计较市场部这个鸡肋部门，黛西他们就趁机浑水摸鱼，以各种名目偷懒、花钱，把好好的市场部搞得乌烟瘴气。段凌风分身乏术，也没觉得黛西摸鱼对公司造成什么大影响，所以只会偶尔提醒一下财务部，让叶婷控制市场部的公关经费。

作为叶婷的左膀右臂，兰芽对市场部的意见由来已久，今天趁着没事，就来到了这里。

而面对兰芽客气的质问，黛西觉得很烦，她是个没什么文化的世俗女人，最讨厌许兰芽这种光鲜亮丽有文化的女人来打压她了。

见兰芽今天似乎是铁了心，黛西冷冷一笑，屁股继续贴在椅子上不肯站起来，嘴上说："好吧，许小姐，既然你这么认真地来视察工

作,我们也得配合。不过呢,今天跑外勤的家伙们都不在,我也不知道他们最近在忙啥,他们在外面花钱的收据都在桌上……喏,就在那堆报纸下面,你自己去看吧。"

兰芽顺着黛西指的方向看过去,顿时心凉了半截。

这,这哪叫一堆报纸,分明就是一堆垃圾!

一张没人用的办公桌上,乱七八糟的东西堆了一桌子。最上面装模作样地盖着几张报纸,下面全部是吃空的比萨纸盒、塑料饭盒、零食包装、瓜子壳、饮料瓶、餐巾纸……幸亏办公室通风良好,又开着空调,如果是在封闭的房间里,估计这里早就臭不可闻了。

"你们!"兰芽顿时无语,却听见黛西那边传来一阵麻将声。她回头一看,只见那群人又酣战起来,女人叼着烟,男人抠着脚,一派低俗粗鲁的市井气息。

兰芽简直晕倒,这种市场部还留着干什么!

算了,没办法,炒鱿鱼不是她的职责,还是先算钱要紧。她咬着牙,走向那张办公桌,翘着兰花指捏起盖在垃圾上面的报纸。嗬!一小群苍蝇扑面而来,把她吓退了好几步!倒霉的是后面的地上有一块香蕉皮,兰芽穿着8公分的高跟鞋,一脚踩在了香蕉皮上!

"呀!"

眼前一阵天旋地转,她仰面朝天向后摔去。

而就在这时,背后突然伸出一双手臂,把她稳稳地扶住了。

预料中的悲剧没有发生,兰芽掉进一个温暖的怀抱里。她诧异地一回头,只见段凌风站在她身后,稳稳地托着她。

脸颊一阵滚烫,兰芽立刻像触电似的跳起来,满面绯红:"老……老板!"

段凌风淡淡地"嗯"了一声,转头环视着一片混乱的办公室。众人看见老板来了,有些尴尬,赶紧掐灭香烟整理桌子,快速把麻将收了起来。

"我知道你们自以为消息很灵通,听说我下午不会回公司。"段凌风冷冷地说,"地上搞成这副样子,万一真的有人摔出事情怎么办？"

黛西连忙跑到老板面前赔笑:"BOSS啊,我这不是看大家最近挺忙,想让大家放松一下吗?没想到一放松就不小心过了头,地上都忘了收拾,都是我不好,都是我!您扣我奖金吧,但是我们下次肯定不会再犯了!"

她一边说,一边对段凌风抛了几个媚眼。黛西原本就有些姿色,放起电来还真能让人觉得麻酥酥的。兰芽自愧不如,她的特长只有霸气万千地为姐妹们扛起桶装水。

不过,被抛媚眼的段凌风看起来并没动容,他淡淡一笑:"最近挺忙?那都在忙些什么呢?财务部的人让你们交公关费用的支出明细,你们交了吗?"

黛西的脸上立刻堆满笑容:"明细的事情我正在跟许主管讨论嘛,BOSS,你看我们这些销售出身的人,大字都不识几个,哪里会做报表?许主管也要体谅我们的难处嘛。"

段凌风闻言,露出若有所思的表情:"是嘛,原来责任在于财务部的工作风格不够灵活?"他转头看看兰芽,"许主管,你听到没有,市场部对你们有意见,你准备怎么办?"

兰芽急中生智:"没关系,我们可以做一份简易的报表模板,让市场部把各种支出项目和金额填进去就行,很方便,三岁小孩都会!"

段凌风笑笑:"好吧,那么就按照你说的,去把这件事办好。"

兰芽信誓旦旦:"没问题,我回头就上报总监!"

看着老板和兰芽一唱一和的样子,一旁的黛西气得七窍生烟。她不傻,段凌风表面上在帮她说话,却趁机伙同兰芽一起把财务报表的事情给解决了。今后他们要再不配合,兰芽随时都可以搬出老板的名头来压他们!

就这样,一场风波总算因为段凌风的及时出现而化解了,他和黛西又装模作样地聊了一会儿之后,就跟兰芽一起离开了市场部的办公室。

走出那个是非之地,兰芽松了一口气,还没来得及感谢老板,就已经听见段凌风在说话了。

"你怎么一个人去市场部?"

兰芽抬头一看,段凌风的脸上有些愠色。

"我……很早就想去的,只是一直没有时间。"兰芽小心翼翼地回答,不知道自己哪里惹老板不高兴了。

段凌风皱眉:"市场部的情况你也应该有所了解,他们虽然对我有所忌惮,但对其他同事都是有恃无恐。虽然你在风讯干了很久,但交际上也不是他们的对手。如果没做准备就独自闯进去,惹毛他们的话会很麻烦的。"

兰芽不好意思地吐了吐舌头:"大家都是同事,我……我想情况没那么严重吧?黛西也不可能当面跟我翻脸的,刚才踩到香蕉皮是我自己不小心……哦对了,还没来得及道谢呢,谢谢您及时帮忙,要不然,我那一跤肯定会摔得很惨。"

段凌风叹气:"那种事情不重要了,踩到香蕉皮不是关键,你工作之前没做好准备才是关键。市场部的公关费用问题,莫问衡应该也知道吧,他怎么没跟你一起来?"

段凌风的话,让兰芽有些纠结。

确实,在跟其他部门进行工作接触的时候,她不会独自行动,通常会跟上司一起来。就算上司没空,她事先也会知会一声,这个步骤虽然没写在员工手册里,但早就是不成文的规矩,兰芽以前跟叶婷都是这样合作的。

但那是叶婷啊,是她工作中的上司和生活中的朋友。现在上司换成了莫问衡,能避开他的时候兰芽才不会跟他打交道。所以下意识地把事情直接揽在了自己的工作范围里。而逞强的结果就是黛西根本不买她的账。

她根本不想跟莫问衡一起工作,这种心情老板是无法理解的吧?该怎么向段凌风解释呢。

兰芽正在纠结,突然发现段凌风停住了前进的脚步,兰芽困惑地抬起头,脑袋轰的一声大了。

这这这,还真是狭路相逢,空荡荡的走廊里,迎面朝他们走来的居然是莫问衡!

莫问衡似乎在想心事,猛一抬头看见兰芽和段凌风走在一起,也吃了一惊。

不过,段凌风已经迅速恢复了如常的神色,走上去对莫问衡笑笑:"莫总监,还没下班?"

莫问衡也笑了笑:"马上,还有一点工作上的事情想找人谈谈……哦,许主管,原来你在这里?我正在到处找你呢。"

兰芽一惊,第一反应居然是往段凌风的身后躲。

没想到有一天她也会怕上司怕成这样!没办法,虽然莫问衡不咬人也不吃人,但她就是不想看到他!

而且,谁知道莫问衡是真的在找她,还是看到她在这里随便说说?财务部里每个人都有同事的手机号,找不到她可以打手机,为什么会在公司走廊上乱转?

而段凌风听了莫问衡的话,回头看看兰芽:"既然莫总监有事找你,我就不打扰你们了。刚才说的事情记得按我说的办,好好给市场部一个下马威。"

兰芽点头:"我明白。"

于是,跟两名下属告别之后,老板大人就走了。空荡荡的走廊上,只留下了兰芽和莫问衡两个人。刚才段凌风和兰芽的对话,让莫问衡露出若有所思的表情,他看着段凌风的背影消失在走廊拐角,立刻装作若无其事地问兰芽:"什么事情,要按老板说的办?"

兰芽头皮一紧,听出莫问衡语气中的不爽。

"刚才,我到市场部去……"她不敢怠慢,连忙把自己去找黛西,如何遇到麻烦,段凌风又如何为她解围的事情大致说了一遍。当然,她隐去了自己踩到香蕉皮差点摔倒的事情,否则莫问衡一定不想再让她这种蠢蛋做自己的下属了。

听着兰芽的说明,莫问衡的脸上没什么表情,过了一会儿,他幽

幽开口:"你去市场部的事情,为什么不告诉我?"

兰芽一怔,连忙赔笑:"我这不是怕您工作繁忙,不好意思打扰您嘛。"

莫问衡冷笑:"对于风讯各种不成文的规矩,我还是知道一些的。部门与部门之间的工作交涉必须通过总监一级,你不会不知道吧?"

兰芽砸舌。

莫问衡继续说:"我不想问你违反工作步骤的原因,但类似的事情我不希望下次还会发生。你和老板私下有什么交际我不管,工作上还是希望你能摆正态度。"

什么叫私下交际!兰芽怒了,但是莫问衡显然已经不想继续这个话题,自顾自地继续往前走:"好了,现在你跟我再去一次市场部,今天我要把公关经费的事情解决掉。"

兰芽一愣:"今天?马上?"

莫问衡回头看了她一眼:"你以为你们递上来的报表我都是白看的?以为我看不出市场部那些不正常的经费支出?今天就算你不找黛西,我也打算找她的。"

说完,他快步走进市场部,开始行使自己财务总监的职权。

兰芽一头雾水地跟着莫问衡,看见市场部里的人已经收起麻将,正在悻悻然地收拾办公室,毕竟,他们还是很忌惮段凌风的。不过,莫问衡对这些情景视而不见,大步走进办公室之后,他就把手里的文件夹往空桌子上重重一丢。

塞满纸张的文件夹,撞击到桌面上发出一声巨响。正忙着打扫的市场部专员们都被吓了一跳,抬起头朝莫问衡这边看过来。

"我是财务部的新总监莫问衡,听说你们市场部迟迟不交经费支出报表是因为不会做表格。所以,我给你们做好了空白表格,各种支出项目已经分门别类地排列好,你们按照经费支出内容把金额填进去就行,放假之后交给我,谢谢。"

莫问衡快速而清晰地扔出一串话,大家都听得一愣一愣的。

而说完以后,莫问衡又看了一眼黛西:"你是市场部总监黛西小姐吧?表格的电子版我已经发到你的邮箱里,纸质表格不够用的话你们可以随时打印,也别想着用表格丢失这种话来搪塞我,我不像叶婷那么好说话。那么就这样吧,祝你们度过一个愉快的假期,再见。"

说完,他留下一群目瞪口呆的市场部专员,兀自转身走了。

同样呆滞的兰芽快速回神,连忙跟着他一起离开了办公室。

于是,几分钟里兰芽第二次踏上了从市场部返回财务部的路,区别是刚才她跟在段凌风身后,这次换成了莫问衡。

看着上司挺拔的背影,兰芽小心翼翼地问:"莫先生,你……也知道市场部的情况?"

莫问衡没回头,说:"我知道的不比你和叶婷多,但是我的行动力比你们强。黛西那种人就是欺软怕硬,你们好言好语跟她讲道理的话,她是永远也不会听的。"

"所以你就做了那个表格?但是也太凑巧了……"

"跟段凌风想到一起去了是不是?那只是因为你没关心我每天都在干什么而已。我知道市场部是一块叶婷啃不动、段凌风又没空去啃的硬骨头,也知道以黛西为首的那些人装疯卖傻的本事。我不是到风讯公司来偷懒的,如果没本事解决这种小事,我也不会被空降到如今的职位上来。"

莫问衡语气冷淡,却似乎句句带刺,兰芽的脸颊有些发烫:"莫先生,你是在怪我没跟你保持接触,因此不知道互相的工作进度,才会闹出今天的这种事?"

莫问衡冷哼一声:"我哪有这么大的本事,规定哪个下属必须跟我保持什么程度的接触?不过,一意孤行的话最后吃亏的只会是你自己,要应付黛西那种人,你的情商还差了点。"

兰芽有点郁闷:"我也有我的打算,再说,你刚才这么简单粗暴地扔出一堆话,就能保证黛西一定会听你的吗?"

莫问衡反问:"叶婷一直对他们那么客气,他们听话了吗?"

兰芽语塞。

莫问衡又说："不过，我也没指望一下子就能降服他们，只是想给他们一个下马威，让他们知道我不像叶婷那么好对付。所以，今后希望你可以配合我，我们一个唱红脸一个唱白脸的话，办起事来会更容易。"

兰芽一怔，她耳朵出问题了吗？莫问衡在叫她配合他？他看她的眼神难道不是像一脚踩到屎那样的吗？他俩的关系不是彼此隔着一层厚厚的铁板，用电钻也钻不破的吗？

她干笑道："莫先生，你真爱说笑，我虽然待人客气，但肯定不像你理想中那样温婉可亲。考虑到你的私人喜好问题，跟我太密切合作的话，你可能会不太舒服，所以我觉得我们各司其职比较好。"

莫问衡抬眼看看天花板："我是带着责任前来上任的，为了工作，可以暂时把私人喜好置之度外。"

兰芽简直要气晕了。

而这时，莫问衡居然笑了，那笑容既像是嘲讽，又像是无奈。

他轻声说："就这种水平的情商，真想象不出会那样……"

兰芽一时没听清："你说什么？"

莫问衡摇头："没什么，你下班吧，财务部里的人基本上都走了。"

说完，他也不再理睬兰芽，转身自己走了。

兰芽一头雾水地被独自留在原地。

莫问衡刚才说什么？想象不出会那样？那样是哪样？

兰芽奇怪极了。

与兰芽分手以后，莫问衡回到财务部的总监办公室，独自站在窗前凝思着。这段日子的工作，让他对许兰芽这个人有了更全面的认识，这是从网络上无法了解的认识。

这种认识，让他开始怀疑起一些事情。

他转身坐到办公桌前，登录了幻剑3的客户端，在好友列表里点开了赤血蓝牙的名字。虽然他们两人已经离婚了，但还没有交恶到互相拉黑的地步，只是不再联系而已。

在聊天框中，他选中特定日期的聊天记录，翻出了那条让他难以忘怀的留言。

【私聊】【赤血蓝牙】：刹雪无痕那种废物，活在世上真是丢男人的脸。那种没出息的东西我连拖尸都嫌恶心，你说是吧？

那是当天莫问衡向兰芽提出离婚要求以后不久，突然收到的信息。

这种说话的语气显然不是对他，而是对别人，也许是兰芽在跟别人聊天的时候不小心把对话接收人选成了刹雪无痕。幻剑3的聊天功能比较坑人，经常会出现这种事。

当然，兰芽似乎完全不知道这件事，而且按照她的说法，莫问衡收到这条信息的时候风讯公司正在停电。

最初的时候，莫问衡火冒三丈根本不相信停电的说法。他没想到兰芽看似大度豪爽，背后却把他说得如此不堪。

所以，第一次在现实里见面，他忍不住说了一些狠话，并不后悔。但是现在，他开始感到疑惑了。

许兰芽这个人，现实里的性格似乎就跟网络上一样，开朗大度，乐于助人，热情豪爽，甚至有那么一点傻大姐。她似乎不像是那种会在背后说人坏话的家伙，毕竟莫问衡也在职场打拼了很多年，对于识人还是有那么一点自信的。

可如果真是那样，那条聊天记录是怎么回事？

难道会是有人偷偷登录了兰芽的账号冒充她，在与别人聊天的时候又不小心把记录发到了刹雪无痕的账号上？

不会有这么巧合的事情吧，而且如果真是这样，又是谁通过什么手段得到了兰芽的账号，这么做的原因又是什么？兰芽经常会在午休的时候上游戏，偷到她账号的会不会风讯公司的人？是财务部的还是其他部门的？

莫问衡深深皱起眉。

事情好像有一点复杂了。

Chapter 09
聊着聊着就不紧张了

兰芽收拾完东西,最后一个离开了财务部。

当然,她走的时候莫问衡还在办公室里,但顶头上司一向被排斥在一般员工之外,所以兰芽也并没把他算在普通的同事里。

她仔细地检查了一遍所有的电脑,又谨慎地关上灯,然后拎着皮包下班了。

愉快的假期就要到来,虽然刚才和市场部发生了一点不愉快,但这并不影响兰芽的心情。她在假期里和朋友约好了去做SPA,也事先在电脑里下载了几部一直没空看的电影。最重要的是,一剑天下已经跟她约好每天晚上都会组队打怪,正式向夫妻成就的目标迈进。

说实话,兰芽至今仍猜不到一剑天下在现实里到底是干什么的,之前她能凭借刹雪无痕的上线日程推断出他是一名上班族,但对一剑天下她就完全无法推断了。

大神的上线时间很奇怪,有时好几天都不见人影,有时从早到晚都在线。兰芽偶尔也想打听一点大神的八卦,但是看人家大神对自己的私事从来一点兴趣都没有,也就不好意思问了。

今晚没事,兰芽和一剑天下约好了8点线上见面,爽爽地刷怪到半夜,隔天睡个懒觉。一想到打怪升级,兰芽的全身就充满了力量,坐电梯下楼走出大厦的时候,她几乎把刚才工作上的不愉快忘光了,嘴里轻松地哼着歌。

"许小姐。"身后传来一个耳熟的女声。

兰芽回过头,顿时心中一沉。

那是一名戴眼镜、容貌充满了知性气质的美丽女子,年纪看起来和兰芽不相上下。兰芽暗暗叫苦,自己今天怎么这么倒霉,总是碰上这些不想碰见的人。

"薛小姐。"她勉强笑笑。

"许小姐,我在这里等你很久了,现在时间也还早,不如我们找个地方聊聊?"薛小姐客气地问。

兰芽摇头:"还是不用了,不论你是出于工作性质还是私人性质,我还是觉得自己应该避嫌。我并不打算回到原来的公司,现在在风讯也做得挺好,所以请你还是不要让我为难。"

这个薛小姐是兰芽前东家的上司,那也是一家网络公司。那家公司是兰芽毕业后应聘到的第一份工作,说感情也是有的。但是在那里做了几年之后,兰芽褪去青涩,意识到公司的发展前途有限,因此毅然选择了跳槽。

最初进入风讯的时候,兰芽过了一阵子平静日子。但很快,原东家知道她进入了风讯公司,立刻派出兰芽以前的同事前来挖墙脚,说是认识到她的能力,愿意高薪聘请她。

兰芽不想计较太深,她不想弄清楚原东家究竟是真的赏识她的能力,还是想从她口中挖出风讯的商业信息。无论是什么原因,既然她已经决意离开,就不会再吃回头草。

见兰芽摇头拒绝的样子,薛小姐连忙说:"许小姐,你不用多心。我今天和你见面并没有其他目的,只是纯粹想跟你叙叙旧而已。"

兰芽心里已经开始冷笑了。

纯粹叙叙旧?前东家和风讯的办公地址相隔十万八千里,一个在城东一个在城西,谁会为了叙旧而专门横穿整个城市。

她也懒得再跟薛小姐纠缠:"抱歉,我还有事,失陪了。"

兰芽如此决绝,薛小姐有些着急,情急之下喊了起来:"许小姐,只要你肯回来,薪水福利一切好说,我们很需要你!"

兰芽头也不回,薛小姐干脆追了上去一把拉住她的袖子:"许小姐!"

"你干什么!"兰芽一惊,下意识地挣扎起来。场面一下子混乱了,来往的行人纷纷带着奇怪的眼神看着这两个女人的争执。

"许小姐,我们公司真的很需要你!"薛小姐焦急地高喊。

"我说过不回去就是不会回去,你们别白费心机了,在大街上拉拉扯扯的像什么样子!"兰芽拼命挣扎,既心慌又心烦。

嘀嘀——

这时,不远处传来汽车喇叭,兰芽和薛小姐不约而同地抬起头,看见一辆黑色轿车正从停车场里慢慢开出来。

轿车沿着人行道一路滑行,停在兰芽面前。

车窗摇下,段凌风的脸从车子里探出来:"你在干什么?"

兰芽一怔:"呃?"

"不是说好了晚上一起吃饭的吗,我等你很久了。"

突然被扔出一个自己从来不知道的活动内容,兰芽很吃惊。

不仅是兰芽,一旁的薛小姐也很惊讶。段凌风在业内好歹也算名人,很多同行都对他的情况略有所知。薛小姐知道这位开着豪车的帅哥就是风讯公司的大老板,一时之间也不敢再纠缠兰芽。

看两个姑娘都不说话,段凌风又看了看兰芽:"怎么,还不想上车?是不是我打扰你和朋友的聊天了?"

兰芽一下子清醒过来,连忙摇头:"不不,没有打扰。这人不是我朋友,我这就上车!"

说罢,她扑上车后座,车子迅速启动,一溜烟开走了。

薛小姐看着车子绝尘而去,她喃喃道:"兰芽……跟老板好上了?"

黑色轿车在傍晚的闹市区里穿行。

兰芽倒在车后座大口喘气。

段凌风从后视镜里看了她一眼，淡定地说："后面有矿泉水，随便喝吧。"

兰芽点点头，伸出手朝座位背后一摸，摸出一个塑料瓶子，拧开喝了几大口。凉爽的清水通过喉咙流入胃里，让她的情绪也平复了不少。

"谢谢你出手相助，段先生。"她长吁一口气，随手拢起刚才在混乱中散开的头发。兰芽不是笨蛋，虽然几分钟之前看到段凌风开着车出现在自己面前的时候，她完全愣了，但很快她就明白肯定是机智的老板看到她被人纠缠，所以想出了这个计策。

段凌风不置可否地一笑："许小姐，一个小时之内，我已经救了你两次了，缘分啊。"

兰芽羞愧地捂脸："对不起，是我太笨了……"

"刚刚那个人是谁？"段凌风问。

"我以前公司的上司……呃！"兰芽的话一出口就后悔了。真是的，怎么会把真话说出来呢？段凌风知道她以前公司的性质，看到她跟薛小姐藕断丝连，肯定会有想法。

果然，段凌风皱眉："她来找你干什么？"

事已至此，兰芽也无法再回避，只能绞着手指不安地说："她……想把我挖回去。"

段凌风没说话。

兰芽有些着急，又加了一句："不过，我已经拒绝她好几次了，是他们一直在纠缠我！"

段凌风还是没说话。

过了一会儿，他柔声问："许小姐，你晚上有事吗？"

兰芽一愣："呃……8点在游戏里跟人约了打怪。"

"那8点之前，我请你吃个晚饭吧，随便聊聊。"

兰芽的脑袋"轰"的一声大了。

随便聊聊!

跟上司在一起的谈话怎么可能是随便聊聊!她是不是刚才真的说错话,踩到了段凌风的地雷,老板大人生气了!

她欲哭无泪,颤声说:"不用啦,那太不好意思了,跟您一起吃饭我肯定会紧张。"

段凌风对着后视镜微微一笑:"别担心,聊着聊着就不紧张了。"

聊着聊着就不紧张了。

好吧,兰芽也说不出强硬拒绝的话。段凌风是谁,风讯公司的老板,她许兰芽的财神爷!面对财神爷的邀请,客气一下是可以的,甩手而去那是绝对不行的事情!

所以,半个小时以后,兰芽战战兢兢地坐在了一个包厢里。

这是一间日式包厢,装修风格低调奢华,隔音效果非常好。段凌风显然是这家店的熟客,一进门就有店员主动向他问好,而他也很熟练地点了一些菜。

工作之外的段凌风显得很惬意,他脱掉了西装,淡灰色衬衫的袖子挽到手肘,一副悠然自得的样子。相比之下兰芽就狼狈多了,她坐在段凌风对面,全身僵硬,胃紧张得发疼,而且都不敢抬头看着段凌风。

为什么啊?事情为什么会变成这样!她明明是想回家舒服地洗个澡,然后叫外卖,一边吃饭一边看电视剧,等着8点钟上线跟老公组队打怪啊!为什么现在会在这种的地方,正襟危坐地跟老板一起吃饭呢?

而且,下班后的段凌风比起上班时潇洒一万倍,兰芽觉得跟这种"艳光四射"的帅哥坐在一起,多看他几眼的话肯定会长针眼!

除此之外,段凌风所谓的"吃个便饭",规格也未免太豪华。像这种有文化的暴发户才会光临的店,兰芽是一辈子也不会来的,她宁愿用这些钱买一堆游戏点卡和几件漂亮衣服。

"许小姐,只是吃个饭而已,你不必紧张成这样。"看到兰芽紧张得脸色发白的样子,段凌风觉得好笑。

"要是不想让我紧张,您就放我回家吧。"兰芽捂脸,"有什么事情,可以放假之后在公司说嘛。"

"菜都已经点好了,你再走不是浪费吗?"段凌风笑笑,"再说,总有一些话题不方便在公司讲。既然有机会在公司外面遇到,就好好聊聊吧。"

"有什么话题不方便在公司讲?"兰芽皱眉,"难道,您还在担心我会跳槽回到原公司?"

"那种小事,我是从来不会阻止的。"段凌风摇头,"我是想问问你,你是不是跟莫问衡相处得不太愉快?"

兰芽一惊。

这种事情,段凌风是怎么知道的?他长年忙着程序开发部那边的工作,也没有秘书,对于公司的其他部门则几乎是甩手掌柜,怎么可能会知道财务部这边的人事关系?

"是莫先生告诉你的?"她试探着问。

"不,恰恰相反,他什么都没有说。"

"那……您为什么……"

"因为我会定期跟总监级别的员工开会,这你也应该知道。会议上各位总监会向我汇报各部门的工作进度和员工的情况,我也是通过这种方法来了解大家。但是,莫问衡,从来不会在我面前提到你的情况。"

"啊?"兰芽一惊。

"他自己也没有意识到,不过我早就发现了。"段凌风笑笑,"我想可能是有什么原因,让他刻意回避提到你,所以,我想你们之间是不是有什么不愉快的事情。"

兰芽有些窘迫,她没想到莫问衡居然会在公开场合回避提她,更没想到段凌风的观察力这么敏锐,会发觉一位总监办事细节的小小不合理之处。

段凌风又说:"原本看到莫问衡的异常,我心里还挺高兴的。我以为上次跟你的谈话有了效果，以为你在空降上司和老板之间选择了后者，愿意站在我这边。但是，你又迟迟没来联系我，看起来并不像会跟我传递消息的样子，所以我想，是不是你并没做出选择，而只是单纯地跟新上司相处得不太好。"

兰芽越发窘迫："我……不知道怎么说才好，其实并没有什么大事，让老板费心了。"

"那就是确实有事了？"

"这……很难解释，不过请您放心，这件事我们正在改进，相信不管是莫总监还是我，都不会把私人感情带到工作中。"

"我不反对办公室恋情。"

"呃？！"

段凌风突然语出惊人，兰芽的脑袋一下大了。

她抬起头，震惊地看着段凌风："老板，您刚才说什么？！"

段凌风有些不解："原来不是那样？是我多心了？"

"您误会了，我还是单身呢！"

兰芽太震惊了，是她想象的那样吗？段凌风居然以为她跟莫问衡在谈恋爱？

好吧，莫问衡的做法也确实是不对，在观察力敏锐过头的老板面前故意不提某位女性，让人看起来不就像是在跟她闹别扭嘛。

好吧，硬要这么说似乎也没错，自从莫问衡在幻剑3里跟她提出离婚要求以后，整个人反应就怪怪的，就是一副哪里不满意所以在跟她生气的样子。

这种虚拟世界的爱恨情仇，要怎么跟现实中的老板解释，总不可能实话告诉老板说他们在游戏里曾经做过夫妻，因为性格不合而离婚吧！且不论这种理由听起来有多幼稚可笑，更重要的是，兰芽根本还没弄清楚她和刹雪无痕到底哪里性格不合，从头到尾都是刹雪一个人在闹。

脑子里的信息量爆棚，兰芽实在不知从何说起，只能保持沉默。

段凌风看到她刚才过激的反应，呆愣了一会儿，然后露出一种好似松了口气的表情："那么，你们并不是办公室恋情？"

兰芽斩钉截铁："绝对不是！莫总监来到风讯之前，我们根本不认识！"她也不算吹牛，就算跟刹雪无痕在游戏里结婚很久，现实中彼此确实是一无所知嘛。

段凌风笑笑："原来如此，那是我误会了，对不起。"

兰芽苦笑："不，该说对不起的是我。抱歉，段先生，亏您这么信任我，我却没能与新上司和谐相处。虽然工作上我自觉做的和以前没什么不同，但莫先生毕竟不是叶婷，可能有哪些地方我没能照顾到他的想法，令他不快，因此他在总监会议上才不愿意提我。没关系，我会找机会跟他谈谈的，既然身为财务部的主管，我有义务跟总监保持良好的合作关系。"

段凌风看着兰芽认真的表情，半天没说话。

而后，他摇头叹息："许小姐，你真是一位单纯认真的好员工。"

兰芽不解："怎么说？"

"我以为，既然你和莫问衡不是因为感情上的问题闹别扭，肯定就是工作上有矛盾之处。我本以为你会趁机在我面前数落莫问衡的不是。"

"为什么要这么做？莫先生，他是一位很好的上司。"

"你不用故意表现出宽容大度，对于他的性格，我了解得不比你少。他在情感方面比较偏激，会因为一些小事而对别人产生成见，这我十分清楚。"

兰芽一惊。

老板不愧是老板，说得还真准。

莫问衡跟普通员工相处得也不错，看起来是一个爽朗的好人。但是，如果哪个家伙在某些方面得罪了他，他的报复心可是相当强的，而且不会轻易息怒。

关于这一点，兰芽就是严重的受害者，她到现在都不知道自己哪里惹这位前老公不高兴了。如果只是因为她不够温柔贤淑，不至于让

莫问衡生她的气生到现在吧?

"没有十全十美的人,"她无奈地笑笑,"每个人都有缺点,对我来说,莫先生的工作能力很强,这已经够了。"

"所以,你最终还是愿意站在他那边?"段凌风问。

兰芽皱眉,她听得懂段凌风话里的意思。

上次的一番交谈,段凌风显然是在拉拢她,但她却没能让老板满意。

想了一会儿,她还是说了实话:"老板,我懂您的意思,但很抱歉我做不到您的要求。确切地说,我无法站在任何人的一边。莫问衡是我的上司,您是我上司的上司,你们都是我的老板,没有你们的协助和指点,我的工作是无法完成的,因此,我不能完全抛弃一个人去靠拢另一个人,我不能属于任何一派。或者应该说,我是为风讯公司服务的,我只会与对公司不利的人为敌,只要你们真心热爱公司,真心在为公司的前途而努力,我就会一直尊敬你们,诚心诚意地在你们手下工作。"

段凌风没有说话。

兰芽以为他是被吓到了,耳根一下红了起来。

真是的,她这个傻瓜为什么一说真话就停不住?而且用词也太肉麻了!她真的不是喜欢表忠心的人啊!老板千万不要以为她是在趁机拍马屁!

"许小姐,你真是……"半晌,段凌风笑着摇头,"实话跟你说,如果刚才那番话是出自别人口中,我肯定会以为他是在趁机拍马屁。"

"我真的不是……"兰芽不解。

"对,你不是。"段凌风又笑,"因为,我已经越来越清楚你的个性,与其担心你拍马屁,我更担心你会傻兮兮地充当老好人,在各种场合中勉强自己,让自己吃亏或者受伤。"

说着,他突然伸出手。

兰芽一怔,只觉得脸颊拂过一层羽毛般的触感,段凌风的手指上就多了一粒米饭。

"你都多大了,还会把寿司米饭吃在脸上吗?"段凌风促狭地一笑。

兰芽呆滞了几秒钟,刚才只顾着说话,她居然完全没注意到!该不会她刚才都是带着这粒饭在发表长篇大论吧,那多丢脸啊!

看着兰芽一阵红一阵白的脸色,段凌风心里简直笑翻了。

叶婷还没怀孕的时候,总是在总监会议上把兰芽夸得天花乱坠,让其他部门的人暗自羡慕她有这么好的一位下属。之前段凌风还不太相信,现在他似乎可以理解了,虽然他尚不清楚兰芽的工作能力,但可以确信的一点是,一般人跟在她在一起都会很开心,寻常职场中的勾心斗角和尔虞我诈,在兰芽身上看不到一丝痕迹。

但是,兰芽又不是那种初出茅庐的青涩女孩,在洞察上司意图的方面她非常敏锐,算是相当聪明。这样一位难得的下属,段凌风不明白莫问衡为什么会跟她相处得不愉快。原本还以为他们是情侣在闹别扭,但兰芽却说不是。

这下,段凌风是真的弄不懂他们两人之间的问题到底出在什么地方了。但不知为何,兰芽没在谈恋爱这件事,让他心里莫名松了一口气。

原来,这么有趣的女孩,还没有人发现她的魅力,真好。

兰芽完全不知道段凌风在想什么,见他一直看着自己笑却又不说话的样子,还以为自己的蠢样让睿智的老板大人忍受不了了。

她窘迫地说:"对不起啊,段先生,其实我平常很注意自我修养的。只是因为今天跟您吃饭心情太激动,一紧张就不小心……"

段凌风笑着点头:"我知道,你看起来就是很注意自己形象的样子。时间不早了,快吃吧。"

兰芽一时没明白:"什么时间?您晚上还有事?"

"不是我,是你,你不是晚上8点要上线打游戏的吗?"

"……啊!糟了,我完全忘记了!"

段凌风这么一提醒,兰芽才惊醒过来。这时肚子又适时发出咕噜

一声惨叫,因为面对老板的紧张情绪和专心聊天,她居然既忘了吃饭又忘了打怪,真是蠢死啦!

眼看时间已经7点多了,兰芽也顾不上跟段凌风客气,左手勺子右手筷子,对着美食大快朵颐。段凌风小口抿茶,不动声色地看着兰芽,心想刚才这姑娘真把自己憋坏了,放开手脚大吃的时候很奔放嘛。

早知道的话,应该叫一份自助餐,她肯定能把成本吃回来。

不过……严肃的事情就聊到这里为止吧。

其实刚才段凌风说了这么久的话,都不是他真正想对兰芽说的,他今晚约兰芽吃饭的意图确实不方便在公司说,而且算不上是一个好消息。

他原本想让兰芽警戒某些事情,如果那些事情属实,风讯公司将会有场硬仗要打。但刚才和兰芽的那番沟通之后,段凌风又改变了想法,还是决定暂时对兰芽保密。

之所以这么做,其一是因为兰芽表明了自己不会站在任何一方,这让段凌风无法全无保留地对她说出那些事情;其二是经过今天两次的"英雄救美"之后,段凌风发现兰芽的性情真的非常直爽。

许兰芽这个人毫无心计,她不会警戒或者算计任何人。这样的一个姑娘让她知晓太多秘密,或许对她是一种伤害。

所以综合考虑,段凌风决定今晚的谈话就到此为止。

很快,兰芽把自己喂饱了,心满意足地抹抹嘴。她还想跟段凌风客气几句,却发现段凌风在她专心吃饭的时候已经打开笔记本电脑,开始工作了。

"段先生,您……是打算在这里办公吗?"她问,"不回家?"

"这里的环境比较好,容易集中精力。"段凌风笑笑,"而且……清洁工明天才会来。"

"什么清洁工?"

"为我打扫公寓的清洁工。"

"那种事情跟您不回家有什么关系?"

"因为太乱。"说到这里，段凌风似乎有些不好意思。当然这丢脸的事他才不会对别人说，不过面对兰芽的话，似乎丢脸也没那么让人难以忍受。

兰芽呆滞了一会儿，似乎明白了段凌风简短词句的意思："您的意思是说，因为您不会打扫而把公寓弄得太乱，所以不想回家，要等着明天让清洁工来打扫？"

这下子，换成段凌风窘迫了："别说得这么清楚，许小姐。"

兰芽也很窘迫："原来您是一位四体不勤的大少爷嘛！"

"工作太投入，所以居家方面的技能点没加到而已。"

"那您就打算蜗居在这边一整夜吗？"

"太晚了的话，我还是会去酒店住一下的。"

"问题不在这里！您还真是浪费钱！"

"……许小姐，你是不是该回家了？8点快到了。"觉得再这么下去自己也受不了，段凌风抓紧提醒，挽回一局。

"啊？"说到时间，兰芽连忙跳起来，"对对，我得回家了。那今天谢谢您的招待了，以后有机会我会回礼！"

说完，她就拎着包急急忙忙地离开了包厢。

看着包厢半掩的门，段凌风陷入了沉思。没想到，兰芽对他的鉴定居然是"浪费钱"而不是"毁形象"吗？她的关注点还真奇怪。而且既然她说要回礼，那八成一定会有回礼，各种山珍海味自己是早就吃腻了，要不要趁机求一些其他"回礼"呢？

算了，现在不是想这种事的时候，8点快到了。

段凌风收回视线，看着电脑屏幕操作鼠标，登录了幻剑3的客户端。

接下来，他将以另一个身份与兰芽会面了。

Chapter 10
王府夕阳斜

气喘吁吁地冲回家，兰芽扔下挎包甩掉高跟鞋，以百米冲刺的速度洗脸、洗澡、换衣，总算在8点的时候，整洁清爽地登入了游戏。

她一向秉持在家在外两个样的人生准则，回家以后一秒钟都不会保持白领形象，力求以最简洁、最舒适、最干净的状态开始娱乐生活。

现在的她，不再是一名光鲜亮丽的白领，而只是一个不施粉黛，追求舒适生活的愉快小女人。

线上，大神老公已经在燕京城的城墙上等她了。

红衣女侠离开复活点，一个飞身跃上城墙，似一道霞影般的一路奔过。城里的行人纷纷抬头致以注目礼，口中发出赞叹。

【燕京城】【玩家】：啧啧，蓝牙姐就是帅啊，不看ID也知道是她。

【燕京城】【玩家】：真想向她请教一下这飞檐走壁的绝技……算了，就我那烂操作，再怎么请教估计也只是跳到半空中就跌死。

【燕京城】【玩家】：女侠这么着急，是要去干吗？

【燕京城】【玩家】：还能干吗，肯定是跟新老公约会呗！

【燕京城】【玩家】：没错，约会刷副本打怪。好吧，大家要警惕了！今天赤血蓝牙和一剑天下出门打猎，等级不够的小孩子们赶快躲起来，以免被误伤！

兰芽一边飞奔，一边随意看了几眼聊天频道，微微一笑。

没错，今天是她和一剑天下大杀四方的日子。如果哪对夫妻要跟他们抢怪，下场只有死路一条！

到了城东，她远远就看见高处那白衣飘飘的身影，一剑天下果然已经到了。

这里是燕京城的郊区，平常鲜有人迹。况且他们所在的城墙又高，一般人根本踏不上去。一个安静而不受人打扰的聊天环境，是赤血蓝牙和一剑天下两人都喜欢的环境，站在一个平常人到不了的高处聊天，这就是高手之间的浪漫。

看到兰芽，大神轻摇折扇。

【燕京城】【一剑天下】：来了？

兰芽一个飞跃，稳稳停在他面前。

【燕京城】【赤血蓝牙】：来了。

【燕京城】【一剑天下】：从哪边开始？

【燕京城】【赤血蓝牙】：最远的吧。

【燕京城】【一剑天下】：那去城西庆王府。

【燕京城】【赤血蓝牙】：正合我意。

一道白影和一道红影同时跃起，开始在高高的城墙上轻盈飞奔。雪白的好似白云，鲜红的宛如红霞。一路上，两人继续受到各种围观和注目，兰芽也就罢了，大名鼎鼎的钻石王老五一剑天下，居然有一天身边会出现女人，这可是一年半载都聊不完的大新闻。

两人顺利来到庆王府，站在内府的围墙上，正看见府里的侍女嘤嘤哭泣。这就是燕京城西最著名的夫妻副本"王府夕阳斜"，主要内容就是玩家夫妇无意中路过庆王府，看见府中一片惨淡，便好奇地询问侍女，打听之下才知道庆王府的大小姐在花园玩耍时，无意中被一只蜜蜂蜇伤，从此卧病不起。

经过大夫诊断，蜇伤小姐的蜜蜂叫夕阳蜂，栖息在北面城郊的夕阳谷之内，偶尔才会到城里觅食，却不巧被小姐碰上。夕阳蜂有剧

毒，且寻常人家无药可救，只能靠各种名贵药材才能维持生命，爱女如命的王爷命人精心煲出药汤，方才保证小姐勉强不死。

但这样下去不是办法，小姐没有解药的话活不过一个月。王爷派出各路英雄前往夕阳谷寻求解药，但都铩羽而归。因为夕阳谷内地势实在是险峻，而且有众多奇怪野兽出没，一般人根本不是对手。

就是在这样的情况下，玩家来到了庆王府。

看到那个哭哭啼啼的侍女，兰芽示意大神上前搭话。

【庆王府】【一剑天下】：为什么一定要我搭话？

【庆王府】【赤血蓝牙】：你没看攻略？男玩家搭话的话有隐藏经验值的。

【庆王府】【一剑天下】：最近太忙，没工夫上论坛。

【庆王府】【赤血蓝牙】：所以我告诉你了嘛，好了，快去。

大神似乎相当不喜欢跟NPC唠嗑，被老婆催促以后，十分不情愿地跳下围墙，走向侍女。

按照副本的惯例，侍女先是惊慌，然后赞叹了一番玩家的实力，最后哭着将庆王府的危机和盘托出，请求玩家的帮助。

一剑天下点击确认，于是副本就开始了。

客观地说，王府夕阳斜的流程不繁琐，玩家只需在侍女的对话里找出线索，先去城里最荒凉的铁匠铺打造一副兵器，然后就可以带着兵器去夕阳谷斩杀野兽了。

但比较麻烦的是，那边的野兽数量超多，每一次战斗都是以少战多，因此特别考验玩家夫妻双方的实力和默契。之前兰芽根本没考虑要过这个副本，因为她的前老公们的操作实在太烂，光凭兰芽一个人没法兼顾打怪和拖尸。

当然，其他玩家的情况也差不多。整个频道里夫妻都是高手，而且配合默契的人寥寥无几，因此这个副本开了好几年，通关的夫妻不超过十对，无伤过关的更是从来没有。

今天，兰芽和一剑大神就要挑战一下无伤过关。

他们两人去铁匠铺打造了武器之后，换上增加回避属性的衣服和饰品，又买了一堆加回避的药物，然后就精神抖擞地出发了。

来到夕阳谷，那里终年夕阳斜照，温暖的阳光将一切都染成了美丽的橘色。在夕阳的阴影中，不时掠过一些奇形怪状的身影，那是由于长年被夕阳照射而发生变异的野兽。按照副本剧情，玩家必须通过一条布满野兽的森林小径，到达夕阳谷的最里面去采摘夕阳花，它的花朵和叶子可以提炼成药物，治愈庆王府小姐体内的蜂毒。

"白驹过隙步！"兰芽给自己和一剑天下加了速度状态，两人一起冲进了森林。

之所以不加金钟罩是因为金钟罩在绝对防御的状态下攻击会降低，也没法放大招，而且有时间限制。如果被怪群围攻，没及时消灭它们，防御时间到，就只有等死的份了。

一剑天下的攻防都比兰芽高，因此由他担当前锋，兰芽在后面掩护。两人进入森林之后，成群的獠牙怪立刻前仆后继地涌来，从四面八方包围这两个入侵者。

"千剑血雨！"一剑天下放了一个群体小招，挥出的剑瞬间化为无数道白光飞向怪群。几十只獠牙怪被剑雨刺了个对穿，嗷嗷惨叫着炸开化为一团黑雾。

而在大神放招后技能冷却的时间里，兰芽一剑一个准，犀利补刀，宰杀漏网的以及从后方偷袭来的小怪，刀刀见血，剑剑不落空，很快就把剩下的怪杀得片甲不留。

一波怪刷完，一剑天下对兰芽发了个拇指的表情。要知道兰芽刚才的砍杀全凭操作，靠的是玩家本身的实力。如果她的眼速和手速出了任何一点差错，都会给小怪留下可乘之机。

【夕阳谷】【一剑天下】：蓝牙，我果然没看走眼。

【夕阳谷】【赤血蓝牙】：这样夸奖人家会不好意思啦！

【夕阳谷】【一剑天下】：……

感觉好傻的样子，在战场上不该卖萌吗？再说在这种情况下被大神称赞其实一点都高兴不起来……别人家老公夸奖老婆的时候，都是说"老婆好漂亮好可爱好贤惠"之类的，唯独她才会得到"老婆，你

真会刷怪"的称赞。感觉就像"老婆你好健壮力气好大"那么令人悲哀。

兰芽的心碎了，更悲伤的是，大神的称赞显然是认真的。

好吧，真的英雄敢于直面淋漓的鲜血，兰芽继续跟着大神老公进行下一轮的刷怪大战。

有了一剑天下的大招，加上兰芽准确犀利的补刀，危机四伏的夕阳谷也不再那么难以征服。20分钟以后，他们已经在不失血的状态下到达目的地，胜利就在眼前。

【夕阳谷】【一剑天下】：蓝牙，你看那儿。

【夕阳谷】【赤血蓝牙】：嗯？

兰芽顺着大神所指的方向看过去，只见一朵金色的小花正在迎风绽放。

与此同时，只听"叮咚"的一声。

系统提示：恭喜玩家【一剑天下】和【赤血蓝牙】夫妻完成无伤血通过夕阳谷的成就，系统颁发勋章两枚！

哈哈，又一个成就到手了。

兰芽十分开心，也能猜到此时的世界频道肯定又会乱成一团。

不过，这时的她不关心这些东西，因为那朵金色的小花实在太美了。她不忍心马上把它采下，而是慢慢走过去，低头欣赏着它的美丽。

一剑天下也并不催促，他在花朵周围上施了一个铁壁咒，挡住森林里所有的怪，然后在大树旁边背手而立，悠闲地看着兰芽。

整个山谷寂静无声，有的只是那无尽的斜阳染红天际，笼罩着这对充满传奇的大神夫妻。花如美人，美人如玉，兰芽眼中的那朵夕阳花是一幅迷人的风景，而一剑天下眼中的夫人，又何尝不是另一幅风景。

红衣女侠的职业在幻剑3中很少有女玩家喜欢，大家都觉得这个职业不够绚丽，不够华美，没有女人味，甚至有人嘲笑她就像一个穿着女装的男人。但是，一剑天下能体会到她低调迷人的韵味。

那好似红霞的披风，在夕阳的笼罩下泛着点点金光，仿佛随时都会化作一缕红烟消失在天地之间。披风在女侠的身后舞动着，映衬得她窈窕的侧影更加纤细挺拔，那不是舞娘、女药师或者琴师之类的女角色的那种弱不禁风的美。那种超脱了传统女性的豪气，是只属于女侠赤血蓝牙的傲骨。这样的魅力，是普通女角色完全无法比拟的。

过了许久，见兰芽一直围着夕阳花看个不停，一剑天下终于出声提醒。

【夕阳谷】【一剑天下】：夫人请抓紧，一小时的副本时限快要到了。

兰芽这才如梦初醒。

【夕阳谷】【赤血蓝牙】：哦哦，我忘记了！那赶快把花采下，回燕京城去交给庆王府的人吧。

幻剑3的剧情类副本都有时间限制，到期未能通关就算自动失败。兰芽与大神得到了夕阳花之后，马不停蹄地赶回燕京城，找到最初对话的那个侍女，交出了那朵千金难买的夕阳花。

副本剧情还在继续：得到了夕阳花的王爷如获至宝，让燕京城里医术最高明的大夫将花熬制成汤药，送给小姐服用。小姐喝下汤药之后很快苏醒，体内的蜂毒全部化为血痰咳了出来。

经过半个月的调养，小姐终于恢复健康，而千辛万苦找到夕阳花的两位英雄，也受到了王爷的盛情款待。当然，这两位英雄就是兰芽和一剑天下，两人在NPC的指引下，在王府内饱餐一顿，吃了很多珍贵料理，又得到王妃亲手缝制的丝绸衣裙。

这些东西当然都不是摆着看的，料理能增加人物属性，衣裙也有各种加成功能。这些道具都是商店里买不到的，对于高难度副本的奖励，幻剑3一向是非常大方的。

好笑的是，当兰芽和一剑天下准备离开王府，向王爷告辞的时候，王爷突然将一剑拉了过去，窃窃私语。然后，一剑非常爽快地拒绝了什么东西，又回到了兰芽的身边。

走在路上,兰芽问一剑刚才王爷跟他说什么?

大神很淡定。

【燕京城】【一剑天下】:王爷有意将小姐许配给我。

【燕京城】【赤血蓝牙】:为什么副本NPC有这么高的智商!那你怎么回答的?

大神继续淡定。

【燕京城】【一剑天下】:当然是拒绝了,我已经有夫人了嘛。

叮咚,系统响起提示音。

玩家【一剑天下】拒绝庆王府的提亲,对钱财名誉不为所动,对夫人忠贞不贰。恭喜玩家【一剑天下】和【赤血蓝牙】获得【忠贞夫妻一级】成就,亲密度+10,好感度+50,可以开启怀孕任务!

这个系统还真人性化啊!

兰芽一脸无奈。

怀孕任务在这个时间出现又是怎么回事!难道因为老公很忠贞所以老婆深受感动,立刻找个了地方亲热,然后就怀孕了吗?

一剑天下似乎也对这个成就很无语。

【燕京城】【一剑天下】:原来怀孕功能还要靠系统开启?

【燕京城】【赤血蓝牙】:我没注意过,一直以为结婚以后自然就能生孩子。

【燕京城】【一剑天下】:那生孩子有成就吗?

【燕京城】【赤血蓝牙】:……好像没有吧,生育是属于生活系统不是战斗系统,只有战斗方面的东西才有成就。

【燕京城】【一剑天下】:原来如此,没成就就别生了。

你脑子里就只有成就吗?虽然是个游戏,但浪漫一点行不行啊!

兰芽更加无语了,看来不但游戏系统很奇怪,她的大神老公脑子也很奇怪!兰芽一直以为自己够喜欢战斗的了,不沉迷于生活系统,只是偶尔在游戏中的家里养养鸡种种花什么的。现在遇到一剑天下,她终于知道了一山更比一山高,敢情大神来玩游戏就是为了打架、打架、打架……最终成为打架王的吧!

您看似淡定的外表下到底隐藏着怎样一颗热血的心啊!

Chapter 11
冤家路窄巧相逢

【燕京城】【一剑天下】:你休息够了吗?时间还早,再去刷两个副本吧。

一剑天下开始催促了。兰芽赶紧回魂,虽然大神老公的脑子很奇怪,但他们结婚就是为了做任务的嘛,本职工作不能忘。

【燕京城】【赤血蓝牙】:好好,不过幻剑3的很多副本都只在规定的日期开放,今天已经没有单人夫妻任务了,只有多人的。

【燕京城】【一剑天下】:什么是多人?

【燕京城】【赤血蓝牙】:你果然只了解单人的情况啊,多人就是需要一对以上的夫妻才能完成的任务。我看看……今天能刷的副本里,最少的那个也需要两对夫妻。

【燕京城】【一剑天下】:那就是要再找两个人?

【燕京城】【赤血蓝牙】:对,而且要夫妻哦。

【燕京城】【一剑天下】:知道了,我来解决,你等一下。

说罢,大神的人物突然就不动了。

兰芽连阻拦都来不及，猜想大神大概是去联系朋友了。果然，一提到打架的事情他就立刻专注起来，兰芽觉得让他费心挺不好意思，但又想不到其他方法，毕竟她在幻剑3里的好友很少。

大神不愧是大神，半分钟以后，他的人物就重新动了起来。

【燕京城】【一剑天下】：好了。

【燕京城】【赤血蓝牙】：什么好了？

【燕京城】【一剑天下】：我叫了两个朋友，以后要做多人任务都可以一起。

他话音刚落，远处就飞奔来两个人。

兰芽很有操作经验，那两个人一看奔跑的姿势和速度就知道都是高手，几乎转瞬之间，他们就来到了兰芽面前，动作干脆利落，毫不拖泥带水。

这对夫妻都是法师，一个是墨蓝长袍的攻击系男号，叫墨本清源，一个是紫衣短襟的辅助系女号，叫仙灵紫钻。兰芽在心里赞叹大神果然交友有方，她和一剑天下都是物理攻击型的人物，正缺少法师的协助。

【燕京城】【墨本清源】：贱哥，久违啦！

男法师一开口，兰芽就狂笑不止。

【燕京城】【一剑天下】：你有胆子再说一遍？

【燕京城】【墨本清源】：哎哟，手误手误。剑哥，新老婆挺漂亮啊？

【燕京城】【一剑天下】：没有旧老婆，就这一个。

【燕京城】【墨本清源】：刚娶的老婆也叫新老婆嘛！

【燕京城】【一剑天下】：再作你就死定了。

【燕京城】【墨本清源】：^_^

怎么觉得大神在网线另一头气得牙痒痒呢。

兰芽突然心生同情。

而此时，她发现那个法师女号一直站在旁边，一声不吭，也不动弹。是见到自己这个陌生人有点害羞吗？兰芽想了一下，主动上前攀谈。

【燕京城】【赤血蓝牙】：你好。

男法师连忙回头。

【燕京城】【墨本清源】：哦，嫂子还不知道吧？紫钻不是真人，她也是我的号，我双开的。

啊？双开也能两个角色都跑得这么快，这位英雄你怎么操作的？你是章鱼，有八只手吗？

兰芽有些怀疑，但看看那个女号纹丝不动的样子，又觉得墨本清源不是在吹牛。

【燕京城】【一剑天下】：蓝牙，他说的是真话。别管太多了，赶快开始吧。

【燕京城】【墨本清源】：喂喂，贱哥，你这就不对了。3个月不见，突然喊我帮忙刷副本，连一句问候语都没有也就算了，看到这么漂亮的新嫂子还不跟我认真介绍一下，这你也太过分了吧！你的心是铁打的吗？伤心！

【燕京城】【一剑天下】：我突然改变主意了，你滚远点，我找别人来帮忙。

【燕京城】【墨本清源】：不要！我错了！求大神不要抛弃我，我对你的忠心日月可鉴！

【燕京城】【一剑天下】：这种话你对每个人都会说吧。

【燕京城】【墨本清源】：这个月真的只对你一个人说过！

【燕京城】【一剑天下】：今天才2号。

【燕京城】【赤血蓝牙】：你俩玩得挺欢啊。

【燕京城】【墨本清源】：嫂子，快求你老公不要抛弃我！

【燕京城】【一剑天下】：……

兰芽突然觉得，物以类聚人以群分这句话，在大神身上似乎不适用。

咳咳，肯定是因为大神实力高超、性格特异、骨骼清奇，所以朋友圈子也比较广泛，什么人都有，绝对不是因为他本人也有什么奇怪

的地方。

绝对是。

3个人聊了一会儿,总算跌跌撞撞地开始了新一轮的刷副本道路。这次的副本内容比较简单,名字叫连环云雾塔。

云雾塔位于城西郊外,地理位置险恶,周边环境就与它的名字一样云遮雾绕。那个地方拥有很多无名的崇山峻岭,终年雾气氤氲,阴冷潮湿。连环云雾塔副本没有剧情,就是玩家进入塔内以后开始打怪,每打一场上一层楼,每上一层楼打一场……第一关大概有一百场吧。

到目前为止,谁都不知道云雾塔有几关,只有第一关的战役是公开的内容,从第二关开始内容就是随机的。顺利赢得百场战役之后,有机会进入第二关的玩家遭遇的危险各不相同,有的是遇到幽灵NPC要求玩家采药,有的是机智问答,有的是命令玩家互相PK,还有的是猜谜……就算很走运第二关也通过了,第三关依然是随机,第四关、第五关也是一样……

到现在为止,还没人能通过这个副本,大多数玩家都死在那些随机的关卡里,苦不堪言。

谁都不知道,这个连环副本究竟有几个连环,通关之后又能得到什么样的奖励。

当然,这些口口相传的困难都跟一剑天下没关系,他刷副本一向没兴趣参考别人的经验。

于是3个人,4个角色腾云驾雾来到云雾塔,整理装备后就推开了那扇锈迹斑斑、缠满蜘蛛网的无人之塔。

塔里阴森森的,伴随着诡异的音乐。

系统提示:【一剑天下】等4位玩家某日迷路,无意中闯入了一座无人塔。

【云雾塔】【一剑天下】:小心!

他刚喊了一句,前方的黑暗中就扑来一大群妖怪蝙蝠。

兰芽和一剑天下立刻选好站位,墨本和紫钻则在后方援助。

由于法师依靠的是法术技能，放招之后就等着看各种绚烂多姿的法术画面，然后再等着技能冷却，相对物理攻击号而言，法师的操作要求没这么高，因此墨本才能同时操作两个号。法师的特长是增援与辅助，因此兰芽和一剑在前方大肆杀戮的时候，他总能位居后方，在合适的时间放一个范围法术或者辅助法术，让两人的战斗轻松了很多。

果然人多力量大啊。

就这样，4个角色一路打一路杀，半个小时就登上了云雾塔顶层，拿到不少道具和经验值，但真正的战斗才刚刚开始。在幽暗的塔顶，4人稍作停顿之后就被传送回塔门口，也就是最初的入口。

系统提示：恭喜四位玩家进入第二关，本关需要三对夫妻组队战斗，您的人数不足，请组队之后点击【确认】。

3个家伙傻眼了。

【云雾塔】【一剑天下】：老渣来了没？我记得他有老婆。

墨本发了个苦涩的表情。

【云雾塔】【墨本清源】：他加班。

【云雾塔】【一剑天下】：那还有其他人吗？

【云雾塔】【墨本清源】：没了，你懂的嘛，物以类聚，我们这些人对结婚没兴趣，都是单身汉。

【云雾塔】【一剑天下】：不是没兴趣，是找不到吧？你们不忍心看到妹子因为操作不行而被拖尸，又没我这么好运气找到蓝牙这样的高手。

兰芽好惊喜，老公居然当着群众的面毫不掩饰地夸奖她是高手。

墨本法师很悲伤，因为大神残忍地往他的伤口上戳刀子。

【云雾塔】【墨本清源】：贱哥！我们的友情出现了裂痕！

【云雾塔】【一剑天下】：从你总是手误开始，我们就再没友情了……好啦，少废话，真的没有其他人了？

【云雾塔】【墨本清源】：普通人是有的，但能满足你要求的人确实没有。

【云雾塔】【赤血蓝牙】：我问问我朋友吧，她也是操作厉害的人。

【云雾塔】【一剑天下】：哦？那你问问吧。

【云雾塔】【墨本清源】：有劳嫂子了。

兰芽所谓的朋友，自然就是她现实中的朋友胡雪嫣，幻剑3里鼎鼎大名的女高手东湖侠女了。兰芽想，虽然胡雪嫣没结婚，但交际圈子比她广，结交朋友的本事应该也不会差，说不定真有大神需要的夫妻。

正巧胡雪嫣在线，兰芽就戳了戳她。

【私聊】【赤血蓝牙】：迅速出来。

【私聊】【东湖侠女】：干啥？我正在看人打架呢。

【私聊】【赤血蓝牙】：别看了，你认识操作好的夫妻吗？找人组队。

【私聊】【东湖侠女】：不用找，我就是！

【私聊】【赤血蓝牙】：搞啥啊，你不是单身吗？

【私聊】【东湖侠女】：呸，姐姐我也有嫁出去的一天！

【私聊】【赤血蓝牙】：不是吧，你真的结婚了？我怎么不知道？

【私聊】【东湖侠女】：我看你游戏里蜜月期还没结束，工作上又忙得焦头烂额，不好意思告诉你嘛。否则你肯定会吵着要来帮忙，浪费你自己的时间。

胡雪嫣说的没错，兰芽原本就是很讲义气的人，况且胡雪嫣是她最好的朋友。如果胡雪嫣有喜事，她就算再忙也会抽出时间去帮她，而结果就是压缩自己的睡眠和休息时间。

哼，这位侠女还真体贴呢。

不过，这样就延迟了兰芽知道八卦的时间，还是有点不甘心。

【私聊】【东湖侠女】：兰芽，要组队去哪儿？说地点。

【私聊】【赤血蓝牙】：等等，先让我打听清楚！你，什么时候结婚的？老公是谁？为什么会结婚，看上人家哪点？

胡雪嫣无语了，这个兰芽还挺八卦。

她只能把来龙去脉说了一遍，其实也没有什么爆点。就跟兰芽一样，胡雪嫣嫁人也是为了组队刷夫妻任务，因为最近幻剑3出了一批新任务，其中的奖励她挺感兴趣的。

于是，她就开始像兰芽之前一样，在游戏里展开了一场老公狩猎行动。凑巧的是正当她在自己的游戏交际圈找不到合适人选的时候，公司里新来了一位刚大学毕业的小伙子，也是幻剑3的忠实用户，经验丰富，操作技能也不错。

胡雪嫣考察了他一段时间，觉得他虽然算不上高手，但综合实力在男玩家中还算不错，就提出了结婚要求。反正结婚也是为了做任务，两人一拍即合，就迅速低调结婚了。

当兰芽和一剑刷副本的时候，胡雪嫣和小青年也在其他地方杀得不亦乐乎。

胡雪嫣的眼光自然不会差，兰芽立刻催促她和老公赶往云雾塔跟他们会合。于是几分钟之后，他们眼前就出现了另一位女侠，以及一位全身黑衣的刺客。

【云雾塔】【墨本清源】：哈哈，刺客，真好，我们这边正缺一个敏捷度高的队友。

【云雾塔】【金刀铁】：我跟着东湖姐来见见世面，请多指教了。

【云雾塔】【墨本清源】：哈哈，小兄弟真客气，哥哥会手把手地指教你的。

【云雾塔】【一剑天下】：新朋友面前请你别再丢人了。

就这样，4个人的队伍变成了6个人，组队之后一剑天下点击了确认，云雾塔副本的第二关开始了，他们展开了新一轮的厮杀。

胡雪嫣是兰芽的朋友，本事自然不必说，那位金刀铁小兄弟的表现也可圈可点，兰芽十分满意。她的大神老公虽然平时宽容大度、淡定和气，对战斗的胜负可是很在意的。如果自己找来的朋友拖了后腿……后果她真的不敢想。

可惜，今天随机的第二关没什么惊喜，依然是一边爬楼一边打怪，而且关卡翻倍，怪的等级也上升了，但招式并没有什么变化。

兰芽越打越没劲，爬楼的时候差点睡着了。打了一个多小时，6个人才总算气喘吁吁地登上了顶楼。

心直口快的胡雪嫣第一个发话了。

【云雾塔】【东湖侠女】：这副本怎么这么无聊。

【云雾塔】【墨本清源】：最无聊的随机关卡刚好被我们碰上了吧。

【云雾塔】【金刀铁】：练练基本功也不错啦。

【云雾塔】【墨本清源】：小兄弟真是乐观开朗，哥哥越来越喜欢你了。

【云雾塔】【东湖侠女】：喂喂，我可不想自己的男人被另一个男人抢走，滚远点。

【云雾塔】【墨本清源】：没问题，那我套上紫钻的皮来讲话吧。

【云雾塔】【仙灵紫钻】：金刀哥哥，人家好喜欢你呀。

【云雾塔】【东湖侠女】：你真恶心！

3个家伙在旁边聊天，兰芽跟一剑天下窃窃私语。

【云雾塔】【私聊】【赤血蓝牙】：一剑，你觉得跟我朋友合作的还愉快吗？

【云雾塔】【私聊】【一剑天下】：无功无过。

【云雾塔】【私聊】【赤血蓝牙】：只是这样而已？

【云雾塔】【私聊】【私聊】【一剑天下】：对我来说已经是很高的评价了。不说这个了，时间不早了，快看下一关吧。

【云雾塔】【私聊】【赤血蓝牙】：嗯。

兰芽点击了系统提示的过关信息，为大家领了奖励。

大家立刻被自动传送到云雾塔门口，屏幕上出现了下一关的指示。

系统提示：恭喜6位玩家进入第三关，本关需要四对夫妻组队战斗,您的人数不足,请组队之后点击【确认】。

晕,今天的关卡为啥会这么无聊!

兰芽无语了,一剑天下似乎也很无语。

这时,胡雪嫣凑了上来。

【云雾塔】【东湖侠女】:怎么了?还要加一对夫妻?

【云雾塔】【赤血蓝牙】:嗯嗯,是啊,你怎么来了?不跟他们聊天了?

【云雾塔】【东湖侠女】:呸,墨本把我老公勾引走了,他们打得正火热呢。别管他们了,你们找夫妻还不简单?屏幕上吼一声呗。

【云雾塔】【赤血蓝牙】:不行吧?一剑大神组队很挑人的,操作不好他不要的。

【云雾塔】【东湖侠女】:那可有点麻烦,今天不是周末,在线的高手本来就不多。别说东挑西拣了,就算随便找两个满级玩家都难。

【云雾塔】【一剑天下】:那就找两个高级的吧,70级以上就可以了。

大神突然发令,凡人自然不敢违抗。

但是兰芽觉得大神说话的语气挺郁闷,没办法,他本来就不是喜欢跟人组队,也没想到这个云雾塔任务会要求组队、组队再组队。事到如今也是骑虎难下,说要中途放弃的话挺对不起别人的,综合考虑之下,只能公开找两个等级略高的家伙,尽快把这个副本过掉吧。

于是,胡雪嫣在世界频道吼了一嗓子。

【世界】【东湖侠女】:夫妻组队!一对夫妻,等级70以上,过云雾塔副本!

一分钟后,远处的雾气中出现了两个人,正在向这边奔来,肯定就是组队的。

然而,看见他们头顶上的名字,兰芽瞬间傻了。

刹雪无痕。

青草幽幽。

真是冤家路窄!

看到那两个家伙,胡雪嫣和一剑天下也傻了,刹雪无痕看到他们更是一个踉跄,差点摔了个狗吃屎。

几个人站在云雾塔前的迷雾平原上,面面相觑,尴尬极了。

兰芽更是无比窘迫,但想到尴尬的原点在于自己和刹雪,只能硬着头皮走上去打招呼。

【云雾塔】【刹雪无痕】:怎么会是你们?

【云雾塔】【赤血蓝牙】:哈哈……我们在打云雾塔的第三关,需要4对夫妻,我们这边只有3对。

【云雾塔】【东湖侠女】:所以我就到世界频道上来找人了。

【云雾塔】【刹雪无痕】:……

想必他很后悔跑来组队吧。

真是对不起了。

兰芽无语。

这时,刹雪的老婆走了过来。

【云雾塔】【青草幽幽】:怎么了?你们在聊什么?为什么还不开始打?

看见她天真无邪的语气,兰芽再次无语。

看样子青草幽幽已经把她上次大闹婚礼现场的事情完全忘记了。记性不好真是一件幸福的事啊。

在他们对话期间,一剑天下一直负手站在一旁,沉默不语。

兰芽担心他是不是已经气得想砸烂了电脑。刹雪无痕的本事一剑天下也是清楚的,他打游戏实在没什么天赋,身为70级玩家却连50级的实力都没有,回家种种花大概比较合适。兰芽也知道游戏里有不少名不符实的玩家,操作超烂,只是因为游戏玩的早所以等级比较高。没想到自己会这么倒霉,而且碰上的还是自己最不想见到的人。

青草幽幽问话之后,群众开始了新一轮的沉默。气氛越发尴尬。

连墨本清源和金刀铁也敏锐地感觉到了这边的不对劲,远远站着不敢过来。

不知过了多久，一直保持沉默的一剑天下终于动了。

【云雾塔】【一剑天下】：进塔吧。

他言简意赅地说，然后转身带头走进云雾塔里。

兰芽惊诧而感动。

她惊诧的是大神老公面对老婆的前任老公，居然既不打也不骂，连一句狠话都没说。感动的是大神明明知道刹雪无痕的操作水平却没拒绝他，而是大度地同意了跟他组队，这度量真是不小。

大神老公果然是大神，太感动了！

不对……说不定是一剑天下根本不在乎刹雪的战斗力，把他当成战场里一根可有可无的石柱子。

当然，任兰芽怎么猜测也没用，惜字如金的大神才不会跟她解释自己的心路历程。于是这支怪异无比的新队伍调整了一下装备，就浩浩荡荡地走进了云雾塔。

刚走进阴森森的底楼，一大波怪就蜂拥而至。

大家迅速找好站位，一剑天下和兰芽首先地迎了上去，墨本在队伍中间开始念法咒，弓箭手青草幽幽后退到战场边缘弯弓射箭，其他人也各自找到合适的位置。

正如兰芽之前预料的，刹雪的操作又慢了一步。身为肉盾的他本应第一个冲上去吸引怪的注意力，但因为他速度慢，反而落后成了第二梯队。

算了，不添乱就行。

一剑天下已经放出剑雨砍死了一小群怪，速度慢的刹雪无痕才追了上来。

一剑天下的注意力都集中在前方，无意中向后一挥剑。

而那柄剑正好戳中刹雪无痕的胸口，把他戳了个对穿。

然后刹雪无痕倒下。

系统提示：玩家【刹雪无痕】死亡，队伍闯关失败，副本通关失败。胜败乃兵家常事，期待诸位英雄下次再来挑战。

整个世界都沉默了。

阴森的黑暗瞬间消失，云雾塔的副本场景自动终结。黑漆漆的塔内变得寂静祥和，柔美的月光从木框窗子外面投射进来，留下斑驳的阴影。

所有人都木了，变故发生得实在太突然，大家的脑袋一时间都转不过来。

刹雪无痕躺在地上，两眼发直，面无血色。

这是何等的悲剧！兴冲冲地冲上来准备协助队友大展身手，却被队友无意中刺了一剑，而且还被一剑刺死。如果是普通玩家的话，那一剑估计没这么大的威力，但当对方是一剑天下大神的时候，一切就都不一样了。

过了很久很久，还是金刀铁第一个说话了。

【云雾塔】【金刀铁】：呃，这……那……我们，还要再来一次吗？

【云雾塔】【东湖侠女】：我觉得……回家睡觉比较好。

不愧是闺蜜，都想到一块儿去了，兰芽面对如此无语的刷副本结局什么都不愿想，只想倒在床上好好睡一觉，醒来发现自己只是做了一个噩梦！

这时刹雪无痕的周围亮起了一道光圈，然后只听"嗖"的一声，他消失了。

那是魂魄传送系统启动了，凡是在游戏里因意外伤害而死亡的玩家，在一定时间内都会被自动传送回复活点。

看到刹雪消失了，一直站在旁边呆呆旁观的青草幽幽跑了上来，对大家挥挥手。

【云雾塔】【青草幽幽】：我老公走了，我也要一起走啦，下次有机会再一起刷副本哟，拜拜喽～

说完，她就蹦蹦跳跳地离开了云雾塔。

众人无语地看着她远去的背影。

该怎么说呢，似乎只有这姑娘从头到尾都不在状态。而且自家老公都被某人一剑捅死了，她还这么高兴地主动要求下次再合作？

刹雪无痕和青草幽幽走了以后，金刀铁和胡雪嫣也找借口离开了，胡雪嫣临走之前还对兰芽发了一个哭泣的私聊表情。

【私聊】【东湖侠女】：兰芽，招人要谨慎啊，我下次再也不会随便在世界频道里喊组队了！

【私聊】【赤血蓝牙】：没啥，你也不是故意的嘛。一剑很大度的，你别往心里去。

【私聊】【东湖侠女】：嗯。

胡雪嫣的人物传送回了复活点，很快她的头像也暗了下去，她下线了。

在场的人只剩下了兰芽、墨本和一剑天下，一剑天下依然站在刚才误杀刹雪无痕的位置，慢悠悠地擦拭着自己的爱剑，似乎对身边发生的一切视若无睹。

过了一会儿，他突然说话了。

【云雾塔】【一剑天下】：那边的法师，你明天还要上班吧？

【云雾塔】【墨本清源】：对对，我还要上班呢！哈哈哈，那就这样吧，贱哥、嫂子，我先走了，有空再聊哈！

说完，他就匆匆忙忙地下了线，动作很急，就像逃难似的。

他走了以后，原本就十分寂静的云雾塔变得更加清冷幽深。兰芽看着那惨白的月色，忍不住打了个寒战。

【云雾塔】【一剑天下】：蓝牙。

大神又说话了！兰芽一惊，下意识地正襟危坐地打字。

【云雾塔】【赤血蓝牙】：嗯嗯，我在！

【云雾塔】【一剑天下】：你生气吗？

【云雾塔】【赤血蓝牙】：啥？我为啥要生气？

【云雾塔】【一剑天下】：我让你的朋友难堪了。

【云雾塔】【赤血蓝牙】：你说东湖侠女？她神经很粗的，不会在意这种小事。与其说你让她难堪，还不如说她让你难堪呢，随便找来的同伴这么没用哈哈……

【云雾塔】【一剑天下】：刺死刹雪无痕的事是我不小心，我不

是故意的，但是我不后悔。

【云雾塔】【赤血蓝牙】：啊？

【云雾塔】【一剑天下】：我是一个很记仇的人，虽然刹雪无痕和我本人没有交集，但他伤害过你。你是我的夫人，你的仇人就是我的仇人，误杀你的仇人，我不后悔。

兰芽愣了。大神至今仍然对刹雪怀有恨意吗？他的复仇心到底有多重啊！

【云雾塔】【赤血蓝牙】：大神，你真的不用这么跟他计较。我记性很差的，以前的事情早就忘了，假如你一次又一次地提醒我，反而等于是往我的伤口上撒盐！

【云雾塔】【一剑天下】：是吗？那我以后再误杀他的话，不会专门告诉你。到那个时候，我就当他是学艺不精，技不如人吧。

兰芽彻底无语了，看来大神隐藏的真面目不是打架王，而是大魔王！

她想了一会儿，觉得自己应该做些什么来挽回今天这糟糕的局面。随手看了一眼好友列表，确认某人还在线，兰芽匆匆与一剑天下告别。

【云雾塔】【赤血蓝牙】：不好意思啊，大神，我得去做面膜了，先失陪。

【云雾塔】【一剑天下】：你要下线了？

【云雾塔】【赤血蓝牙】：不是，做面膜的时候顺便跟朋友聊聊天。不过副本就不刷了，贴着面膜视线不好，怕影响操作。

果然，一剑天下毫不怀疑。

【云雾塔】【一剑天下】：那好吧，明天我有点事，后天晚上8点再见。

【云雾塔】【赤血蓝牙】：好的。

说完，兰芽就迅速离开了云雾塔。她没去做面膜，也没找到朋友聊天，而是迅速戳了刹雪无痕的私聊。自从离婚以后，两人就再没联络过，但不知为何刹雪并没把她拉进黑名单。兰芽从来不会主动把人拉黑，所以两人的好友关系就这么莫名其妙地保留了下来。

一剑天下和刹雪无痕在现实里没有交集，可她许兰芽有啊！这次他俩在游戏里闹了这么大的矛盾，自己也算是当事人，不去说两句，莫问衡说不定会在工作上给她小鞋穿！

【私聊】【赤血蓝牙】：在吗？回我一下！

兰芽打出一行字，心里忐忑不安。

小心眼又性子倔的总监大人啊，千万不要无视我！

所幸，过了几秒钟，刹雪的信息就回过来了。

【私聊】【刹雪无痕】：干吗？

【私聊】【赤血蓝牙】：你还没下线？

【私聊】【刹雪无痕】：在商店里买装备！我刚才哪知道会一剑被你老公捅死，身上穿的衣服死后自动失效，现在还得重新去买！

【私聊】【赤血蓝牙】：对不起，大神他不是故意的！

【私聊】【刹雪无痕】：这种无聊的话说它干吗？我又不可能去计较，就算一剑天下是故意的，我也没法找他报仇，我打不过他。

【私聊】【赤血蓝牙】：好吧，我就不拼命帮他洗了。但是，这完全是一场事故，你可别以为我在算计你之类的啊！

【私聊】【刹雪无痕】：你觉得我这么无聊？

兰芽心想：你就是这么无聊嘛，对我的成见到现在都没搞清楚是怎么回事。

【私聊】【赤血蓝牙】：呃……不是这个意思，我是想，莫总监您也不是三岁小孩子了，应该能分清楚网络恩怨和现实工作之间的关系吧？

电脑那头，莫问衡沉默了一会儿。过了半分钟，他很无奈地弹过来一条消息。

【私聊】【刹雪无痕】：你跟我耍小聪明还早了点，我懂你的意思。我不是那么小心眼的人，不会为这点小事在工作上找你茬或者扣你工资的，这点你放心吧！

【私聊】【赤血蓝牙】：谢谢总监，总监是好人！

119

"我不是小心眼的人"这句话很让人无语，不过兰芽只要确认莫问衡不会在现实里计较就行了。他们之间的矛盾已经够深了，再交恶的话，恐怕兰芽就受不住了。

【私聊】【刹雪无痕】：那你没事了吧？没事我就下了，明天还要早起。

【私聊】【赤血蓝牙】：早起？明天不是公司放假吗，你加班？

【私聊】【刹雪无痕】：不，要一早去跟股东汇报风讯最近的情况。不多说了，拜拜。

说完，他的头像就暗了下去。

股东？原来如此，兰芽曾经听说过风讯的董事会在另一座城市，段凌风平常都是通过电脑视频与他们联系。而莫问衡居然要专程跑一趟，是说明他与股东们的关系比段凌风还要密切。

也未必，说不定那只是普通的汇报工作而已，莫问衡毕竟是股东安排到风讯的员工，他本身是为股东服务的，与他们联系的时候自然也不能像段凌风那么随便。

算了，这些高端的事情，她这个普通员工再多想也没用。

兰芽长吁一口气，退出游戏，然后闭上眼睛揉揉太阳穴。今天的刷副本任务还真是惊心动魄，好累。

时间不早了，明天还约了朋友去做SPA，浴室里还有一盆衣服等着洗。兰芽在关电脑前，她随手查了一下电子邮箱。

里面有一封未读邮件，是来自住宅小区业委会的。

业委会首先对兰芽表示问候，接着委婉地询问她最近是否工作繁忙，能不能尽快为房租续费，否则租约期就无法延续了。看到房租二字，兰芽心里咯噔一下，她真是个猪脑子啊。

之前已经说过，兰芽所在的小区是风讯的股东们为旗下各大公司员工安排的宿舍，除了风讯职员之外，也有很多其他公司的员工住在这里。由于这个地方在繁华地带，交通便捷，买东西容易，出入管理严格，环境幽雅，房型也好，而且最重要的是租金便宜，因此一直很抢手。

由于小区的住户都是工作繁忙的白领,业委会也不安排上门收取现金房租,而是让大家按时把款打进规定的银行账号。考虑到这些员工的流动性很大,每当有人没有按时打款,业委会就会跟踪服务,确认对方到底是工作太忙忘记了,还是已经辞职不准备再租下去。

如果是后者,房间就会尽快收拾好,留给其他正在排队等房的人居住。

据兰芽所知,她所在的这栋楼已经有十几个人在排队等房了,没办法,这年头外面的房租实在太贵了。

她也不是故意要拖欠房租,确实,最近她被莫问衡折腾得焦头烂额,把这件事忘记了。再加上在淘宝上消费很多,以至于开通网银的那张银行卡上的数字迅速减少,早就捉襟见肘了。

房租不是一笔小数目,工资则要等假期结束以后才会发,兰芽估摸了一下时间还来得及,就随手回了一封邮件,向业委会道歉并且解释情况。因为这种事情以前也发生过,她也就没在意,发完邮件就关电脑去睡觉了。

之后的一周里,兰芽过得很爽。趁难得的休假机会,她把平常没空做的运动全都来了一遍——游泳、羽毛球、排球、高尔夫,还在教练的指导下学了一点棒球知识。运动完之后,还有无穷无尽的逛街任务在等着她去完成,有琳琅满目的团购餐券在等着她去吃,有好多平时没空见面的朋友等着她去见。一天过后,回到家里还有英俊潇洒、淡定冷傲的大神老公在等着她组队去打怪……

人生如此,夫复何求!

真不想再上班啦!

说到上班,最让兰芽欣慰的,还是公司很争气地没有给她任何突发性的工作,工作电话一个都没有。

每当享受这种休假的时候,兰芽总会忍不住想起风讯公司的人事情况。风讯的员工流动率在同行业里是比较低的,这也是段凌风人性化管理所致吧。兰芽有些朋友就职的公司,表面上给予休假,却还像留回家作业似的布置一堆工作,让员工回家去做,真是伪善。

能在规定时间内完成合理工作量的员工才是好员工，能不安排合理工作量以外工作的老板，才是好老板。兰芽在想，只要她一天不想离开财务这行，就不会离开风讯吧。

很快，轻松的假期转眼就过去了。这一周里兰芽得到了充分的休息和娱乐，也在幻剑3里跟一剑天下做出了很多新成就。一剑天下的眼光很高，比较容易的副本和已经被很多人得到的成就都入不了他的法眼，他喜欢各种高难度的战斗和首杀。所以，每次他和兰芽挑战成功的夫妻任务都没什么先驱者，获得成就也都会被GM在世界频道上表彰一番。

正因为如此，兰芽在嫁给大神之后，在游戏里的知名度提升了不少。如果她以前的名声算是在城镇级别里的话，现在已经算是世界级别的了。最能证明的一点，就是来找她加好友的人数激增，大部分都是她的粉丝来求教操作技术。不过兰芽一向不喜欢居高临下指点江山的感觉，所以一个徒弟都不想收。

这一点，大神老公跟她也是一样的。

一开始，兰芽还能耐心地拒绝各路好汉，向他们详细解释自己不想加好友的原因，但是后来随着人数越来越多，再加上被拒绝的英雄们也孜孜不倦地卷土重来，让兰芽烦不胜烦。最后，她只能一狠心关闭了好友申请，并在拒绝理由里说明了自己不想收徒，也不想指点技术。

悲剧的是，这伤害了一些玻璃心的玩家。

江湖上也很快出现了谣言，说赤血蓝牙和一剑天下结婚以后性情大变，由原来热情仗义的女侠变成了高贵冷艳的傲娇女神，婚姻果然是爱情的坟墓云云。兰芽既窘迫又委屈，忍不住跑去跟夫君吐苦水，却换来大神一句轻飘飘的：恭喜夫人和夫君的距离又近了一步。

Chapter 12
女侠大战劫匪

工作日第一天,兰芽精神抖擞地上班了。

在公车上她顺手看了一下网银,这个月的工资果然一早悉数到账,一分不多一分不少。幸好,莫问衡这次没有展示他小心眼的一面,把该给她的钱都给她了。

等会儿到了公司她就把房租转给小区业委会。今晚还要跟一剑天下继续刷怪,游戏点卡好像用完了,要上淘宝买几张……兰芽随着摇晃的公车,一路颠簸,一路想。

到了公司,她走进财务部,看见已经有不少人坐在自己的位置上了。办公室里的气氛很轻松,大家的气色也不错,看来这一周都休息得很好。

由于是第一天上班,公司没有安排复杂的新工作。10点以后,莫问衡召集大家开了个会,把之前送上去审核的报表批注之后发回给大家,要求修改和润色。这一番折腾完,也差不多该吃午饭了,兰芽回到自己的座位上,打算在吃饭前把房租的事情搞定。

正在这时,莫问衡走出了自己的办公室:"许小姐。"

兰芽胸口一紧,连忙抬头挤出一个微笑:"什么事,莫先生?"

莫问衡怔了一下,估计是被兰芽扭曲的笑容吓得够呛。他调整了一下情绪,尽量冷静地开口说:"出纳那边有一笔很急的款需要汇,

你跟露露马上出发,午饭就自己在外面吃吧。"

兰芽狐疑:"我?"

凡是特别提出的汇款,数额都比较大。在风讯公司里,不成文的规矩就是这种事都由财务总监和出纳一起来办。之前,叶婷和露露一直是这方面的搭档,为什么换了总监就要换人?

兰芽转念一想,也许男总监和不算熟悉的女出纳一同办事总觉得不方便。财务部里,除了总监就数她的权力最大了,莫问衡把这件事交给她也无可厚非。

看兰芽不吭声的样子,莫问衡以为她不愿意,又加了一句:"事情办完以后,你们就可以回家了,不用再来公司。"

言下之意就是,无论多早汇完款都可以回家。

这种话,员工最喜欢了。

兰芽连忙点头:"好好,我知道了,没问题,包在我身上!"

莫问衡又是一怔,这么短的几分钟里他已经被兰芽惊到两次了。不过,只要她答应下来,也没什么好说的,莫问衡把需要汇款的客户名字、金额以及银行账号等信息交给兰芽和露露之后,就自己去吃午饭了。

既然有工作,私事就只能放一下。兰芽想着回家以后也能弄房租的事,就关掉电脑和露露一起出发了。

露露是个年轻开朗的女孩,在公司里和兰芽的关系一向不错,两人出了公司以后一路嘻嘻哈哈,很高兴平白无故得到了半天假期。

不过比较倒霉的是周一在银行办事的客户一大堆,对公业务窗口也被挤得满满的,所以兰芽和露露拿了号以后干脆出去吃饭加逛街,否则傻乎乎地在银行里等真是蠢死了。

等她们逛了一大圈,在这个银行取了一大袋子钱之后,又匆匆奔向另一个银行去存钱。不巧的是最近的分行电脑坏了,兰芽和露露不想干等,商量之后决定去不远处的另一个分行把钱存上。

"兰芽姐,分行地址在哪儿呢?"露露一边走一边问。

"我在查呢,一会儿就好。"兰芽低头忙着用手机上网,但昨晚忘了给手机充电，很快就自动关机了。

变故就发生在这一瞬间，突然，兰芽只觉得耳边掠过一阵冷风，露露突然尖叫了起来。

"啊——"

兰芽一抬头，只看见一个男人用力抢走了露露手里的包，另一个男人一脚把她踹倒在地上！

兰芽的脑袋一片空白，随后立刻用尽全身的力气大叫起来："抢劫啦！救命啊！抢劫啦！救命啊——"

光天化日，行人纷纷驻足，两个男人抱着包转身就逃，其中一人还想踹倒兰芽，但被她敏捷地躲过去了。露露倒在地上痛苦地捂着肚子，兰芽咬牙看看她，又看看仓皇逃走的那两个男人，她随便抓住一个路过的行人："麻烦您帮我报警，谢谢！"

她毅然甩去脚上的高跟鞋，撒开腿飞奔起来，一边继续大叫着"抢劫啊"，一边追向那两个男人。兰芽在学生时代是长跑健将，连高年级的男生也不是她的对手，如今虽然锻炼机会减少，但基本功还在，追上两个抢劫犯还不是小意思！

于是，在前面狂奔的那两个男人和在后面紧追不舍的兰芽成了街上最显眼的画面，再加上兰芽拼命叫着抢劫和男人们手里的大包，行人很快明白了是怎么回事。

几个热心人开始帮着兰芽一起追，还有不少人拿出手机报警或者拍照，而兰芽终于找到了机会——前方马路两旁摆着许多摊位，路被挡住了。趁着那两个男人逃跑速度变慢的瞬间，兰芽以百米冲刺的速度追上去，一个猛跳从后方跃向那个抱着钱袋的男人！

只听一声惨叫外加一声闷哼，巨大冲击力将男人撞飞了，随后又跟兰芽一起重重地跌倒在地上！而另一个男人也被蜂拥而上的路人堵住，垂死挣扎了一番只能束手就擒。一番风波总算就此化解，钱也追回来了，兰芽坐在地上大口喘气，这才发现自己的脚在追逐过程中被石头划伤，脚底鲜血淋漓，小腿的丝袜也被划出了一道长长的口子。

这时，闪着警灯的警车从远处呼啸而来，赶到现场的警察将劫匪

控制住了。救护车也赶到现场，将受伤的露露和兰芽送到医院。

其实两人受的伤不重，而是被兰芽扑倒的那个男人比较倒霉，摔掉了两颗门牙。在医院经过一番简单的包扎，露露和兰芽基本已经恢复了平静。她们稍作休息以后，跟着随行而来的警察前往派出所去做笔录，虽然觉得只要钱追回来就好，但必要的流程还是不能少。

于是，两个妹子打娘胎出来以后头一次坐了警车，两人一路从车窗向外张望，十分好奇。毕竟她们从没有遇到过这样的事，平安脱险之后有了劫后余生感叹，还有随之而来的疲惫。

医院到派出所的距离挺远，中间露露和兰芽又在警车的护送下去了一次银行，终于准时把钱汇到了客户的账户里，最重要的工作终于办完，两人心里的大石头也终于落地，就在车上心情放松地睡着了。

根据审讯，那两人是长期在银行蹲点抢劫的，他们首先在服务大厅锁定目标，看哪个人取钱多就尾随其后，再趁其不备实施抢劫。

露露和兰芽原本都是警戒心很高的人，但因为事发两个人的注意力都在找银行上，没注意到身边的危险。不过，兰芽的战斗力着实让劫匪吃了一惊，在这之前，他们也曾多次抢劫其他人，但从来没有哪个女的能追上他们，跌掉牙这种事，连想都没想过。

民警纷纷赞叹兰芽的战斗力，她的对手可是一个身高180体重200多斤的壮汉啊。

有人叫兰芽下车，兰芽有一瞬间没明白自己在哪儿，揉揉眼睛，看看歪在自己身边的露露，记忆才慢慢回来了。

活了这么多年，又整天在游戏里打打杀杀，她还是头一次在现实里跟人"战斗"。兰芽当时是急了，回头想想还真有些后怕。

如果对方当时带着武器怎么办？她虽然反射神经发达，跑步速度快，但毕竟没学过任何防身术啊。

她们被领进一个房间，房间的桌上摆着热气腾腾的盒饭，两荤一素，看起来还不错。跟着她们的民警说先让她们吃个便饭，等一会儿再做笔录。兰芽才想起来她们为了有更多的时间逛街午饭就只喝了杯奶茶，又被折腾了一下午，现在的确饿了。所以也没和他们客气，就吃了起来。

过了一会儿，一位民警进来了，看见兰芽她们吃饱了，笑着说："小姐，谢谢你帮了我们的大忙！"

兰芽一头雾水："啥？"

"你抓到的那两个劫匪是最近流窜在我市的惯犯。他们专门瞄准的年轻女出纳下手，光是今年我们已经接到十几次报案了。多亏你让他们终于能落入法网，我代表大家向你表示由衷的感谢！"

"原来如此，不过我也没干啥……"兰芽不好意思地抓抓头发，"时间已经不早啦，我们是不是还要做笔录？明天还要上班，所以……"

"是的，不过不用担心，因为你们是受害者，而且案情简单，事实清楚，只要把事情发生的过程描述一下就好了，不会浪费很多时间。那么，请您先跟我来吧。"

民警说着就示意兰芽离开休息室，兰芽回头看了露露，给了她一个安慰的眼神。

然而，她刚走出房间，迎面就急匆匆地跑来一个人。

是段凌风。

兰芽很少看到段凌风如此慌乱，他的呼吸有些急，额头上渗着汗珠，发丝稍乱，西装领带也被扯松了，看起来是一路狂奔来的。莫问衡也紧随其后，一言不发，脸色不太好看。

"段先生……"兰芽轻声叫道，声音却有些嘶哑。她毕竟还是后怕的，看到自己人，心中像有一块大石头瞬间落了地。

"许小姐，你们的情况怎么样？"段凌风焦急地迎了上来，"今天一下午我都在和总监开会，散会以后我们才知道这件事。可是打你的手机又一直关机，露露的手机又没人接，我们就立刻赶了过来。"

"手机？"兰芽一愣，掏出手机才想起手机早就没电自动关机了。

"对不起，段先生，"她笑笑，"我手机没电了，抱歉让您担心了。"

"该说对不起的是我。"这时,一旁的莫问衡突然出声了,"是我的疏忽,这么大笔数额的款不应该让你们两个女员工去处理。如果我跟你们一起去,就不会发生这种事了。"

"不不,是我的错,"段凌风立刻抢过话头,"如果我事先把银行的手续办齐全,一切款项就都能在网上转账,根本不需要你们多跑一趟,该道歉的人是我。"

兰芽窘迫了:"你们……你们一个老板、一个总监,在这里互相自责什么。事情都已经过去了,我和露露没事,钱也安然无恙,这就足够了。这件事完全是个意外,没必要大家抢着反省的。"

"不,"段凌风摇头,"回头我会跟莫总监完善一下公司的财务制度,以后不再进行这么大笔的现金交易了,确实很危险。"

这时,又有民警前来催促兰芽去做笔录,兰芽立刻跟上司们告别。

因为兰芽是头一回接触这种事,一时紧张,结结巴巴地一句话都说不清楚,白白浪费了很多时间。露露紧跟在兰芽后面也做了笔录,她跟兰芽一样紧张得不行,等到两人终于把所有的流程都走完,疲惫不堪地离开派出所的时候,夜已经深了。

派出所门外,莫问衡正靠在自己的车旁抽烟。

看到他,兰芽一怔:"你还没走?"

莫问衡吐着烟圈,随后踩灭烟头:"我怕你们离开的时候太晚,不方便回去。"

露露嬉笑道:"难道总监要送我们回家吗?"莫问衡在财务部里的人缘还算不错,除了兰芽,非工作场所谁都可以随便跟他开玩笑。

莫问衡笑笑:"如果你们愿意的话,当然没问题。"

兰芽信以为真,连忙阻止:"别别别,我们和莫总监上下有别,坐了总监的车晚上会连觉都睡不安稳的。"

莫问衡用膝盖想都知道兰芽不会接受他的好意,又笑:"我早料到你们会这么说,凑巧的是我等在这里也不是为了送你们回家的。段先生看时间晚了,连末班车都没了,怕你们打车又不安全,让我帮你们在附近的四星级酒店订了两个房间。这是房卡，你们自己到前台去登记吧。"

兰芽愣了一下，而旁边的露露已经兴奋得叫了起来："老板真贴心！我正愁不知怎么回去呢！"

"那就赶快回酒店去休息吧，明天上班晚一点也没关系的。"莫问衡说着，朝兰芽和露露挥挥手，返身上了车。

没想到，段凌风居然这么贴心。

兰芽握着房卡心生感慨，刚出了这种事，两个女孩子，晚上出行确实不太安心，但她觉得还没到需要老板出马照料的地步。该说他是细心呢，还是对下属心存愧疚希望弥补呢。

她还在胡思乱想，露露已经高兴地挎着她的胳膊往酒店走去，嘴里还说着自己从来没有住过四星级酒店，终于能见见世面了云云。既然是老板的好意，多想也没有意义，兰芽干脆放宽心，和露露一起离开了派出所。

手机到现在都没机会充电，只能明天回家再说了。反正露露也有手机，公司有事的话联系她也是一样的。至于人，刚才经过做笔录这么一番折腾，又已经累得不行了，想到酒店距离派出所只有几分钟的路程，兰芽心里也觉得挺轻松。

唉，今天一天过得还真累。

早点去酒店休息吧。

Chapter 13
老板的好意

隔天早上，兰芽和露露稍晚一些才起床。兰芽这个年纪的人已经不能熬夜了，昨晚只是稍微晚一点睡，眼睛下面就有了黑眼圈。

早上来到公司，并没有人发觉她俩的异样，昨天那件事的消息也没传开，段凌风的保密措施做得不错。兰芽很想亲自对他表示谢意，但一早开始他就带着一群总监坐在会议室里忙碌，不知道在开什么会。

也许就像他昨天说的那样，风讯的财务规章制度需要重新制定了。

10点多的时候，莫问衡开完会回来了，他对兰芽和露露视若无睹，直接进了自己的办公室。十分钟以后，财务部的众人都收到一封邮件，上面说明了公司制度有所调整，今后一万元以上的现金汇款业务，必须由男性员工担当或者有男性员工陪同。

通知言辞简练，语气也很平静，看起来就像今早会议众多内容中的一个。因此它也并没有引起其他人太多的注意，只是有人窃窃私语，讨论着是不是因为最近抢劫案数量有所上升，所以公司才完善了这个制度。

段凌风和莫问衡这种低调的处理方法很妙，既未雨绸缪，又给兰芽和露露吃了一颗定心丸，而且没有在办公室里引起风波。兰芽把邮件看到最后,发现末尾还有一行字——

中午你回家休息吧,下午可以晚点来。

简洁明了,语气寡淡,看起来是莫问衡的笔触。

兰芽抬头看看露露,露露也正用诧异的眼神看着她,好像想说什么的样子。看来,她们俩都收到了这封特殊的邮件。原来不只段凌风,莫问衡也有细心的一面。确实,兰芽一整夜没回家,今天衣服也没换,洗面奶也没得用,妆也没化,整个人看起来都糙糙的。早上有人发现了她没换衣服,还半真半假地打趣说:"哟,昨晚没回家?去哪儿浪漫了?"

好想回家一趟啊,金窝银窝不如自家狗窝。

于是,午休的时候兰芽拒绝了同事们邀请一起吃饭的提议,杜绝了他们想八卦她昨晚为何没回家的念头,脚底抹油开溜了。八卦之心可以理解,不过于情于理,她都不想再重温昨天的噩梦了。

一路上,兰芽都在幻想回家后要怎样彻底弄干净那张没卸妆的大油脸,然后舒服地洗一个热水澡,换上干净整洁的衣服,光鲜亮丽地回到公司继续下午的工作。如果有人找她八卦的话……她就装傻充愣,让真相随风而去吧。

然而让她万万没想到的是,回到家里,她看见家门大开,门口堆着山一样高的行李。几个工人还在客厅里忙碌,整个家几乎都已经被搬空了!

兰芽大惊失色,冲进去就尖叫起来:"你们在我家里干什么!"

工人们诧异地回过头,其中一个反问:"你是谁?我们是业委会派来搬家的。这家住户一声不吭就走人,水管漏水也不知道,已经被业委会取消了租住资格。"

兰芽越发震惊:"什么走人?什么漏水?什么取消资格?我只是昨天一晚上没回家而已啊,哪里走人了!"

面对激动的兰芽,工人们也跟她争辩不清楚,只能跟随她一起去业委会。接待他们的是一名西装革履的中年物业经理,态度温和,但表达的立场却很坚定。

"许小姐,"物业经理微笑着说,"鉴于您迟迟拖欠本季度的房租,又没有回复业委会的电子邮件,上周您就已经进入租户的黑名单了。打给您的电话也联系不上。按照以往的经验,这种情况确实可能是公司员工不辞而别,而您所在的住宅楼又特别抢手,所以……"

"我明明回了邮件,是你们漏看了吧!"兰芽气愤地争辩,"而且我从来就没接到过你们的电话!"

"邮件的话,真的没有收到,至于电话的问题,我们昨天试图联系您,但直到晚上,您的手机一直都是关机状态。"

"……"

"是这样的,因为我们没收到您的房租,也没收到您的回复邮件,电话就成了联系您的最后一种方法。恰好昨天下午您家中的水管漏水,正需要联系您协助,我们就趁此机会主动寻找您了,可惜……所以很抱歉了。"

兰芽无语了。

这……真倒霉啊,她为什么会这么倒霉!

手机忘了充电,中午出门碰上劫匪,伤身又伤心,所以晚上接受了老板的好意没回家!她活这么大,也是头一次在一天里发生这么多事情,为啥就偏偏这天业委会会死命地联系她!

不能忍啊!

兰芽无法息怒:"我昨天是突然有急事,本来想打款给你们的,但事情太多就不小心忘记了!手机是正好没电了,但就算你们几次三番联系不上我,也不能私自把我的东西堆在门外吧!谁搬家会留下这么多家具和行李!再说,登记入住的时候你们就知道我是哪个公司的,既然找不到我本人,为什么不找风讯公司?!"

"这个……因为我们只有风讯公司总经理段凌风先生的办公室固话,但昨天一天……他似乎也不在……"

"那是因为他没有秘书,人很忙不在办公室的话就没人接电话!"兰芽简直气笑了。这些所谓把她赶出住所的理由,有哪一条是能让人信服的?以前还以为业委会的工作很让人放心,没想到居然会搞出这种可笑的事!

"我不管!"她下了最后通牒,"我一直在风讯公司干得好好的,既没有辞职,也没有被炒鱿鱼,短期内没有任何理由会走人。现在因为你们让我无家可归,这个责任你们怎么负?"

物业经理犹豫了一会儿,似乎也感觉自己做得不够妥当,礼貌地说:"您看,新住户已经签署了租赁协议,下午就会搬进来。而其他房间也都已经满了,让您重新入住估计不可能。所以,我建议您先去外面租房,我们业委会会给予一定的补贴。今后有了空房,再优先通知您入住,如何?"

兰芽无语。果然是抢手的白领公寓,出去容易进来难!

虽然钱的问题解决了,但她上班这么忙,哪有时间去找合适的新房,就算找到了又肯定能称心如意吗?她已经在这里住了好几年,换一个地方能马上习惯吗?交通、购物、医疗环境能这么满意吗?

但如果不同意,她也想不到更合适的方法了。

"怎么样,许小姐,可以接受这个建议吗?"经理追问。

兰芽纠结万分,就在这时,一辆眼熟的车停在了外面,从车上下来一个眼熟的人。兰芽心里咯噔一声,哎,最近跟这位大神还真有缘。

大神不是别人,是她的老板段凌风。

段凌风径直走进业委会,看到兰芽显得有些意外:"许小姐?你怎么在这里?"

兰芽叹息:"段先生,幸亏莫总监让我中午回家休息,否则我还不知道自己的住处都没了呢。"

段凌风皱眉:"怎么回事?"

经理连忙赔笑解释:"误会,这是一场遗憾的误会……"

10分钟后,段凌风的眉头皱得更深了。

兰芽觉得他脸色不对,连忙岔开话题:"哦,对了,段先生,您到这里来是办什么事的吗?我记得您好像不住在这里。"

段凌风点头:"对,我是来询问一下这里的公寓租住情况,为秋

季校园招聘做准备。不过现在你的事情比较重要,张经理,这件事情真的没法解决了?"

经理苦笑:"段先生,你也知道这里的情况。我们的房源长年爆满,排队等着入住的一大把,否则也不会发生因为误会而立刻把许小姐的行李扔出家门的意外了。"

这时电话响起,经理做了一个抱歉的手势,转身去接电话。

段凌风看着兰芽:"你还有备用的住处吗?"

兰芽一脸苦涩:"有的话我也不会在这里纠结了,也没办法啦,这里不能住的话就只能找新的地方了。"

"我帮你找,你介意吗?"

"啊?"

"确切地说,也不算找,"段凌风笑笑,"我的公寓隔壁正好是一间空房,平常是拿来堆杂物的,厨卫齐全,收拾一下就能入住。缺点是不如这里的房型大,怕你觉得不习惯。如果你能看中,我可以便宜一点租给你。"

兰芽震惊了。

看看,这就是老板的层次!房子一次买两套,一套住,一套堆杂物!

她有些迟疑:"这……不太好意思吧?毕竟您的房子也是有用处的。"

段凌风笑笑:"没事,我杂物不多,而且最近也正在考虑是不是要租出去挣点外快。熟人租的话,相互也会比较放心。"

这倒也是,熟人不怕被坑……不对,他们不是普通的熟人,是上司和小下属的关系啊!要让她跟老板做邻居,会不会对心脏不太好!

"怎么,你不愿意?"段凌风问。

"也……不是……"兰芽继续迟疑,"还是……觉得不太好意思。"

"不好意思的话,要不你就付我比市价高一倍的房租?"段凌风打趣。

"……"

两人正聊着，经理接完电话，拿着一沓资料过来了："让两位久等了，许小姐，这是我手里的一些租房资料，你可以看看有没有中意的，顺便也能对现在的租房市场有所了解，不会被黑心中介骗了。"

兰芽道了声谢，接过资料稍稍看了几眼。

妈呀，这价钱！

算了，她还是借老板的房子吧。

于是，半个小时以后，兰芽坐车一路颠簸到了老板给她的地址。啧啧，老板果然是老板，出现在兰芽面前的这个住宅区位于闹市，但这个小区闹中取静，环境清幽，绿化极好，比之前兰芽住的公寓有过之而无不及。

兰芽进入小区之前顺便去了一下附近的房产中介，打听这里的房租，果然不是她这种普通小职员能承受得起的。联想到之前段凌风轻描淡写的语气，兰芽突然郁闷了，难道做网游是这么赚钱的行当？自己每天点点鼠标的娱乐游戏，可以带来如此客观的收益吗？算了，多想无益，兰芽一路找到了某个门牌号，楼宇保安已经等候她多时了。

这服务真周到，兰芽出发前看见段凌风打了个电话，然后就告诉她有人会给她安排看房子的事，她自己过去就行了。

在保安的带领下，兰芽坐电梯到了顶楼，在某个房间前由保安刷卡打开房门，供她随意参观。段凌风的这间储物室比兰芽想象中大，房间里空荡荡的，只有角落里堆着几个箱子，根本不像段凌风所说的那么杂乱。

只要稍微打扫一下，再把行李都搬进来，今晚就能把一切打点好，然后住下了。

兰芽正在想着，手机响了，是段凌风。

"还满意吗？"段凌风言简意赅地问。他那边有人在说话，似乎正在谈事。

"……这种地方让我住，太奢侈了。"兰芽真心地说。

"不租给你的话，就只能继续空着积灰，或者租给情况完全不清

楚的陌生人随便住了，你觉得哪个好？"段凌风笑问。

兰芽无法回答，说真心话，这地方真的挺诱人。它的地段比之前那个小区好得多，距公司也更近，舒适又方便。

但是，她心里总有一道看不见的坎儿，如果爽快地答应老板的建议，似乎显得自己很性急似的，怪丢脸的。于是，兰芽扭捏了一会儿说："那我……先住一个月试试……"

"好的，待会儿我让这里的物业经理叫人把你的行李搬过去，房租和签约的事情我会做一个文档发到你的电子邮箱。我还有事，就不多说了，拜。"

就这样，兰芽稀里糊涂地成了老板大人的房客。

确切地说也算不上客了，对段凌风而言，他只是顺手做个好人，把一间没用处的房子随便租给一个熟悉的人而已。钱他是不在乎的，只是希望房客的人品比较好，能好好珍惜他的财产。

这一点，他对兰芽自然是绝对放心的。

过了一个小时，她的行李就全部送到了。在这段时间里，她已经将卧室打扫一遍，并且客厅的杂物都堆在墙边的箱子上，空出足够的空间准备摆放行李。等待搬运工的时候，她还抽空叫了份外卖，再打电话给莫问衡说她下午请假，力求以最快的速度搞定新房子。

就这样忙活了一阵子，到了傍晚时分，一切事情都基本搞定了。

段凌风的房间设施很完备，水、电、煤气、电话、网线一应俱全。兰芽只要擦干净家具和地板上的灰，再将行李分门别类地摆放好，就可以直接入住了。

她甚至还有机会去了一趟超市，自己买菜回家做晚饭。本想顺手帮段凌风也做一点的，但兰芽去隔壁敲了半天门也没回应，似乎他还没回家。

也对，老板大人肯定是忙着呢。如果有空的话，他肯定会打电话来询问租房的事。

真够辛苦的。

兰芽叹息着吃完了晚饭，洗漱完毕以后就开始在新家度过第一晚了。

　　临睡前,她打开电脑检查了一下邮件,在垃圾箱里找到一封退信。原来那晚服务器抽风,她的信根本没发送到业委会那里!

　　不过既然已经有了新住处,就别计较这种事了。

　　兰芽想着,打着哈欠爬上床。

　　真像段凌风说的这样,这个地方已经很长一段时间没有人住了,最初踏进房门的时候,兰芽就感到一股久缺人气的寒意,打开每个房间也都觉得冷冰冰的。

　　房子必须要有人住才会有人气,用来堆放杂物真的挺浪费。如果能在这里一直住下去,以后去买点可爱的东西布置一下吧……

　　想着想着,兰芽就慢慢进入了梦乡。

　　半睡半醒之时,她似乎听到有开门和关门的声音。为什么会有这种声音呢?家里只有她一个人,房卡保安也已经交给她了,谁还能进来?

　　难道是隔壁的段凌风回来了?但是环境这么好的公寓,隔音效果肯定也不错,隔壁的声音她怎么可能会听见呢?

　　各种问号都比不过疲倦带来的力量。兰芽还没想清楚是怎么回事,就沉沉地睡去了。

　　第二天,兰芽从甜美的睡梦中醒来,感觉全身又充满了力量。

　　想起昨晚奇怪的声音,她把所有的房间和每一个房门都检查了一遍,发觉没有任何异样。兰芽睡觉很谨慎,这是长年独居养成的习惯,每天晚上睡觉之前她都会在房间里转一圈,确认所有门窗都关好锁好了,而且今早她能保证一切都好好地在原位。

　　那究竟是她出现幻听了,还是房间隔音效果真的不好?

　　兰芽有些狐疑,但也没有在意。

　　出门的时候,她穿上高跟鞋,顺便看看隔壁紧闭的房门。不过从外观上来看,兰芽无法辨认段凌风昨晚到底回来了没有。

　　算了,老板的行程不是她应该关心的。

拎上挎包,兰芽又开始了新一天的工作。有了安定的住所、充足的休息和细心的保养,今天的许兰芽又是一条好汉了。

一切似乎又恢复了正轨,兰芽像往常一样来到公司,像往常一样跟大家打招呼,上班前兰芽在走廊上还碰到了莫问衡,他也跟往常一样不冷不热地看了兰芽一眼,什么都没有说。

那混乱纠结的昨天和前天,仿佛是一场噩梦,梦醒之后一切如常,只有兰芽脚底的伤,还有挎包里那张陌生的房卡,告诉她一切都已经不一样了。

11点的时候,专心工作的兰芽接到了一封电子邮件,是段凌风发的。就跟之前商定的一样,段凌风把租房合同和一些简单的生活须知做成文档发给了她,租金比市场价低得多,而且不需要押金。

兰芽想了一会儿,价格太低廉让她心里过意不去,于是她回信的时候在原价上加了200元,并且说明自己一旦找到新房就会离开,不会打扰老板太久。

段凌风回了一个"好"字,就再也没有下文了。

兰芽看着那个字,定定地愣了很久。

一个月之前,她还跟段凌风毫无往来,一个月之后,老板大人居然已经是她的临时房东了?命运真是变幻莫测。好吧,在找到新房子之前,她一定会好好表现,不会因为跟老板的关系变近了,而让他发现自己的任何缺点!

Chapter 14
特殊的谢礼

接下来的几天平静得不可思议,兰芽工作顺利,生活愉快,没有遇到任何风波。

工作上,莫问衡依然与她保持着若即若离的关系,除了工作几乎什么都不跟她谈。生活上,她的状态跟过去没什么不一样,依然是独来独往,偶尔会在上班和回家的时候,在自家门口邂逅段凌风。

如果遇到的话,两人会简单地点头打个招呼,段凌风的作息很不规律,有时兰芽上班他才回家,有时兰芽半夜想起有东西要去便利店买时,段凌风则正要出门。

真是不健康的作息啊,兰芽在心里叹息。

有一次,在电梯间里遇到段凌风的时候,兰芽终于忍不住说:"段先生,您要小心护肝啊。"

段凌风莫名其妙:"什么肝?"

兰芽刚要进一步解释,段凌风的手机响了。这个电话一打就是很久,到电梯门开都没结束,于是,兰芽的好心就没有下文了。

而在幻剑3里,她跟一剑天下的刷副本行动也稳步推进。如今的夫妻成就榜上,各个单项榜单里经常有他们的名字,在总榜单里拥有一席之地也指日可待。虽然大神依然保持着优雅淡定、偶尔扔几句冷笑话的本性,但兰芽还是觉得跟他相处得挺愉快的。

转眼间,又是一个愉快的周末。兰芽起了个大早,准备来个大扫除。

上次搬进这里的时候比较匆忙,之后又一直在上班,都没有空把新住处里里外外认真地收拾一下。兰芽虽然看起来开朗爽利大大咧咧,其实生活技能还是挺强大的,打扫洗衣做饭一把抓,而且……

上次搬进来的那天夜晚,听到了隐约的开门声之后,兰芽后来又有几次遇到了这种怪事。开门的声音有时在半夜,有时在凌晨,很没有规律,但总能听见。兰芽是无神论者,灵异鬼怪什么的她是从来不信的,她更担心房子是不是哪里的墙壁裂了,所以才会隔音不好,把邻居的动静传了过来。所以趁今天的机会,她想把房子里里外外都检查一遍。

除了卧室细心打扫过之外,其他地方依然积满了灰,客厅一边还堆满了箱子。兰芽把毛巾绑在脑袋上,穿上围裙,挽起袖子,开始搬箱子。一般情况下,堆东西的地方灰尘更多,说不定还有蜘蛛网和爬虫窝。

在兰芽能够搬动桶装水的臂力下,塞满了不知道什么东西的箱子一个一个地被搬开,兰芽突然发现箱子后面的墙上有一扇木门。

门框上结满了灰尘和蜘蛛网,看起来很久没打开过了。兰芽百思不得其解,她回想了一下房屋构造的平面图,似乎明白了什么。

原来,自己和段凌风的房间是一个打通的大套间,可能是段凌风改造的,也可能本身设计就是这样。套间门打开的话就是一户,关上的话也可以当作两户。

门框周围的墙上已经有了细小的裂缝,声音似乎可以轻易传过来。兰芽想,这大概就是半夜怪声的真相了吧,如果真是这样,段凌风的作息真够不规律的,这样下去等到年纪再大一点,身体铁定垮。

兰芽一边想,一边用抹布擦拭门框上的灰尘,看到那个满是灰尘的门把手,她突然心中一动。这门……对面就是老板大人的寝室啦,会是什么样子的呢?看他每天早出晚归,真的有空好好打理自己的住宅吗?

鬼使神差，兰芽握住了门把手，轻轻转动。可能因为常年不用，她这么一用力，门锁里的弹簧居然就这么"砰"的一声断了。坏掉的门朝兰芽这边打开，出现在她面前的……居然又是箱子。

跟兰芽房间的瓦楞纸箱不同，门那边堆着好几个塑料的储物箱，近一人高。因为是半透明的，能看见箱子里塞满的都是光碟和各种彩印小册子，可能是段凌风的工作资料。

周围静悄悄的，兰芽有些心慌，握住门把手的手也在微微颤抖。

她将脸贴在缝隙上，悄悄地往那边看。

门的那边似乎也是客厅，看起来空旷而干净，严重缺少人气。客厅里空无一人，也没有听到任何动静，段凌风应该是出门了。于是，兰芽想把塑料箱子往旁边推一点儿。

箱子里没有全被东西塞满，因此对兰芽的臂力而言还是可以移动的。她咬牙把箱子大约移动了20厘米，然后整个脑袋都探过去，好奇地张望起来。

这真是……家徒四壁啊……段凌风的住处跟隔壁她搬进来之前的那一间几乎没什么区别，顶多就是比较干净，再多了一点必要的家具而已。

咳咳，既然坏事已经干了，就干脆干到底吧。

冒头的好奇心已经无法压抑，兰芽挺胸吸气，力沉丹田，身体一用力，就硬是把门又撑开了一点，从门里挤了进去。

好吧，现在她已经完全站在段凌风的家里了。

空气里弥漫着淡淡的柠檬味，似乎是空气清新剂的味道。客厅里的窗帘全部拉上，缝隙中透出的阳光投射在深色的地板上，有细小的尘埃在空气中浮动。

一圈黑色的真皮沙发环绕在客厅正中，茶几是简单的透明玻璃式样，墙边摆放着十分巨大的书架。除此之外，就再也没有一件像样的家具了。而除了堵住门的那些储物箱之外，四周的墙壁前还堆着许多其他大小不一的塑料箱子，里面都装着不同的东西。

兰芽不禁无语了，老板啊，你到底有多懒，杂物既不肯收拾也不

肯买家具好好整理起来，就这样随便塞在箱子里吗？这种事情，她只有在搬家前夕才会做啊！

好吧，也许是人家工作真的很忙。

兰芽想着，在客厅里慢慢遛了一圈。

段凌风果然不在家，各个房间的门都大开着，厨房的水槽里扔着没洗的碗，卫生间里扔着一筐脏衣服，卧室……算了这么私密的地方还是别看了。兰芽跑回客厅，觉得自己好像一个偷窥狂。

就这样当什么都没发生，赶快回去吧。万一段凌风这个时候回来，自己可就死定了，老板不把她当成变态扔进拘留所关几天才怪。

兰芽这么想着，赶紧蹑手蹑脚顺着原路返回自己屋子。幸好墙上的门是往她这边开的，她站在门前，认真地把刚才被推开的箱子再一个个拉回来，然后仔细关上了房门。

靠在门上，兰芽听见自己的心脏在狂跳。

她在干什么呀，她干了什么呀！她居然趁老板不在家的时候偷偷潜进人家的屋子，还差点到卧室里去转一圈！罪恶，丢脸，变态，神经！

许兰芽你是不是迷宫寻宝的游戏玩太多，现实里也忍不住去各种陌生的地方寻宝！好奇害死猫啊，你知道吗？这种事情别说会被人发现，就是没人发现也不应该做！

心里被深深的负罪感填满，兰芽真是觉得自己刚才神经搭错了。

咳咳，为了弥补内心的愧疚，还是做点什么来补偿老板吧。

补偿什么呢？兰芽想起刚才在厨房，她开了一下冰箱，看见里面和客厅一样空空如也。段凌风的大冰箱是对开门的，大得可以塞进三个成年人，里面的东西却少得可怜。巨大的冷藏室里，只有几瓶不知是否过期的调料，几块巧克力和一堆微波食品，光是看着那些微波食品的包装，兰芽都觉得一大波添加剂正在扑面而来。

好吧，就做点营养好吃的食物送给老板怎么样？应该没人会拒绝美食的诱惑吧？

自己完全不做饭，连打扫工作都全交给清洁工，这样的懒人，父母怎么会放心让他一个人住在外面?就不怕他发生意外饿死、脏死吗?

也许这就是男人吧。

让一个事业有成的男人同时成为优秀的居家男人,似乎不太可能,想到这里,兰芽也可以理解段凌风了。

既然这么决定了,就该开始准备吧。兰芽斗志满满地继续清扫房间,将屋子的每一处都仔仔细细地弄干净之后,她洗了一个澡,然后就超市买菜。

周末的超市里人头攒动,所幸打折促销和新鲜水灵的商品很多,兰芽满载而归,一头栽进厨房里开始忙碌起来。兰芽不爱吃外食,她喜欢做饭,也喜欢做饭给别人吃,很多同事生病没胃口的时候,都曾经吃过她做的美味饭菜。

不过,给老板送吃的还是第一次,就当是租房事件的谢礼吧。

说到这里,也保不准老板会嫌弃她多管闲事。所以如果老板拒绝了她的好意,她也不会胡搅蛮缠,就……就自己把东西吃光!

煤气灶上的小火开了一夜,汤在锅里发出咕嘟咕嘟的声响。兰芽就在这声响中睡了一夜,第二天她起了个早,顺利收获了一锅澄澈鲜美的汤。

将汤和一部分鸡肉倒进保温桶里,盖好,再装上刚刚炒好的菜,兰芽拎着一桶饭菜,忐忑不安地出发了。她还是有点紧张,事先也不敢跟段凌风联系确认他在不在家,反正一切都看运气吧,要是老板今天真的一早就出门,算她倒霉,学雷锋行为就此打住。

来到隔壁的门口,兰芽站定身姿,清清嗓子,整理衣冠,小心地按下了门铃。

为了在老板面前保持形象,她还特意换上了休闲小连衣裙,脸上也化了淡妆。

门铃响了三声,门开了。

"段……"兰芽笑容满面地迎上去,却在即将吐出"先生"二字之前,生生地停了下来。

143

出现在她面前的不是熟悉的老板,而是一名陌生的女性。

兰芽的脑袋"嗡"的一声大了,她脑海中首先浮现出的内容是:糟了,老板的女朋友!但立刻她又否定了这一点,因为眼前的这名女性虽然明艳动人、美丽大方,却显然不年轻了。以兰芽女性的火眼金睛,她确认这名女性的年龄肯定已经超过了四十岁!

老板看起来似乎没有恋姐的兴趣吧……不不,绝对不能有!她许兰芽心目中的老板不会这么恶趣味的!

见兰芽僵硬的脸色,中年女性反倒先开口了:"请问你是……"

兰芽想不到合适的谎言,一时之间只能说老实话:"我是段先生公司的员工,最近暂住在他家隔壁。喏,就是旁边这一间。"

"哦……"对方点头,上下打量她,似乎不明白段凌风的员工周日一大早来找他干什么。

"呃……段先生平常在公司很照顾我们,这次我租房出了一点问题,他就好心地把自己的房子借给了我。"见对方没话想说的样子,兰芽只能硬着头皮继续开口,"我……我想要做点什么事情来感谢他,看他平常工作忙,趁今天休息就给他做了一点饭菜,有天麻枸杞炖鸡汤,还有回锅肉片、油焖茄子……呃,那个,段先生在家吗?"

对方看着兰芽沉默不语,似乎想从她脸上推断出她说的到底是不是真话。过了一会儿,对方的脸色缓和下来,甚至露出了一点微笑:"原来是这样,你把饭菜给我吧,我会交给他的。"

兰芽不解:"这……请问您是?"

中年女子笑笑:"我啊,你就当我是段先生的清洁工吧。"

呃?清洁工?

就是传说中段凌风没有她就不肯回家,宁愿在酒店窝一晚上的清洁工吗?看起来干家务很厉害。这次换成兰芽打量对方了,她的形象和自己一样精致,虽然已经不年轻,但依然风姿绰约,年轻时肯定是个美人。她身上穿着灰色的运动装,兰芽也无法确认这番着装是不是符合清洁工的标准。

如果真是清洁工的话,那只能说老板不愧是老板,连请的工人都这么有素质……

见兰芽站着不动，中年女子温和地催促道："怎么了？你不放心我？我会告诉段先生，让他吃完以后一定向你反馈意见。"

人家都说到这个地步了，兰芽也没理由再扭捏。她将保温桶交给对方，道了谢，然后叮嘱了几句要趁热吃不要隔夜之类的话以后，就离开了。

中年女子站在门口，目送着兰芽回到隔壁，关上房门，不禁温和地笑了笑。

她可从来不知道，段凌风口中的新房客，居然是一位如此热心体贴的姑娘。

饭菜顺利送出去之后，兰芽又开始忐忑了。

段凌风收到她的礼物了吗？吃了吗？是不是合口味？会不会嫌弃她手艺不够好还来显摆？如果不满意的话，会不会嘲笑她弄巧成拙或者多管闲事？

最重要的是，那个超有气质的陌生女子真的是清洁工吗？总觉得不太像啊……

兰芽满心胡思乱想，晚上都没心思跟一剑天下刷副本，连着犯了好几次低级错误，惹得一剑天下又开始说冷笑话了。

【私聊】【一剑天下】：夫人今天似乎忘了带一样东西。

【私聊】【赤血蓝牙】：啥？

【私聊】【一剑天下】：魂。

【私聊】【赤血蓝牙】：？？？

【私聊】【一剑天下】：你好像心不在焉啊。

【私聊】【赤血蓝牙】：对不起，我刚才手滑了！

【私聊】【一剑天下】：没关系，如果你哪里不舒服，今天早点下线吧，副本随时都可以刷，影响到自己的生活就不好了。

大神似乎是以为自己心情不好或者累了才会失误的，兰芽连忙澄清。

【私聊】【赤血蓝牙】：不不不，我没事，不累，也没有哪里不

舒服,谢谢夫君关心。

【私聊】【一剑天下】:真的?

【私聊】【赤血蓝牙】:真的啦,我只是在想事情,所以走神了。

【私聊】【一剑天下】:想什么?

【私聊】【赤血蓝牙】:呃,有一件事,我不知道自己做得对不对。

【私聊】【一剑天下】:说来听听。

一剑天下语气淡定,却流露出隐约的关心。两人一起刷副本挺久了,彼此也更加了解,兰芽知道大神虽然看似冷淡,但对身边人的异样都十分敏感。别说是操作失误,就连兰芽有时候累了,一剑天下都能从她说话的语气中觉察到。

【私聊】【赤血蓝牙】:有一个我不太熟悉的人,帮了我的大忙。为了感谢他,我送了他一些礼物。但是,我不知道这样做是不是合适,或许对方会觉得我多管闲事,在背后嘲笑我吧。

【私聊】【一剑天下】:他?

【私聊】【赤血蓝牙】:啊?

【私聊】【一剑天下】:是个男的?

【私聊】【赤血蓝牙】:呃……

【私聊】【一剑天下】:你是觉得我们感情还不够好,所以故意讲这件事来让我嫉妒?

【私聊】【赤血蓝牙】:喂喂!你在误会什么啊!都说了是不熟悉的人!

兰芽无语了,大神平常都是扮演知心前辈的角色嘛,总是一脸淡定地给她洗脑子,今天怎么突然反应这么强烈?

【私聊】【一剑天下】:就算是不熟悉的人,都互相送礼了,以后也终将会熟悉的。

【私聊】【赤血蓝牙】:不会的!而且也没有互相送礼这种事!

【私聊】【一剑天下】:真的?

【私聊】【赤血蓝牙】：真的！

【私聊】【一剑天下】：那你送了什么？

【私聊】【赤血蓝牙】：才不告诉你。

兰芽打死也不会说出送饭菜的真相的，要是这么傻的事情被高贵的大神知道，他肯定会笑死。而一剑天下跟兰芽闹了一会儿以后，也沉默了，过了几秒钟才继续出声。

【私聊】【一剑天下】：夫人啊。

【私聊】【赤血蓝牙】：啊？

【私聊】【一剑天下】：一个品行正常、三观端正的人，都应该不会在收礼之后还嘲笑人家的礼物不合适的，这很没礼貌。

【私聊】【赤血蓝牙】：夫君又在安慰我了吗？

【私聊】【一剑天下】：你想多了。

哈哈，果然是大神的风格。当他在发善心的时候如果被别人识破，是绝对不会承认的。

兰芽在心里发笑，郁结的情绪也不知不觉驱散了一部分。

【私聊】【一剑天下】：而且，你与其担心已经送出去的东西，还不如把这些时间用来多想想我。至少，夫人无论送我什么东西，我都喜欢的。

兰芽终于忍不住扑哧一声笑起来。

【私聊】【赤血蓝牙】：我记住了，他日一定送夫君一份大礼，让你高兴高兴。

【私聊】【一剑天下】：嗯，你记得就好，我等着。

之后，两人又随便聊了一会儿，看今天的任务完成得差不多，约定了下次打怪的时间后一剑天下就下线了。此时兰芽的心情已经好了不少，一剑天下真是一个好人。

回想起他刚才的那些话，兰芽似乎能幻想出一张郁闷的脸。原来大神也并非不食人间烟火啊。看人家游戏里的夫妻恩恩爱爱，自己却整天只跟老婆打怪打怪打怪，连情话都说不上几句，更别提什么卿卿我我了。但是也不能怪她嘛，谁叫大神总是散发着一股"娘子的价值

就是组队打怪"的气场,如果早点说真心话,她也不会那么寡情,早就在游戏里送些礼物让他高兴一下了嘛。

想到这里,兰芽打开幻剑3的烹饪系统,先做了十碗加属性的红烧牛肉面送给一剑天下,附加留言写了一些夫君辛苦夫人来慰问之类的肉麻话,然后发送了出去。

送出礼物,兰芽才突然发现,这些肉麻话怎么张口就来了?以前跟刹雪无痕结婚的时候,对他可是客气礼貌,与夫妻相比更像是朋友啊。

难道,打怪也可以增进感情?

Chapter 15
老板的反应

又是一个星期一,有了昨晚一剑天下的开导,兰芽也就不再那么担心段凌风的反应。只是送个饭菜而已,没什么大不了的嘛,干吗紧张得像老鼠见了猫?

所幸,段凌风一整天都没在公司露面,兰芽也忙着工作,两人完全没有交集。但问题是,命中注定要遇到的事情,总归躲不掉。

傍晚,兰芽因为一张报表的数字对不上,检查了很久,下班的时间晚了。当她离开办公室的时候,各个部门的同事几乎都走了,整个公司里静悄悄的。

兰芽关掉电脑，关灯锁门，打了个疲惫的哈欠。今天为了工作连中午都没怎么休息，晚上还要跟一剑天下刷副本，时间真是不够用。

站在电梯前，她一边看着表，一边等电梯。

楼层指示灯一层层地变化着，随着叮的一声，门开了。

里面站着一个人。

兰芽的脑袋"嗡"的一声大了。

脑海里浮现出的第一念头居然是转身逃跑，没想到她刚转身，某人已经在后面出声了："许小姐，你去哪儿？"

兰芽颤巍巍地回头，干笑道："哈……哈哈，段先生，我突然想起来有东西忘了拿。"

是的，平安地过了一天，她还是跟段凌风狭路相逢了。

兰芽的话让段凌风半信半疑，他按住关门键："你忘了什么东西？如果不是很重要的话就算了吧，刚才大楼物业说，等一下要进行电梯保养。你不坐这班电梯的话，就只能徒步走下楼了。"

徒步！走下楼！盛夏的天气！安全通道里没有空调！

是活受罪，还是硬着头皮短期内跟老板"共处一室"？兰芽纠结半天，还是选择了后者。她跟老板又没什么深仇大恨，干吗要为了避开他而让自己受委屈？

于是，兰芽笑笑："段先生，谢谢你的提醒，那我就不拿东西，抓紧回家吧。"

电梯门关上，开始缓缓下行。

轿厢里鸦雀无声，只有电梯运行发出的嗡嗡声。兰芽抓着挎包面对着不锈钢墙壁，从倒影里看见段凌风悠闲地斜靠在另一侧的墙上。从那放松的站姿看起来，他今天似乎心情不错。

白天听财务部的同事说，风讯公司开发的一款手机游戏人气火爆，看来可以大赚一笔。兰芽对手游不感兴趣，只要知道公司有盈利就行了。

"许小姐，我把枸杞也吃掉了。"突然，段凌风开口说。

"呃?"兰芽一惊,"刷"地一下回过头,后背紧张地贴着墙壁,"您……您刚才说什么?"

"……我把枸杞吃掉了。"段凌风似笑非笑地看着她,"怎么,这种事听起来很可怕吗?你好像吓了一大跳。"

兰芽大喘气:"呵……事情本身不可怕,您突然开口比较可怕。"

"因为你看起来一脸严肃想心事的样子,我酝酿了很久才鼓起勇气开口的。"

"……您跟我说话哪用鼓起勇气啊。"

大喘气,大喘气,幸好,老板顺利把她送的饭菜吃掉了,而且似乎还挺满意。其实兰芽只要段凌风不嘲笑她多管闲事就行了,表扬她简直是意料之外的惊喜。

"您喜欢就好,"她笑笑,"我看您……平常工作很忙的样子,似乎也没人照顾饮食起居,就做了一点菜。租房的事情您帮了我很大的忙,我想为您尽一点微薄之力。"

"太让你费心了。"段凌风也笑。

"哈哈,顺手而已,我喜欢下厨,不喜欢吃外食。之前我还担心饭菜会送不到您手里,那位清洁工太太……"

听到兰芽说到清洁工三个字,段凌风突然低头抿嘴,肩膀微微抖动着,似乎在忍笑。

兰芽有点奇怪:"您笑什么?"

段凌风长吐一口气,无奈笑问:"许小姐,你晚上有事吗?让你好好的休息日还要费心做饭,我想请你吃个晚餐作为回礼。"

兰芽一愣:"呃……这,这就不必了吧,我做饭本来就是为了回礼给您的,您反倒还要回礼给我,这样回来回去的话,会没个完吧……"

段凌风又笑:"我借你房子本来就是举手之劳,根本就没想过让你回礼。你的饭菜对我来说是意外之喜,我当然要做点什么来表示感谢。"

兰芽还想拒绝，段凌风立刻看透了她的心思，追加了一句："别用晚上有事之类的话来搪塞我，我是在真诚地邀请你。"

拒绝的话被堵在喉咙口，转了几圈之后又咽了回去。

兰芽悲伤地垂下头，以沉默表示接受了段凌风的邀请。

从客观上来说，上司的请求，下属没理由在自己的能力范围之内拒绝。再说段凌风这样优秀成功的男人，在任何情况下都不可能收了人家的东西却不回礼。

就在她心里纠结着是不是应该告诉老板，自己晚上还要打游戏不能太晚回家的时候，段凌风又说话了。而就是这一句话，让兰芽瞬间三魂吓掉了两魂半。

"对了，那天和你说话的人，其实不是清洁工。她是……我妈。"

晴天霹雳！

在一家高档的拉美餐厅，黑皮肤的外国大厨将插在长刀上烤好的肉排切在她的盘子里。然而那诱人的香气却丝毫没能勾起兰芽的食欲，因为她依然处在木然的状态里。

出了电梯，离开公司，坐上段凌风的车，一直到进入这家餐厅落座，兰芽就一直保持着这种状态。

"许小姐，肉不赶快吃会冷掉的。"段凌风好心提醒道。

听到段凌风的声音，兰芽这才猛然回神，"为什么我难得想做件好事，偏偏会在你妈面前丢脸！"

"没什么丢脸的，我把你做的菜也让她尝了，她赞不绝口。"段凌风淡定道，动作娴熟地切开自己的那份肉排。

"但你妈会不会觉得你手下的员工是个八婆！"

"不啊，恰恰相反，我妈觉得你开朗大方，知恩图报，是个好孩子。哦，这是她的原话。"

"听起来一点都让人高兴不起来，好丢脸啊……"

"真的不丢脸，我想你如果下次继续送菜的话，她会很欢迎

的。"

"我才不会……等等!"兰芽惊觉一件严重的事,"难道你上次说的传说中的清洁工,就是你妈?"

"当然不是了!"段凌风一阵狂晕,"清洁工是其他人,我妈是怕报出真实身份会把你吓坏,所以就临时编了一个身份。"

原来如此,阿姨还真机智。

段凌风说得也对,如果兰芽当时知道那位中年女性身份的话,估计早就吓得扔掉东西落荒而逃,连一句话都不敢跟她说。

看着兰芽半天都不动刀叉,段凌风终于不想眼睁睁地看着新鲜烤肉被暴殄天物,忍不住拿过她的盘子帮她切起肉来。兰芽一惊,还来不及从段凌风手里夺过盘子,他已经迅速将肉一片片切好,递给兰芽。

"别浪费食物。"他微微皱眉,似乎很无奈。

"冷肉和不切的肉我也吃的,不会浪费!"兰芽争辩。

"那你挺节省啊。"段凌风笑笑。

"会持家而已。"兰芽显得很骄傲。

"那今后谁娶了你的话,应该挺幸福的。"段凌风又笑笑。

提到这个悲伤的话题,兰芽啪嗒一声垂下头:"这个真没有。"

"怎么,没有异性赏识你吗?"

"只有同性赏识我,不瞒你说,学生时代还有女同学给我寄情书。"

"为什么?"

"大概因为我看起来太凶猛,惹得女生憧憬,男生逃走吧。"

段凌风沉吟一会儿,说:"你单肩扛桶装水的形象是挺凶猛的。"

兰芽窘迫地说:"这么久的事情就别提了。"

"但我觉得这是你独一无二的优点。"

"咦?"

"后来你买新裙子了吗?"

"呃……没有，觉得旧裙子缝好了还可以穿，就不想买新的了。"

"这么勤俭，是你家的家教吗？"

"啊，不，我爸妈可不小气，是我自己本身不喜欢铺张浪费而已。"

"真难得，既热心助人又肯干体力活，而且勤俭持家，你一定是从你的家人那里遗传到了良好的品行。"

"不用这么夸啦，我的父母都是普通的退休工人……呃？！"兰芽话说到一半，脑海里突然蹦出来一个想法，"你……你该不会是趁机在打听我的家庭背景吧！"

段凌风笑而不答。

看着他淡定自如的神态，兰芽的脸突然"腾"的一下红了。

总觉得……今天的这顿饭好像哪里有问题！

这时黑皮肤的侍者又叉着新烤好的牛肩肉过来了，段凌风不多说话，直接拿了一个新盘子，把肉切片之后端给了兰芽。

兰芽犹豫地看着他："段先生，我希望你不是醉翁之意不在酒哦。"

段凌风顾左右而言他："我妈挺喜欢你。"

"别说这种容易让人误会的话！"

"只是实话实说而已嘛，她喜欢你，你不高兴？"

"我可不想跟你们家有什么瓜葛！"兰芽既窘迫又恼羞。

段凌风心里好笑，单手支起脸颊看着她："许小姐，应该说我妈看人的标准比我严格多了。一般情况下，我对任何人的态度都很和善，但我妈不会跟她不喜欢的人说一个字。所以，你应该觉得高兴才对。"

兰芽摇头："这不是高兴不高兴的问题，我只是想感谢您租房子给我，并没希望事情发展到这种地步！"

"那就算发展了又怎么样？你就这么讨厌我和我的家人吗？"

"不是讨厌，我只把您当成普通的上司，也希望您只把我当成普

通的下属!"

说到后来,兰芽都有些义正词严了。

段凌风是她的老板,这点是不会变的。她一向把工作和私事分得很清楚,才不愿意莫名其妙地被什么老板的妈妈看中!

见兰芽如此认真的样子,段凌风也不好意思再说下去了,他苦笑:"许小姐,看你这个样子,我似乎明白为什么你这么优秀却一直没有男朋友了。"

兰芽瞪着他:"为什么?"

"你啊,外圆内方,表面看起来很好相处,固执的地方却相当固执呢。"段凌风笑笑,"不过,我并不讨厌你这样。"

兰芽有些害羞:"我太固执真是对不起了,老有人觉得我没情趣呢。"

"不是的,下厨就是一种好情趣嘛。"

"这件事就别再提啦!"

"好吧,不提了。但我还是要重复一次……许小姐,你的烤肉真的要冷掉了。"

接下来,段凌风总算没有再开兰芽的玩笑,也不再说什么他妈很喜欢她之类的话题(那种话题对兰芽而言真是太可怕了)。两人随便聊了一些工作上的事,谈起这些东西,兰芽就自在多了。

"段先生,手游市场真的这么好?"兰芽咽下一块小牛排,问。

"比想象中好,但也没有想象中那么好。游戏的开发在于创新,但是又不能脱离大众的通俗口味,这其中的平衡很难把握,而更麻烦的是,就算你找到了平衡点、拥有了灵感,也要小心同行的偷窥。"谈到这些话题,段凌风的表情也变得严肃起来。

"您是说商业间谍?"兰芽一惊。

"也没有到那么严重的程度,只是……我国的知识产权制度还不完善,大家总是抄来抄去而习以为常,这对任何行业都不是一个好现象。长此以往的话,只能令所有人都不愿意再开发新产品。"

兰芽一知半解,她只会玩游戏,不会开发游戏。

看她困惑的样子，段凌风立刻知趣地不再谈这些高深的话题，转而问："你们财务部最近的报表挺漂亮吧？"

兰芽立刻点头："对对，每天都有大笔收入进账。"

段凌风露出宽心的笑容："这样也好，虽然游戏公司在开发上面临各种各样的困难，但还是要往好处想。有足够的收入就证明市场还是认可我们的，大家的努力没有白费。"

兰芽问："段先生，听您的口气好像对游戏开发很了解，平常也只看到您专心带领程序开发部门，您是搞技术出身的吗？"

"可以这么说，程序开发一直是我的本职工作。人各有所长，我的智商都用在开发上了，管理方面就始终不够上心，委屈你们了。"段凌风露出歉意的表情。

"不不，您太客气了，"兰芽连忙摇头，"您刚才自己也说了，人各有所长。既然您在技术上很厉害，我们这些行政部门也不好意思要求您在管理上也同样厉害，人的精力有限嘛。难道就是因为这样，股东才会派莫先生来担任新的财务总监？"

段凌风笑笑："你真聪明，真相就是如此。虽然风讯公司自从成立以后利润一直很不错，但股东始终认为他们理想中的管理制度没有得到实施。莫问衡的能力并不仅限于财务方面，进入风讯只是股东安排下的第一步。之后，如果有机会的话，他一定会得到更多权力。"

"那到底是好还是不好呢？"

"他能帮到公司，当然是最好。但如果得到太多的话……"

段凌风欲言又止，但兰芽已经明白了。

莫问衡确实有足够的工作能力，可他毕竟是股东那边的人。段凌风怕他一直这样下去，会逐渐在公司里得到管理权力，将段凌风一手创建起来的风讯公司交给股东。

股东投钱让技术员干活，等利润实现之后再把技术员一脚蹬掉，营销案例中并不是没有这样的故事。众多拥有一腔热血的元老在最初呕心沥血地创办公司，而等公司步入正轨之后，却被有心计的同伴一脚踢开，这种事情兰芽也知道。

难怪他这么在乎自己这个财务主管站在哪一边。

但对兰芽来说,这真是个纠结的问题。

一顿饭吃完,已经7点多,段凌风主动提醒兰芽该回家了,不然刷副本会迟到。兰芽十分不好意思,没想到老板的记性居然这么好,更不好意思的是段凌风还硬要开车送她回家,说反正大家也是一路,搭个便车才是正常的选择。

就这样,兰芽又十分不好意思地坐段凌风的车回家了……

到了公寓,上次领兰芽坐电梯的保安正好在值班,看见兰芽和段凌风并肩走来,立刻热情地打招呼:"段先生,许小姐!"

段凌风神色如常,兰芽却困窘无比,这个保安怕是误会了什么。

"许小姐,你怎么了?刚才的肉没烤熟吗?"电梯里,段凌风看兰芽一脸菜色,奇怪地问。

"不……"兰芽一脸菜色地摇头,"我……是突然发现自己有一个严重的缺点……"

"什么?"

"我对某些道貌岸然的异性缺少警戒心!"

"道貌岸然是说我吗?"段凌风明知故问。

叮——

这时电梯门开了,兰芽"嗖"的一声蹿了出去,扭头瞪了段凌风一眼:"没错,就是你!"

段凌风不怒反笑:"但是,我妈真的挺喜欢你。"

兰芽咬牙,头也不回地冲向自己家,以最快的速度打开房门,一头扎了进去。

空荡荡的走廊上回荡着门被狠狠关上的回声,段凌风靠在墙边低着头,笑得不行了。而当老板大人在外面偷笑的时候,逃回家里的小会计情况也没有多好,兰芽背靠在门上急促地喘气,脸红得像一颗番茄。

道貌岸然这句话真没说错!过去一直以为段凌风一表人才,相貌堂堂,仪态不凡,是个正人君子,没想到他调戏起无辜少女来真是一把好手，脸不红气不喘的！兰芽的本意只是想回礼让他高兴，万万没料到不小心讨好了老板的妈，然后引起连锁反应。果然要征服一个人就先征服他的胃，这句话在男女老少身上都适用。

但是，兰芽的心情有一点复杂。

逗她玩的那个人是老板啊，年轻英俊多金啊，如果是一个够聪明够伶牙俐齿的女生的话，应该抓紧时间拉近两人的关系吧，那样最后不管有没有结果都不吃亏。而蠢笨的自己却只会一个劲儿地害羞、脸红、生气、逃跑，真是一点都上不了台面。

算了，上不了又怎样，老板总不会因为员工没情趣而把她开除吧？她只要工作能力强就行，其他方面弱一点又如何？

想到这里，兰芽也宽心了不少。

稍微平静了一下，她把挎包扔在沙发上，然后打开电脑让它自动登录幻剑3的客户端，自己脱掉外套去卸妆洗澡。多亏段凌风今天开车送她回来，让她有足够的时间在跟一剑天下刷副本之前休息一下，老板真是个好人。

浴室门关上，氤氲的热气很快弥漫了整个浴室，里面传来细碎的喷水声，还有兰芽轻轻哼歌的声音，而当她在忙的时候，隔壁的段凌风也同样在忙，与兰芽的悠闲不同，他一回到家就登录了幻剑3，并且很意外地收到了一些东西。

看到那些东西，段凌风又笑了，今天发生的开心事情比他过去一年都多。正当他想着该如何回复的时候，电话响了。

"喂？哦，是你啊……"段凌风随手接起电话，然而没听对方说几句，他的脸色一僵，"你说什么？！好，我知道了，嫌疑最大的是谁？果然……好吧，我会妥善处理这件事的，辛苦你了。"

放下电话，刚才的好心情立刻在他脸上荡然无存。

真是计划赶不上变化，他一直担心的某件事终于变成了现实。那么，该怎么办呢？

刚才还是恶劣调戏女下属的可恨老板，立刻变身为睿智严肃的精英。段凌风面色凝重地在客厅里踱着步，思考最稳妥的解决方法。

对方十分狡猾，直接抓人是不行的，肯定会遭遇各种耍赖行为，甚至倒打一耙。但是现在就把罪证拿出来的话，会不会打草惊蛇，钓不到更大的鱼？

段凌风陷入了沉思。既然发生了这种事，今晚的娱乐是没心思了。段凌风在键盘上敲了几个字，然后心事重重地关上了电脑。

几分钟后，隔壁的兰芽裹着浴巾，带着满身的水汽走出浴室。幻剑3的客户端早已等候她多时了，她一眼就看到系统提示自己说红烧牛肉面已经顺利送出，正在等待一剑天下品尝。

嘿嘿，这下子相公可不会生气了吧？

兰芽心中暗喜，又发现一剑天下的头像果然在右下角闪烁，提示她有留言。

大神会跟自己说些什么呢？是和往常一样假装淡定地夸她几句，还是会送她珍贵的礼物？说不定会性情大变，来几句肉麻的情话？

兰芽怀着各种期待点开头像，看到留言的一瞬间心凉了半截。

【私聊】【一剑天下】：牛肉面很好吃，谢谢。今晚有急事无法上线，改日补偿，抱歉。

兰芽不敢相信，但阅读过这条消息以后，一剑天下的头像果然变成了灰色。

他并不在线。

消息发送的时间是几分钟前，也就是说他发完消息以后就立刻走了。是凑巧那时候上线比较方便，还是已经上线之后才突然发生了急事？兰芽有些后悔，她真不应该看时间还早就趁机去洗澡，如果一回家就立刻看游戏的话，说不定能跟一剑天下碰上，知道他到底遇到了什么急事！但事到如今后悔也没用，兰芽只能无精打采地回复了一个笑脸表情。

这还一剑天下第一次爽约。

算了，大神也是血肉之躯，哪能没个急事呢？说不定他是临时被领导喊去加班，说不定是家里有事，说不定是小区通知停电……爽约的原因多着呢。

调整了一下心情,兰芽也没当一回事,自己开始单独逍遥了。反正副本也不急着一天刷完,今天一剑天下不在,明天可以继续接着刷。

红衣女侠离开复活点,进入繁华的燕京城,如一道红霞般跃上了高高的墙头。兰芽便挑了一个难度适中、剧情有趣的单人副本,把人物调节为自动操作,然后去官方论坛上看帖子去了。

自从跟一剑天下开始刷夫妻副本之后,兰芽就养成了看帖的习惯。主要是因为多人副本线索复杂,不看攻略帖子会拿不到全部奖励。而大神一向高贵懒散,觉察到多人副本的不人性之处以后,就轻描淡写地扔下一句"攻略的事情就麻烦娘子了,打怪的时候夫君会帮你挡在前面的",然后就留下兰芽一个人刷帖子,自己逍遥去了。

哼,要不是看在他操作比自己更厉害的份上,兰芽真想抽他几巴掌。

通常情况下,论坛上最热火朝天的都是八卦贴,什么谁跟谁离婚了,谁跟谁复婚了,谁跟谁又因为谁打起来了……诸如此类。这种琐事兰芽随便看几眼就腻了,快速扫了一遍之后就直奔攻略区。

这时,游戏响起系统提示音,有人找她。兰芽一看,原来是胡雪嫣。

【私聊】【东湖侠女】:快出来。

【私聊】【赤血蓝牙】:啥事呀,女人。

【私聊】【东湖侠女】:你忙不?咋没在刷副本?

【私聊】【赤血蓝牙】:一剑天下临时有事,今天不在线。

【私聊】【东湖侠女】:哦,这样啊。那我就开门见山了,你对你们那个圈子熟悉不?

【私聊】【赤血蓝牙】:啥圈子?

【私聊】【东湖侠女】:会计圈子啊。

【私聊】【赤血蓝牙】:跟公司同事挺熟的。

【私聊】【东湖侠女】:谁问你公司啦!是问我们市里的整个会计圈子!

【私聊】【赤血蓝牙】：那不熟，我又不是猎头，其他公司的会计情况怎么会了解嘛。

【私聊】【东湖侠女】：那你帮不上忙了，滚吧。

【私聊】【赤血蓝牙】：没良心的东西，到底是什么事。

【私聊】【东湖侠女】：我们公司的会计主管跳槽了，没人接替，想问问你有没有合适的人选。

【私聊】【赤血蓝牙】：原来如此，那公开招聘不行吗？

【私聊】【东湖侠女】：唉，你是不知道我们搞人事的苦。这年头极品多，不是蠢就是懒，既懒又蠢的还都以为自己天生是当老板的料。上次我给市场部招一个助理，来应聘的人开口就是月薪万元以下不干。好不容易找到一个不嫌弃薪水的，又嫌路远，他自己住城东，一听我们公司靠近城西，一声不吭就把电话挂了，你说气人不气人！

【私聊】【赤血蓝牙】：这……嫌远可以好好说嘛，干吗突然挂电话。

【私聊】【东湖侠女】：我怎么知道现在这些独生子女的想法？总之现任主管下周正式离职，我这边正在紧锣密鼓地找人接替，你也帮我留意一下，谢啦。

【私聊】【赤血蓝牙】：嗯嗯。

虽然答应了，兰芽却没信心自己有能力帮上胡雪嫣的忙。胡雪嫣是公司的人事主管，整天都在为各种人手短缺和员工内部矛盾的问题发愁。主管这个位置说高不高说低不低，还真挺让人头疼的。

但胡雪嫣也不会无休止地抱怨下去，又随便侃了几句之后，她话锋一转，说金刀铁上线了，问兰芽要不要跟他们一起去刷副本。兰芽反正闲着没事，再说多人副本的奖励总比单人副本好，又省力，就爽快地跟他们一起组队了。

就这样，这天晚上虽然一剑天下缺席，兰芽还是跟胡雪嫣他们玩得挺高兴。临下线前，兰芽给一剑天下发了条消息，说自己明晚8点也会准时上线，让他只要有时间就记得来找她。

看似平静的一天过去了，兰芽打着哈欠洗脸刷牙，懒洋洋地爬上床关灯睡觉。

黑暗里,窗帘被微风吹动,兰芽突然发现,隔壁的阳台上似乎正在透出灯光。

那个,应该是段凌风的房间吧。这么晚了,他为什么还没有休息,在工作吗?

Chapter 16 一场游戏一场梦

这天夜里,兰芽做了一个噩梦。她梦见自己和段凌风坐在一间高级餐厅里,周围弥漫着纯白色的雾气,如梦似幻。

梦里,段凌风深沉道:"许小姐,我妈很喜欢你。"

兰芽一脸呆滞:"啊……"

然后,段凌风继续深沉道:"所以,你看我们是不是可以发展一下?"

下一秒,兰芽从梦里惊醒了。

窗外已经大亮,鸟雀发出清脆的鸣叫,一片安详。

兰芽坐在床上,满头冷汗。她呼哧呼哧地喘着气,连嘴唇都发白了,幸好及时从噩梦里醒来,否则她说不定会吓得心脏病发作,一命呜呼!

绝不会，绝不会的。

虽然昨天晚上段凌风的言行举止真的很奇怪，但他的真实用意，绝不会是兰芽噩梦里的那个样子！

调整了一会儿情绪，兰芽有气无力地下床，看见镜子里的自己顶着两个肿眼泡。难怪别人都说老板请客的饭不能随便吃，她只是吃了两次而已，已经觉得自己的心脏脆弱得好像一株风中的小草了。兰芽决定近期要跟段凌风保持一定距离，等到"我妈很喜欢你"的风头过去再说。

老天就保佑她别在出入公寓的时候遇见老板吧！

一路忐忑不安地来到公司，兰芽发现今天的办公室里静悄悄的，所有人都神情严肃地端坐在电脑前，好像在准备迎接什么大事。一旁的出纳露露看见兰芽，探出头小声说："兰芽姐，你快准备一下吧，等会儿要召开全体员工大会。"

兰芽一惊："全体员工大会？我怎么从来没听说过这种事？"

风讯公司参照的是国外的管理模式，上下级分明，职权清晰明确，重要通知全部都是由上司传达给下属，下属再传达给自己的下属……没有把所有人都聚集在一起的情况。兰芽记得上一次见到全公司的同事，还是在公司年会上。到底为什么要把大家聚在一起？

她问露露："你这消息是从哪里来的？"

"老板说的呀，他今天不知道怎么回事，一早就来了，然后一个部门一个部门亲自通知开会的事情。而且，老板的表情挺严肃，像是发生了什么不得了的大事。"露露一边说，一边也忍不住担心起来，"兰芽姐，你说会是什么事啊？我还是第一次看到老板这么严肃。"

"我也不知道啊……"兰芽心不在焉地摇头，心思已经飞到九霄云外去了。

这是怎么回事？昨晚吃饭的时候段凌风还好好的，看起来心情不错的样子，今天是怎么了？而且除了公司程序开发部，他一向鲜少出现在公司的其他部门，通知开会更是闻所未闻，凭兰芽贫瘠的想象力，根本猜不到会有什么严重的事情需要他亲自出马。

段凌风给人的感觉一向是从容不迫，兰芽曾经想过，就算哪天天塌下来了，他也会不紧不慢地发电子邮件让大家有序从办公楼撤退吧。那么，昨天晚上到底发生了什么事，会让他连一贯的作风都打破了？

说到发生什么事……昨晚幻剑3里的一剑天下也是突然缺席，完全不符合他平常的习惯。难道说，昨晚是被诅咒的一晚，大家纷纷遇到了超级不顺心的事情吗？

兰芽正胡思乱想着，莫问衡从总监办公室里出来了。他扫视一眼众人，淡淡地说："大家都来了？那就去会议室吧，再过10分钟就要开会了。"

听见这些话，大家的脸色都不太好看，估计心里都有跟兰芽一样的担心，甚至有人在小声议论是不是要裁员了。但是兰芽知道这不可能，因为昨晚段凌风才跟她谈论过风讯公司的可观利润，公司根本不可能一夜之间亏损。

来到会议室，其他部门的同事已经到了不少，市场部的人也在。自从上次莫问衡给了他们一个下马威，段凌风又批评了他们一顿之后，那些家伙收敛了不少，财务报表最后也按时交上来了。但财务部和市场部的梁子也就此结下了，市场部把整个财务部都视为老板的走狗，对他们极为鄙视。

黛西正在跟她的下属们聊天，看到兰芽走来，瞥了她一眼发出冷笑。兰芽也没当一回事，直接从黛西面前走过，无聊到要靠跟同事内斗才能有成就感，这种人眼界该有多狭窄，生活该有多空虚？

就在这时，黛西突然低声说："私通竞争对手，真够不要脸的。"

兰芽猛一回头："你在说谁？"

黛西冷笑："说谁谁心里知道！"

而看到黛西一脸的刻薄相，莫问衡立刻走了过来："你们在聊什么？许小姐，你的座位在那边，别傻站在这里，会打扰别人的。"

兰芽知道莫问衡是在为自己解围，立刻知趣地嚓声低头，快速跟

着他离开了市场部的地盘。在她刚找到自己位置并且坐下的时候,段凌风就来了。

看到段凌风的脸,兰芽心里咯噔一下。

正如之前露露所说,段凌风今天的状态很不对劲。

他神情严肃,嘴角绷紧,脸色却充满了疲惫,连下巴都出现了青色的胡茬儿。看到那样的段凌风,兰芽就知道他一夜没睡。看来,昨晚隔壁亮起的灯不是她的错觉,段凌风身上是真的发生了什么事情。

众人见老板来了,立刻各就各位鸦雀无声,大家带着紧张的神情看着段凌风走到会议桌前,冷冷地扫视一眼整个会议室。

带着低沉的声音,段凌风开了口:"麻烦各位一大早就要聚集在这里开会,那闲话我就不多说了。风讯公司上下几十名员工,从来没有像今天这样聚在一起开过正式的会议。我个人并不喜欢动辄召开大规模的工作会议,自己部门能够解决的事情也总是让大家自行解决。但是,今天我要谈的这件事,却不是任何一个部门能够独立解决的。"

"昨晚,程序开发部查看网络监控数据,发现昨天白天公司内部有不正常的数据交换,并且其中的一部分数据也与外界发生了交换。"

说罢,他停顿了一下,冷冷地环视众人。

会议室里静得连呼吸声都清晰可闻,除了程序开发人员之外,所有人都跟兰芽一样,不太明白段凌风在说什么。

静默一会儿之后,角落里的一个实习生怯怯地举起了手:"老板,请问……不正常的数据交换是什么意思?"

"简而言之,就是公司里有人入侵了别人的电脑,从中窃取信息,并且将这些信息传送给了外界。说得严重一些,也就是说,我们公司里出现了叛徒!"

此言一出,会议室里就像投下了一颗重磅炸弹,所有人都脸色煞白。

段凌风继续说:"其实,别人可能不清楚,但我和我亲自带领的程序开发部一直都有感觉,公司里有人在干这种事。由于对方十分狡猾，善于隐藏自己的痕迹，因此我们始终对这件事持怀疑态度，以为是公司受到了病毒的攻击。不幸的是，我最不想看到的事情终究变成了现实，确实有人在我手下工作，拿着我发的薪水却还吃里爬外！"

说到最后，段凌风猛然提高了声音，几个胆小的女孩被吓得肩膀一颤。

兰芽也吓了一大跳，她没想到段凌风发起火来这么可怕。

但段凌风也没有无休止地训斥下去，把该说的事情都说完之后，他的语气稍稍缓和了一些："当然，我不希望把我的员工想得太坏，并且愿意毫无理由地给误入歧途的同事一个机会。如果犯错的人愿意承认错误，可以私下里找我，除了必要的工资奖金方面的惩罚之外，其他我都可以既往不咎，也不会开除。但如果依然不知悔过，那……就别怪我不客气了。"

兰芽感到自己的心脏在狂跳，尽管段凌风用了很多隐晦的词语，尽量将这件事的本质模糊掉，她还是完全弄清楚了来龙去脉——有人入侵了同事的电脑，而且将公司的重要信息泄露给了外界。

这种行为，就跟商业间谍没什么两样。真是太无耻了。

听了段凌风那一段认错原谅论，众人不禁窃窃私语起来。窃取公司机密的人，如果主动认错就可以原谅？老板是在用怀柔政策，企图将背叛公司的家伙重新拉拢过来吗？这真的能行？而相对于吃惊而充满疑惑的普通员工，市场部那边的气氛就诡异多了。以黛西为首的那些人冷笑着，聚在一起窃窃私语，还时不时将刻薄的视线投向财务部这边。

他们在打什么鬼主意？

兰芽正想着，突然看见黛西走上前一步。她眯眼露出不怀好意的笑容："老板，我有一个问题。泄露公司机密的人到底是谁，现在知道了吗？"

段凌风皱眉，勉强摇头："目前还不清楚，信息流动的定位需要更多的线索才能确认。"

黛西哆哆一笑："那既然叛徒装神弄鬼，敢做不敢当的话，如果

我们发现了嫌疑人,能不能向您举报呢?"

段凌风一怔,犹豫道:"这……也是可以的,你发现了谁的嫌疑?"

黛西眯着眼,转身突然指向兰芽:"我发现的嫌疑人——就是她!"

此言一出,所有人瞬间哗然!

兰芽的脑袋"嗡"的一声大了,在她的头脑做出反应之前,口中已经不由自主地喊了起来:"你血口喷人!谁干过这种事了!你不要随便污蔑我!"

"是啊,兰芽姐对公司的忠诚是众所周知的,她绝对不会干出有损公司利益的事情!"愣了一会儿,出纳露露也气愤地帮兰芽辩解。

"没错,整个风讯公司就属兰芽最热心了!"

"就是嘛,如果兰芽姐不是好人,这世界上就没好人了!"

"我看是你们市场部看不惯被财务部处处追着要报表,没法乱花公司的钱所以怀恨在心吧!"

紧跟着露露,其他人也七嘴八舌地议论起来。

看见这样的阵势,黛西有一瞬间的退缩。但是看到段凌风和财务部的老大莫问衡都没说话,又继续得意起来:"哈哈,我血口喷人?你们的自我感觉可别太好,当心被许兰芽卖了还傻乎乎地帮她数钱!我之所以怀疑她,那可是有证据的,我曾经亲眼看到她跟敌对公司的员工,下班时候在风讯公司门口肆无忌惮地聊天!"

又是一颗重磅炸弹。

不仅其他人,连兰芽自己都被震住了。敌对公司的员工?下班以后?在风讯门口聊天?谁会干那种蠢事脑子是进水了吧?要么是黛西自己脑子进水了?

听闻这种诽谤,一直沉默的莫问衡也终于忍不住了,他面无表情地开口:"黛西小姐,说话要讲证据。从我进财务部的时候,你们市场部就充满敌意,我一直当没看见,但你们别以为我不知道!"

黛西大笑起来:"哈哈,莫总监你可真会幻想,我们市场部可一直都老老实实地坐在这里，你哪只眼睛看到我们充满敌意了？而且，虽然我明白您护短的心理，但这回我之所以指名许小姐，可是有切实证据的！"

说着，她拿出手机，用数据线把存储卡接在电脑上，然后打开了与电脑连接的投影仪。

一张照片清晰地投在了幕墙上，兰芽顿时惊讶得瞪大了眼睛。

画面上，居然是那天她和以前的上司薛小姐，在公司门口交谈的场面！

而且，不知是凑巧还是黛西刻意为之，原本兰芽是在与薛小姐激烈争执，但是在手机巧妙的取景之下，她们就像一对好姐妹似的勾肩搭背，怎么看都像是在说悄悄话！

兰芽的脸色渐渐苍白。

黛西凑巧看见那天的事情还如此恶毒地偷拍这种引人误会的照片。更可怕的是，拍下照片之后她居然一直保密至今，最后在今天这种极端特殊的场合狠狠扔了出来！

这张能够引发无数误会的照片，就像一个巴掌，狠狠地抽在兰芽脸上。

不仅是兰芽，很多人都对照片窃窃私语起来。更糟糕的是，有消息灵通的人已经认出了薛小姐。

"这个人不是飞讯数码科技公司的行政经理薛雪莉吗？听说飞讯公司是我们目前的竞争对手之一！"

"那兰芽姐为什么会跟她在一起？"

"不是吧，我不相信兰芽姐会干这种事！"

"兰芽姐，你快解释一下啊！"

看着兰芽一阵红一阵白的脸色，黛西越发得意，叉腰环视众人："这还有什么好解释的，事实不是已经很清楚了吗？而且，我看许小姐自己也知道这件事根本没法解释了吧！如果你还想辩解，我可以奉陪，我的手机里还有那天你跟薛雪莉在公司门口交谈的录像，长达五分钟哦！呵呵，许小姐，吃里爬外的居然是你！"

167

"我没有！"兰芽失控地喊了起来，"薛雪莉是我以前公司的上司，她几次来挖我，想叫我回去，但是我一直都没有答应！那天，她也是为这件事来纠缠我的！而且大家都知道我对电脑技术一窍不通，我怎么可能有本事窃取公司的信息！"

但是，这一次没有人再附和兰芽了。大家的脸上充满了怀疑，有人难以置信地小声说："不是吧，她以前是飞讯公司的人？从来没听说过……"

按照惯例，风讯公司的员工一般不互相打听同事的前东家。而这个惯例，此时却变成了增加兰芽嫌疑的因素之一。她心急如焚，偷偷看着黛西，看见她向自己投来得意的眼神，那眼神就好像在说："哼哼，知道得罪我的下场了吧！"

黛西就是这样的人，她与财务部结怨，却不敢报复与自己地位相当的莫问衡，只能在他的下属许兰芽身上出气。这一次，兰芽是真真正正地被小人玩了一把。

到底该怎么办？

对了！那天的最后，不是段凌风来帮她解围的吗？段凌风清楚地看见了她和薛小姐争执的场面，很清楚事实到底是怎么一回事！

兰芽立刻向段凌风求助："段先生，我记得那天您也在场，您应该可以还我一个公道吧？"然而，让她万万没有想到的是，段凌风沉默着。

他像一尊石像般，既不看兰芽，也不说话，不发表任何意见。

兰芽急了："段先生！"

段凌风依然沉默，良久，他像不堪忍受般的转过头，躲避着兰芽的视线，然后沉声说："抱歉，我不记得了。"

兰芽整个人都怔住了。

她听见自己的耳朵在嗡嗡作响，整个世界都仿佛在她的眼前旋转。

段凌风在说什么？他说……不记得了？为什么！那天明明是他帮她解的围，明明是他看到她在跟薛小姐争执以后才挺身而出，甚至编造了一个一起吃饭的谎言！因为他，她才能摆脱薛小姐的纠缠，为什么他今天居然会说他不记得了！难道那天的一切都是她的幻觉吗？

段凌风的这句话，彻底奠定了兰芽孤立无援的境地。

这下子，所有人的怀疑全都被鄙视所取代，甚至有人故意走开几步，退到离兰芽远一点的地方。在他们眼里，事实已经很清楚了：许兰芽和竞争公司勾结，窃取风讯公司的信息倒卖，而且胆大包天地与对方在风讯公司门口交易。这一场面刚好被路过的黛西拍下，为了洗脱自己的罪名，许兰芽情急之下不惜拉老板下水，却被对方当场揭穿。

真是一场好戏。

而看见段凌风沉默的样子，黛西越发得意了。她那天并没有看见段凌风，因此想法跟其他人一样，以为兰芽是急昏了头，随便找人求助。她冷笑一声，讽刺道："许小姐，我明白你想洗清自己的心情，但是你找错了人，就算找也该找你的上司莫总监而不是老板嘛！那么，段先生，事实已经很清楚了，您打算怎么办呢？要按照您刚才的保证，对许小姐既往不咎吗？"

"你这什么意思，你根本就没证据证明我做过对不起公司的事，也根本不知道那天的真相，就这么平白无故地给我定罪了？！"兰芽勃然大怒，"我许兰芽光明磊落，虽然知道自己不是十全十美，但这么多年一直对风讯公司忠心耿耿，敢摸着良心说自己从来没有做过对不起大家的事！你再敢泼我脏水，小心我告你诽谤！"

黛西大笑起来："哈哈，诽谤？哎呀，我好怕哦！好吧，其实我手里的证据也只有照片和视频而已，而且是凑巧拍下来的，除此之外我确实不知道你干过些什么事。所以，最后的定夺就交给老板吧，看段先生如何判断，没意见吧？"

段凌风一直沉默地看着黛西和兰芽争吵，看黛西突然将矛头指向自己，他怔了一下。

兰芽也转头看着他。

其实，刚才段凌风否认事实的怪异行为，已经让兰芽的心如坠冰

窖。她不明白段凌风为什么要这么做,但其中的原因已经不重要了。

她只要知道,段凌风并不想在公开场合帮她说话就够了。但是,兰芽心里依然怀有一点点的期待,期待着段凌风能说些什么。至少,她希望这位一直很明事理的老板,能把她从受尽误会的境地里拉出来。

可惜没有。

段凌风自始至终都没有看她,也没有看黛西,只是淡淡地说:"今天的会议……就先到这里为止吧。"

心中的最后一点希望也破灭了,兰芽心如死灰。

她不明白,她真的不明白,为什么段凌风就不肯承认那天他也在场?!

但是没有人会解答她的疑惑,段凌风说完话之后就起身离开了会议室,其他部门的人也一个接一个地鱼贯而出,房间里很快只留下了市场部和财务部的人。

"许小姐,想想自己接下来该怎么办吧。老板虽然大度,但人应该知道羞耻,是不是?"黛西冷笑,带着下属走了。

看着他们趾高气扬的背影,一个小财务生气极了:"市场部那帮狗仗人势的家伙!老板都还没发话,他们倒是一个比一个得意!"

"就是!兰芽姐,"另一个财务也跟着说,"这件事一定有什么误会。你赶快去跟老板说清楚,杀杀他们的威风!"

"没意义的话就别说了,都回去工作吧。"莫问衡皱眉,朝大家挥了挥手。上司发话,众下属自然不敢怠慢,小财务们互相吐吐舌头,大家一边窃窃私语,一边回到自己的工作岗位上了。

兰芽浑浑噩噩地回到位置上,耳朵依然在嗡嗡作响。

MSN弹出了好几个对话框,都是同事们在安慰她,她却一个字都不想看,一个字也看不进去。脑袋里好像塞满了糨糊,全身一阵一阵地在冒冷汗。在职场里摸爬滚打了这么多年,她第一次知道被人诬陷的感觉是多么痛苦和绝望。

这时,MSN又弹出了一个新的对话框,居然是莫问衡。

【Mr. Mo】：有什么需要我帮忙的吗？

一如既往的平淡语气，兰芽却忍不住鼻子一酸。

她已经沦落到这种地步了吗？她已经落魄得连一向水火不容的上司都要来关切她的地步了？但是，别人可以不理睬，总监的问候不可以无视，兰芽只能把手放在键盘上，思考着如何回复比较礼貌。

一串串的文字打上去又被删掉，兰芽发现此时的自己根本无法用比较平静的语气回复莫问衡。周围的同事们一直在窃窃私语，虽然他们尽量压低了声音，兰芽还是很清楚他们在谈论自己的事。

这种状况，在段凌风正式表明态度之前，她根本无法在风讯继续正常工作下去。

于是，兰芽犹豫了一会儿，在对话框里打出一行字。

【许兰芽】：我今天可以请假吗？

莫问衡似乎正在等她回复，立刻就同意了。

兰芽长吁一口气，她从来都没有像这一刻这么期待过莫问衡不要给她小鞋穿，不要拒绝她的请求。一直以来，许兰芽以为自己是一个无坚不摧的女铁人，现在看来，原来她不是，现在的她只想要一个安静温暖的地方，静静舔舐她血淋淋的伤口。

得到了莫问衡的首肯，兰芽一刻也不愿在办公室逗留，连拎包都没拿就匆匆离开了公司。她逃出办公楼，逃上公共汽车，一路逃回公寓，逃进了自己的房间。

寂静的卧室，温暖的上午，窗帘在微风中轻轻飘动。

看着这和谐温馨的画面，兰芽的眼泪一下子就流了下来。

身体沿着墙壁慢慢滑倒，她抱住双腿，把脸深深地埋在膝盖里。

经过这一路上的冷静，兰芽已经不在乎为什么段凌风不肯在会议上帮她解围了。员工本来就没有资格决定老板的行为，他不愿意为她洗刷冤屈又如何呢？这一切都不重要了。重要的是，她该怎么做，才能重新得到同事们的信任。

即使段凌风不开除她，今后她也会戴着叛徒的帽子，被人在背后戳着脊梁骨。或许她也可以像黛西那样唯我独尊，或者像莫问衡那样

以工作能力服人，但想了很久，兰芽还是发现自己做不到他们那样。

在那个时候，当段凌风面对她的求助无动于衷的时候，她心里的什么东西已经死掉了。

这是比悲伤、愤怒或者憎恨还要更加痛苦的心情，那是一种连反抗都不愿意的，彻底绝望的心情。

兰芽不知道自己为什么会如此心如死灰，平常的她并不是那种忍气吞声的人。她也曾经在生活和工作中树敌，但那些人的结局不是被她原谅，就是被她打倒。

她真的不是一个窝囊废，但是面对段凌风，她连去质问的勇气都没有。在段凌风面前，她似乎变得像一只小羊羔那样不敢反抗，任他宰割。

说到段凌风，兰芽突然想起，自己现在住的房子也是属于他的。真可笑，她都已经被定性成风讯的叛徒了，却还赖在风讯老板的房子里不肯走。

这太不应该了。

兰芽想了一会儿，站起来开始收拾东西，她以最快的速度把生活必需品装进行李箱，然后像逃荒般地逃离了段凌风的公寓。然后，兰芽趁着午休时间又回到公司，把行李寄存在办公楼前台，自己偷偷潜回财务部，把自己的办公桌简单收拾了一下。

在她忙碌的时候，莫问衡一直透过总监办公室的百叶窗默默地看着她，但是他什么都没有说。10分钟以后，兰芽带着自己的私人物品，拖着行李箱，最后看了一眼风讯公司的大楼。

她知道自己是一个逃兵，她知道一个成熟的职场人应该富有技巧地为自己洗刷冤屈，她也知道人的一生中总会有受委屈的时候。但是，只要想到自己无论做什么都躲不开段凌风那一关，她就瞬间什么都不想做，只想落荒而逃。

胡雪嫣从金融大厦里匆匆跑出来，远远就看见兰芽拖着行李箱站在喷水池边。只见她发丝散乱，脸色苍白，那萎靡的样子活像好几天没睡觉似的,把胡雪嫣吓了一大跳。

"哎呀,我的姑奶奶,你这是怎么了?被公司里的哪个贱人陷害了?老娘这就去帮你抽他!"胡雪嫣迎上去,一边接过兰芽的行李箱,一边大呼小叫起来。

5分钟之前,她突然接到兰芽的短信,里面只有3句话。

——我失业了,也没地方住了,来找你。

跟兰芽认识这么多年,胡雪嫣从来没从她那里收到过这么可怕的短信,连忙以最快的速度扔下手上的工作,火急火燎地冲出公司。

兰芽垂头丧气,任胡雪嫣抢走她的行李箱,脸上连一点表情都没有。

胡雪嫣有点慌,连忙在她眼前摇摇手:"喂喂,你怎么了?傻了?别吓我啊!"然后,她看见两行清泪顺着兰芽的脸颊缓缓流下来。

两人最后坐在了胡雪嫣公司附近的一家咖啡馆里。

听了兰芽的叙述,胡雪嫣两眼冒火,猛地一拍桌子:"我呸!你们公司真不是东西,平白无故就泼人脏水?你也真没用,就不知道把脏水泼回去?到你老板面前去哭啊!"

兰芽叹气:"我也想啊,可是只要想起连老板都不帮我撑腰,我就一点劲都没有了。他的态度让我心冷,我觉得好累,我从来没有觉得这么无力过,现在只想找个地方好好睡一觉。"

"可怜的,"胡雪嫣同情地看着她,"但是我不明白,既然你老板知道你是清白的,他为什么还要把你往火坑里推?"

"我不知道,我也不想知道了。"兰芽低下头,手指插进自己的长发,"我很累,我想休息。"

胡雪嫣站起来,拍拍她的肩膀:"别担心,我会帮你的。你的选择也不无道理,既然老板都不帮你,继续厚着脸皮留在风讯也只是自讨没趣。以后你就跟着我混吧,只要有我胡雪嫣一碗饭吃,就有你许兰芽一口汤喝。"

兰芽哑然失笑。

胡雪嫣认真道:"我不是开玩笑的,首先就把你工作的事情给解决了吧。还记得昨天我叫你帮我找财务主管的事吗?趁现在还没合适的人选,就安排给你吧。"

兰芽一怔:"这怎么行?你的东家是外资公司吧?我没有在外企工作的经验,风讯那边的档案也还没完全转过来,没法立刻上岗啊。"

"嗨,我亲自担保你还担心什么?而且你的工作能力我最清楚,我可以安排你先干起来,手续的事情以后再补。哦,对了,还有住处,这个比较麻烦,不如你委屈一下,找到合适的房子之前先跟我挤一下吧。"

胡雪嫣快人快语,兰芽还来不及说什么,接下来的生活已经全部被她安排好了。

既然如此,就这样干脆利落地告别风讯吧。兰芽知道自己没有勇气和决心去弄清楚风讯内鬼事件的真相,因此与公司彻底告别,也未尝不是一个好选择。

随后胡雪嫣又帮兰芽搬家,当天黑的时候,兰芽已经在胡雪嫣的小公寓里,跟她一起吹着空调吃着火锅聊八卦了。而在遥远的风讯公司,段凌风刚刚结束一天的工作,疲惫地往家赶。

上午的会议结束以后,他分身乏术,一直没空跟兰芽单独谈谈,好不容易在下午挤出时间,却从莫问衡那里知道了兰芽请假的事,也知道她从公司拿走了自己的私人用品。

段凌风打了兰芽的手机,但她似乎把自己的手机号码屏蔽了。

早晨的事情果然给她带来了很大的伤害。

段凌风知道自己是一个商人,是肩负着一家公司的前途和未来的领导者,家庭的教育让他从小奉行着冷酷无情的准则:为了终极目的,有时必须牺牲一些无辜的人。

为了彻底抓住风讯公司的内鬼,他无奈地牺牲了兰芽。

他并不像他看起来的那么和蔼可亲,过去的多年里他曾经很多次做过这样的事情。但只有这一次,他感到十分痛苦。

白天的会议上，兰芽乞求着他为她作证时候的眼神，当他刻意无视她的时候，她那悲伤绝望的表情就像一支箭深深刺在段凌风的心里。他决心要给她更多的补偿，要给她比在风讯公司所能得到的多得多的补偿。

打不通兰芽的电话之后，段凌风以最快的速度处理完手头的工作，顶着满天的繁星赶回公寓，他想当面跟兰芽谈一谈。

有很长一段时间，段凌风都没有这么早下班过了。当他离开公司的时候，往往已经是寂静的深夜，街道上空无一人。但今天时间还早，路上熙熙攘攘，璀璨的霓虹灯如梦似幻，迷乱着行人的眼睛。

段凌风无暇欣赏这难得的美景，他一路心急火燎地赶回公寓，气喘吁吁地站在兰芽家门前。

有一瞬间，他感到迷茫和不安，见到兰芽之后他的第一句话该说什么？是向她道歉，还是立刻告诉她他相信她，或者立刻谈补偿的事？但所有的话都没能说出来，因为当段凌风刚要按门铃的时候，电梯门开了。

保安匆匆跑出来，朝他招手："段先生！段先生！您跑得太急了，我……我刚才在后面拼命喊您都没听见！"

段凌风不解："喊什么？"

保安喘着气停在他面前："我……我是要告诉您，许小姐已经搬走了，她让我把房卡还给您。"

段凌风眼前一阵发黑："你说什么？！"

正在这时，手机响了，段凌风连忙接起，是公司的人事总监魏玲："您好，段先生，晚上打扰您，真不好意思。"

"没关系，有事快说。"

"是这样的，刚才我接到了财务部许兰芽小姐的辞职报告，觉得十分突然。然后我回想起早上的事情，认为跟您汇报一下比较合适，您觉得是不是应该……"

魏玲的声音还在继续，但段凌风已经听不进去了。

兰芽辞职了，搬家了。

175

她屏蔽了他的手机号。

现实里,他再也找不到她了……

Chapter 17
重新开始,行吗?

清晨的厨房里,传来碗筷叮当的声音。

天色才蒙蒙亮,当第一声鸟雀的鸣叫划破天空的时候,兰芽已经在厨房里忙开了。

新鲜的培根肉在油锅里嗞嗞作响,半熟的荷包蛋呈现出诱人的金黄色,搅拌机正在飞速运转着打出一大杯橙汁。旁边的小锅里,雪白的米粥在咕嘟作响,桌子上已经摆了七八种搭粥小菜。

看着热气腾腾的灶头,兰芽抹了一把汗,拿起不锈钢锅和炒勺敲了起来,同时大喊:"起床啦!吃早饭啦!"

与厨房相隔的卧室里,起先没有一丝声音,渐渐传来衣服和被子摩擦的窸窣声。又过了一会儿,胡雪嫣睡眼惺忪地把脑袋伸进厨房,嘴角扯出一个糊里糊涂的笑容:"嗨,早啊。"

"快去刷牙洗脸吃早饭了!"兰芽使劲把她往洗手间里推。

"啊啊啊,不要推,我要摔倒了!"胡雪嫣惨叫。

半个小时以后,两人其乐融融地坐在一起吃早饭了。

"兰芽，亏你这么早起做大餐，真是太贤惠了。在下感激涕零啊，你干脆嫁给我算了！"胡雪嫣咬着培根肉一脸感动。

"不是我贤惠，是你太懒了。"兰芽捧着粥碗一脸鄙视，"连一顿早饭都懒得做，你好意思说自己是成年人吗？"

"正因为是成年人，才能理直气壮地偷懒。"胡雪嫣严肃道。

"少贫嘴，快吃！"

两人一边打趣，一边将满桌子的食物一扫而光，然后梳妆打扮挤地铁，像这座城市的所有白领一样开始了一天的战斗。

经过在沙丁鱼般的地铁里长达半个小时的折磨后，两人满头大汗地来到市中心的商业区，冲进一栋十八层的写字楼，使劲挤进8点50分的那班电梯以后，兰芽才放松地喘了一口气。

5分钟以后，叮的一声，电梯到达十七楼，兰芽和胡雪嫣迅速变脸成优雅靓丽的年轻OL，款款地迈着猫步走进办公室。

"早啊，许小姐。"

"叶主管早。"

"胡小姐早。"

"小杨早。"

"Miss Hu，记得把昨天的会议记录放在我的桌子上。"

"Ok，Jam."

一路跟同事们打完招呼，两人分别在自己的位置落座的时候，刚好9点。

德意国际金融投资公司忙碌的一天，就从现在开始了。

这里就是兰芽的新东家，在胡雪嫣的帮助下，她已经在这里顺利地工作了一个月。

一个月前的那一天，在风讯公司会议上所受的委屈和羞辱已经渐渐变成一个淡淡的伤口，偶尔会隐隐作痛，但不会再让兰芽感到悲伤和绝望。

那天之后，她越过直属上司莫问衡，直接把辞职报告递给了人事总监魏玲。幸好段凌风没有刁难她，几天之后魏玲就把她的资料快递

过来,该发的薪水一分钱也没有少,甚至还多了一些。

而段凌风也不是毫无音讯,他曾经给兰芽发过一封电子邮件,说是为她推荐了一个好工作,是风讯股东投资的另一家公司。兰芽只看了一眼就把邮件删了。与段凌风的好意相比,她更希望他能为那天的冷漠行为解释一下,但是他没有。

邮件里对那件事未提只字片语,让兰芽满心失望。

删掉邮件之后,兰芽也再没有收到来自风讯的新消息,这个公司仿佛一夜之间从她的生活里消失了。

这样也好,就让往事随风而去,让她干干脆脆地迎接新生活吧。

德意公司是胡雪嫣毕业以后一直就职的一家跨国公司,由外商独资,规模很大,据说在美国和欧洲都有分公司。公司的主要内容是金融投资业务,简单地说,就是去寻找那些钱花不完、在手里烧得慌的有钱人,说服他们把钱投资给缺钱的公司,从中赚取佣金。

与电脑程序相比,兰芽对金融的事情更是一窍不通。所幸财务主管也不需要精通这些业务知识,只要负责监管好公司的资金流向,记录清楚每一笔钱的用途,不让别有用心的员工钻空子,乱花公关经费就行了,这种事兰芽最擅长了。

由于德意的入职门槛很高,员工的素质大都不错,没有风讯公司里黛西那样的人,让兰芽省事不少。加上兰芽本性勤奋认真,不会耍小聪明偷懒,很快就融入了公司的氛围,与大家打成了一片。

"许小姐,你可以去吃饭喽——"

一个上午的工作结束之后,中午时分,兰芽耳边传来一个欢乐的,但是中文不太标准的女声。

她回头笑笑:"谢谢,我一会儿就去,Kelly。"

这名金发碧眼、身材微胖的女子也朝兰芽笑笑,然后离开了办公室。她是兰芽现在的上司,德意的财务总监Kelly Y,是个美国人,最近正在努力学中文。Kelly生性开朗,胸怀跟她的身材一样广阔,与兰芽相处得十分融洽。

Kelly身上有几分风讯公司前财务总监叶婷的影子,让兰芽找回了最初那种最舒适的工作状态。兰芽的履历不算诱人，能进入德意多亏胡雪嫣，光凭这一点，给她做一辈子早饭都不为过啦。

这一个月里发生了太多事，她告别了过去的很多东西，但唯独对幻剑3一直无法割舍。

在离开风讯之后，她依然保持着幻剑3资深玩家的身份，与胡雪嫣、一剑天下他们在游戏里纵情厮杀。

中午一上线，兰芽就收到了相公大人的消息。

【私聊】【一剑天下】：今晚8点在恶人谷，双阳副本。

发消息的时间是凌晨4点，兰芽就盯着那个时间看了很久。

不知从什么时候起，一剑天下的上线时间变得十分古怪。

他的现身不再规律，有时半夜，有时上午，有时凌晨，甚至偶尔会突然好几天不在线。兰芽记不清这种情况具体是什么时候开始的，但似乎一剑天下在被什么事情缠着，而且是麻烦而漫长的事情。

是工作忙吗？

兰芽前阵子自己心情也不好，虽然觉得一剑天下有些怪怪的，但也没心思去关注。再说大家只是网络上的朋友而已，多管闲事似乎不太合适。不过……

兰芽继续盯着大神发消息的时间。她总觉得大神这种没规律的上线时间不太正常，不是一个能让人放心的现象。在自己心烦意乱的时候，大神总是云淡风轻又一针见血地开导她，她是不是偶尔也该回报一下？

想到这里，兰芽最终还是忍不住多管闲事了一把。

【私聊】【赤血蓝牙】：知道啦，有空的话早点上线，我们聊聊。

然后，她离开复活点，飞身跃上燕京城的城墙，愉快地做日常任务去了。

到了晚上，兰芽早早就坐在了电脑前。

德意的上下班时间很正常，工作不忙，也很少加班，不像风讯公司那样一个人顶五个人用。兰芽下班之后跟胡雪嫣去下了馆子，好好

地饱餐了一顿,回家再悠闲地洗澡、换衣、做保养,等把一切都弄停当,才7点多。

"兰芽,你和大神晚上做双阳任务?等会儿我跟金刀铁也来组队哦!"胡雪嫣在隔壁大喊。

在兰芽前阵子生活乱七八糟的时候,胡雪嫣和金刀铁在游戏里的婚姻关系倒是一直很稳定,听说是双方的战斗风格磨合得很好,如胶似漆分不开了。

而金刀铁本人,兰芽也已经在公司里见过,是胡雪嫣的下属,一个刚毕业的大学生,活泼开朗看起来很机灵,挺容易让人有好感的。

"知道啦,等我先去跟大神聊聊!"兰芽也喊着回答,因为她已经看见大神的头像亮了起来,他真的提前上线了。

【私聊】【东湖侠女】:小样儿,夫妻想亲热啊?

这时,胡雪嫣在线上扔了个贱笑的表情过来。

【私聊】【赤血蓝牙】:滚!

兰芽回了一个发怒的表情过去,然后根据向导系统追到了一剑天下所在的位置。

那是一座云雾缥缈的山峰,四周高耸,中间凹陷,形成一处碧波荡漾的蔚蓝湖泊。山峰周围地势险峻,一般玩家轻易爬不上来,而一剑天下就喜欢这种没人的地方,独自站在山顶眺望云山雾海。

当然,再险峻的地势也难不倒兰芽,她操纵着红衣女侠在山崖上跳跃,两三下就到达了山峰的最高处,来到夫君大人的身边。

高耸入云的山峰如同人间仙境,周围寂静无声。白云在天空缓缓移动,近得仿佛触手可及。在这样一番美景中,兰芽就与一剑天下这样肩并肩地站着,天地间好像只剩下了他们两人,身骨与灵魂都像要融入这迷人的云山雾海之间。

良久,兰芽先开口。

【私聊】【赤血蓝牙】:今天没事?

【私聊】【一剑天下】:嗯。

【私聊】【赤血蓝牙】:最近忙?

【私聊】【一剑天下】：身不由己。

【私聊】【赤血蓝牙】：你看起来挺郁闷的，上次送给你的牛肉面都吃光了吧？

【私聊】【一剑天下】：吃光了，夫人手艺甚好。我准备了一些回礼送给夫人，这几天你就会收到了。

【私聊】【赤血蓝牙】：啥好东西啊，现在给我不行吗？

【私聊】【一剑天下】：不行，还没准备好。

【私聊】【赤血蓝牙】：呸，你是根本没准备吧？

一剑天下沉默了。

良久的寂静。

兰芽有点汗颜，大神不会生气了吧？她只是开个玩笑而已啊！正当她不知如何是好的时候，一剑天下终于说话了。

【私聊】【一剑天下】：夫人终于又恢复原来的样子了，夫君真高兴。

【私聊】【赤血蓝牙】：？？？

【私聊】【一剑天下】：你前一阵子好像一直不太高兴，差不多有一个月的时间吧。

兰芽一惊，下意识地否认。

【私聊】【赤血蓝牙】：别胡说了，哪有？

【私聊】【一剑天下】：如果不是心情不好，你怎么会到今天才想起牛肉面的事情？

兰芽顿时无言以对。

【私聊】【一剑天下】：我了解你的性格，你心情好的时候，什么事情都要问，观察力敏锐得过了头。而当你心情不好的时候，就算我整个人都换了一套装备，你都不会发现。

兰芽感到自己的人生好失败，她原本是想来关心一下大神相公的私生活的，结果反倒被相公将了一军。

【私聊】【赤血蓝牙】：前阵子是有一点不开心啦，不过已经没事了。

【私聊】【一剑天下】：又是工作上的事?

【私聊】【赤血蓝牙】：差不多吧。

【私聊】【一剑天下】：那让你不开心的那些人，你让他们吃到苦头了吗?

【私聊】【赤血蓝牙】：没有……我逃了。

【私聊】【一剑天下】：为什么不反抗？你看起来不像那种逆来顺受的人。

【私聊】【赤血蓝牙】：我确实不是，但……不知道为什么，那些人让我不开心的时候，我连一点打倒他们的斗志都没有，只想逃。我就像一只丧家之犬，你尽情地嘲笑我吧。

【私聊】【一剑天下】：不会，哀莫大于心死，你一定是被伤透了心。

看着大神一如既往平淡而犀利的发言，兰芽又感到鼻子一阵酸涩。

是的，她伤心，她被段凌风伤透了心。她一直信任、敬重、仰慕他，或许还对他有那么一点点的好感，他却让她失望透顶。

那是一种远胜于愤怒的情绪。

【私聊】【一剑天下】：想开点吧，人心这种东西，就是在被不断伤害的过程里才逐渐坚强起来的，这就是人生。

【私聊】【赤血蓝牙】：大神，你挺少谈人生哲理的啊。难道是看到我的遭遇，跟我产生了共鸣？也有人伤你的心吗？

【私聊】【一剑天下】：一言难尽。

【私聊】【赤血蓝牙】：这跟你最近上线时间不正常有关吗？

【私聊】【一剑天下】：还是四个字，一言难尽。

【私聊】【赤血蓝牙】：疲惫的时候记得来看看夫人呀，夫人会做牛肉面给你吃的。

【私聊】【一剑天下】：换个口味行吗？牛肉面吃腻了。

【私聊】【赤血蓝牙】：那炖鸡汤好不？

【私聊】【一剑天下】：好。

【私聊】【赤血蓝牙】：相公真乖！

【私聊】【一剑天下】：夫人真肉麻。

兰芽一个人在电脑前吃吃地笑起来。

她这是在干什么呀，居然在网上跟一个陌生男人打情骂俏？但是，能让她放松心情开怀畅谈的异性，似乎只有一剑天下了。与他在一起，让兰芽感到放心和可靠。她毫无来由地坚信，一剑天下是一个好人。

【私聊】【赤血蓝牙】：那么，你是不准备告诉我，你最近作息不规律的原因了？

【私聊】【一剑天下】：都说了一言难尽啊。而且也不是很开心的事，没有必要让你也一起不开心。

【私聊】【赤血蓝牙】：我可以开导你啊，你看，每次我心情不好的时候跟你说话，就会渐渐想通。以此类推，你跟我聊聊的话，心里的乌云说不定也会消散。

【私聊】【一剑天下】：真是说不过你，夫人状态好的时候真啰唆。

【私聊】【赤血蓝牙】：女人婚后就是这样的。

【私聊】【一剑天下】：我……身不由己。

【私聊】【赤血蓝牙】：啊？

【私聊】【一剑天下】：我总是不能自由自在地做想做的事，生活里有太多的束缚。因为一些很复杂的原因，甚至不能对重要的人说实话。

【私聊】【赤血蓝牙】：重要的人？是喜欢的人吗？

【私聊】【一剑天下】：我不太清楚，但那个人十分信任我，也帮我做了很多事。她很好，我却亏欠了她，自己明明有能力，却没能帮她摆脱困境。

兰芽不太明白大神在说什么，单独的汉字每一个都看得懂，连起来就完全不知道是什么意思。总之，大神好像迫不得已做了什么自己不愿意做的事情，还因此让朋友失望了，现在心情很乱。

　　如果大神是女子的话，立刻就可以毫无压力地约她出来吃饭购物逛街什么的，坏心情瞬间一扫而光。可是面对的家伙是男人，估计不会喜欢这些事情，更重要的是，平白无故邀一个网络上的异性朋友，好像显得自己别有用心。

　　无奈，兰芽只能不痛不痒地安慰。

　　【私聊】【赤血蓝牙】：算啦，想开点吧。看看我，一直以为自己身正不怕影子斜，可惜工作太卖力也会惹人厌，结果背后被人捅刀子。

　　【私聊】【一剑天下】：什么刀子？

　　【私聊】【赤血蓝牙】：都过去了，就不想再提了，反正我早就换东家了，现在过得挺好。

　　【私聊】【一剑天下】：你换新工作了？

　　【私聊】【赤血蓝牙】：嗯，朋友介绍的。

　　【私聊】【一剑天下】：……哦，只要你觉得满意就好，差劲的老板就算甩了也不可惜。

　　【私聊】【赤血蓝牙】：我以前的老板也不是差劲……怎么说呢，有点失望吧。我本来以为自己追随的是一位明君，但却很遗憾地看走眼了。

　　一剑天下许久没有说话。

　　兰芽还以为他掉线了，但看看他的头像还亮着。

　　【私聊】【赤血蓝牙】：喂喂？你人呢？睡着了？

　　良久，一剑天下才吭声。

　　【私聊】【一剑天下】：人生的失望，十之八九。

　　【私聊】【赤血蓝牙】：你干吗呢，突然这么深沉。

　　【私聊】【一剑天下】：我在想，或许哪天你对我也会失望的。

　　【私聊】【赤血蓝牙】：这是什么话？你是游戏里的大神啊，而且是名副其实的大神。我们都在一起刷了无数副本了，你的实力我还不知道吗，怎么会失望？

　　【私聊】【一剑天下】：不，我是说，或许你会对我的真人失望。

【私聊】【赤血蓝牙】：怎么，你缺胳膊少腿？没关系，我不会以貌取人的。

【私聊】【一剑天下】：不是这个意思，我不是指外貌这种肤浅的东西。

【私聊】【赤血蓝牙】：那是什么意思？夫君今天好奇怪啊，一会儿严肃一会儿深沉一会儿忧伤的，放浪不羁地出言讽刺或者调戏我，才符合你高贵冷艳的大神形象啊。

【私聊】【一剑天下】：大神也是人，偶尔会抽风一下的。

【私聊】【赤血蓝牙】：OK，那您慢慢抽，小的永远奉陪。

这时，有新的信息过来了，是胡雪嫣。她的头像使劲闪着，一连扔过来十几个地雷表情。

【私聊】【东湖侠女】：喂喂喂，你们小夫妻到哪里亲热去啦！今天还打不打副本了！

兰芽一惊，连忙看了一眼时间，发现居然已经8点半了。

【私聊】【赤血蓝牙】：对不起，对不起！在跟一剑天下聊天，不小心就忘了时间！

【私聊】【东湖侠女】：得，那你们继续聊吧，我们这儿都刷完两轮副本了。

【私聊】【赤血蓝牙】：等一会儿我们会来的啦！

【私聊】【东湖侠女】：没关系啦，刚才你们一直在聊天？大神一向惜字如金，难得屈尊跟你聊天，好好抓住机会吧。

【私聊】【赤血蓝牙】：这种机会我可不想经常有，他看起来心情不太好的样子。

立刻，胡雪嫣扔下鼠标，从隔壁冲过来大喊："怎么了，怎么了？有八卦？！"

兰芽哭笑不得："滚回你房间去啦，八婆！"

胡雪嫣不罢休，揪着兰芽使劲摇晃："不滚不滚！快告诉我到底怎么回事？大神为情所困了？遭人陷害了？还是想向你表白又害羞不

好意思？"

"你这都想哪儿去了！"兰芽大怒，"人家就是普通的心情不好，求你别解读出这么多稀奇古怪的东西！"

"啊呸，你才稀奇古怪！说不定你们结婚这么久，人家大神已经对你有意思了，只有你还糊里糊涂地蒙在鼓里。以前上学的时候，你敢说没发生过这种事？你敢说？！"

胡雪嫣一副严厉训斥外加理直气壮的样子，兰芽反倒有些不好意思了。

说实话，她虽然挺能洞察老师和上司的意图，却对身边人的态度比较迟钝，否则也不会觉察不到黛西对她的强烈恶意。

当年上学的时候，她还曾经把别人写给她的情书当作功课求助。人家男同学害羞地问她能不能放学后一起写作业，她立刻严肃认真地表示同意辅导人家的功课，结果被胡雪嫣笑话了整整一个学期。所以，说不定大神真的在隐晦地朝她抛绣球，她却没发现。

支走胡雪嫣以后，兰芽陷入了沉思。

后来一剑天下又跟她不咸不淡地聊了一会儿，就说有事下线了，刷副本的事情一点没提。要是照大神平时的风格，这是根本不可能的。兰芽早就知道他是个战斗狂人，跟她结婚原本就是为了刷夫妻副本，每天上线的第一件事也是跟她商量今天去刷什么副本。上线的意义就是刷副本的大神，今天居然光聊天不刷副本，这证明了什么？

有可能是他真的情绪不好，也有可能是他抛出的绣球兰芽没接到，他伤心了……

啊啊，到底是怎么回事呢！

兰芽的脑袋里一团糟。

早知道刚才应该借着大神郁闷的机会，问他要不要在现实里见个面吃个饭散散心什么的。兰芽确实不会以貌取人，就算大神长成歪瓜裂枣她也不在乎，反正也没打算跟他发展成什么关系嘛。再说大家在游戏里合作了这么久，兰芽也相信一剑天下的人品，他应该是一个正人君子。

那，究竟该怎么办呢？找个什么理由约他探探口风？

兰芽百无聊赖地刷着官方论坛，突然看见一条公告：

幻剑3挚爱队友真人秀PK大赛火热启动！

这比赛名字恶俗，内容倒是挺有趣。幻剑3上线也有好多年了，无数玩家在游戏里结缘，本次官方活动就是收集这样的故事，请玩家讲述自己在幻剑3里发生的情感故事，然后制作成文章、照片或者是视频。

感情故事的性质不限于爱情，闺蜜情、兄弟情、忘年交也可以。但参与活动的玩家必须附带自己的真人照片，配图必须是本人而不是游戏形象。从活动中脱颖而出的胜利者可以组队参加幻剑3官方组织的现场PK大赛，以往只能通过文字和语音刷副本的同伴们，能够在现实里并肩作战。

兰芽心想，这是一个好理由。既能合理邀请一剑天下在现实里见面，又没有脱离他一向喜欢的PK。于是，她立刻把网址给一剑天下发了过去，问他有没有兴趣。

当然，一剑天下已经下线了，今天不可能回复她。兰芽因此一夜忐忑不安，就像一个等待春游的小孩子似的，难以入眠。

第二天吃早饭的时候，胡雪嫣得知了这件事，拍桌大笑兰芽这一招真是绝，想要降服大神就是得用计谋。可惜兰芽连损她的心情都没有，满脑子都在猜测着大神会怎样回复。

虽然答案就是"好"和"不好"的区别，但是……真紧张啊。

兰芽就这么维持着紧张的状态度过了一天，那呆滞的样子惹来众同事的困惑，甚至有人偷偷问胡雪嫣说，兰芽是不是得了相思病。

如果只是对大神在游戏里，那英姿飒爽的身影，兰芽大概真会有一点相思吧。不过，她绝不会承认自己是想着大神的真人。

痴痴地等了一天，一剑天下都没有回复。

兰芽下班之前再次上了一下客户端，收件箱里还是空空如也。

大神今天没有上线。

满怀遗憾，兰芽慢吞吞地关掉电脑，独自回家去了。今天胡雪嫣

187

所在的人事部聚餐,不能跟兰芽一起回家。

说实话,毕业之后兰芽就习惯了独居,她从小就性格独立,一个人住也没觉得哪里不方便。离开风讯公司之后,她原本只想在胡雪嫣那里暂时借住,找到合适的房子以后就离开,但合住一阵子之后两人都觉得这样不错,大家工作都忙,住在一起互相也好有个照应。

人的适应能力果然很强,从学生时代的合住到工作时代的独居,再从独居变成合住,都可以顺利过渡。然而,虽然兰芽可以适应环境,但是她适应得了自己的心吗?

离开德意公司,走在大街上,兰芽看着熙熙攘攘的人群,突然感到心里微微刺痛。

德意的工作职能范围划分严明,公司氛围优雅高端,大家都各自为政,几乎没有私下交际。虽然这样的外企,人际关系很轻松,却再也没有了风讯公司那种热热闹闹的感觉。

在德意,永远不会有人再叫兰芽帮忙搬桶装水,因为24小时服务的物业会搞定一切杂事,也永远不会出现突然断电的意外,因为写字楼里有一套完整的备用电源。而且,德意的管理十分精细,小到每一种文件分别需要哪个员工复印都有明确的规定,同事之间彼此也不能混淆工作内容,只能做自己分内的事情。像风讯公司那种我帮你搭一把手,你帮我加一天班的事情,在德意是不可能出现的。

虽然德意的硬件设施无可挑剔,说不满意让人觉得十分矫情,但是,兰芽心里偶尔会有那么一点点的空虚。

德意很好,但与风讯相比,还是缺了一点什么。

兰芽告诉自己,新生活已经开始,她早就斩断了自己跟风讯的孽缘。可心里却有一个声音在提醒着她,风讯依然有些东西是她无法割舍的。而更糟糕的是,她没有勇气去面对这些东西。

当初的割舍,原本就不正确。她没有跟莫问衡打辞职报告,没有向同事证明自己的清白,就像丧家之犬似的落荒而逃。最重要的是,她临走之前,连一句话都没有跟段凌风说过。

段凌风,是啊,段凌风,他就是兰芽无法斩断回忆的那最深的一道坎。

那个时候,在会议上被黛西污蔑,被同事们怀疑,那一切的悲伤都已经在兰芽心里渐渐淡了痕迹,只有段凌风那漠然的神情,依然留在她心中久久不曾消失。

兰芽不敢与风讯的同事联系,不敢跟莫问衡道歉,甚至搬家之后都不敢从风讯公司的门口经过。她知道这一切的根源并不是那些事情,而是段凌风。

一想到她无论与风讯公司发生任何联系,段凌风都有可能知道,她就没有任何勇气踏出第一步。段凌风带给她的伤害,远比她自己想象的要深。

我已经重新开始了。

兰芽曾经无数次这样对胡雪嫣说,也是这样对自己说。但是她的人生真的重新开始了吗?能够真正重新开始吗?内心深处,她一直都充满了疑惑。

回到家里,和胡雪嫣合租的房子静悄悄的。明天是周末,胡雪嫣估计会跟同事们疯一夜。兰芽随便给自己泡了一碗面,随手打开电脑登录幻剑3的客户端。

一剑天下的消息毫无征兆地弹了出来。

【私聊】【一剑天下】:没兴趣,看到我的真人你会失望的。

兰芽一怔,愣了几秒钟才明白,大神是说对真人PK大赛没兴趣。

她心里有什么东西沉沉地坠了下去,一直坠到深不见底的地方。从昨晚起就一直紧张期待的回应,居然会以如此突然的方式降临,而且瞬间判了她死刑。

兰芽捧着泡面,傻傻地愣了很久。

直到泡面冒出的蒸汽全部消失,面汤微微冷却,上面都浮起了一层冷油,她才渐渐缓过神。啊哈,自己真蠢啊,居然妄想大神会跟她在现实里见面,他们连彼此在什么城市都不知道,大神也从来没有问过她的任何私事,态度不是已经很明确了吗?

他们的关系,只是副本里的战友而已,其他什么都不是。

一剑天下对赤血蓝牙本人毫无兴趣,也永远不会有产生兴趣的想法。

许兰芽,你怎么会这么天真呢?如果一剑天下真的想跟你发生点什么,他在平常的言语中早就会有痕迹。而他们认识这么久都对彼此的情况一无所知,并且一剑天下也没有任何想要知道的欲望,不是已经证明一切了吗?所以,这次不是兰芽迟钝,而是原本就什么都没有。

至于一剑天下所说的看到真人会失望,也是一种再明显不过的托词。只有帅哥美女会谦虚地这样说自己,一般人通常都不会太贬低自己的相貌,丑人更是不会。

兰芽长叹了一声,随便往嘴里塞了几口冷掉的泡面。

Chapter 18
内鬼的真相

晚饭时间已经过了,线上玩家渐渐多了起来,燕京城里十分热闹。红衣女侠寂寞地蹲在墙角看着街上人来人往,显得百无聊赖。

跟一剑天下结婚的几个月里,他们刷了不计其数的副本,每天在整个地图地飞檐走壁。一开始还有人围观惊呼,时间久了也就习惯了,最后不管兰芽和一剑天下出现在多么高难度的地方,都不会有人感到奇怪。

不想聊天，不想刷副本，不想找朋友，更不想跟陌生人组队。

兰芽就这样一直蹲在城墙上。

天渐渐黑了，遥远的夜空，一朵烟花轰然绽放，划出无数绚烂的颜色之后，悄无声息地消失。那烟花就像兰芽繁忙而空虚的生活，她以为自己已经华丽蜕变，一转身却发现一切如常，她依然彷徨无助，就像一只黑色的丑小鸭。

这时，突然有人跑到了她的身边。

兰芽一转头，看见一个男号肉盾站在旁边望着她。那高大的身影陌生而熟悉，兰芽盯着他思考了很久，才猛然喊起来——刹雪无痕！

老天，真是冤家路窄，她怎么会在这里碰上莫问衡！

自从离开风讯公司之后，兰芽就再没在游戏里碰见过莫问衡了，他的头像永远是灰色的。兰芽以为他是不玩游戏了，起先上线的时候还会小心翼翼地检查一下他的状态，避免跟他碰上，时间久了也就放松了警惕，以为他永远都不会再出现了。

没想到马失前蹄，阴沟里翻船！

既然狭路相逢，想逃也已经来不及了，兰芽只能硬着头皮，干巴巴地打招呼。

【私聊】【赤血蓝牙】：哈哈，好久不见。

【私聊】【刹雪无痕】：是挺久了，我难得上来一次。多亏你会挑地方站，不然我们肯定就错过了。

【私聊】【赤血蓝牙】：挑地方？

【私聊】【刹雪无痕】：你看看这是哪里。

兰芽回头一看，背后是一个规模很大的药店，上书三个大字：回春堂。

汗，她果然很会挑地方！回春堂是燕京城里最大的药店，也是刹血无痕最喜欢光顾的商店之一。以前他和兰芽还没离婚的时候，只要上线就必定会来这家店看看，搜罗各种新上市的珍贵药品。

这，这该说是冤家路窄吗……

【私聊】【赤血蓝牙】：哈哈……我就随便找个地方蹲着而已，没想到……真巧啊。

【私聊】【刹雪无痕】：是挺巧的，难得能在游戏里碰上，到旁边来随便聊聊吧。

别这么客气好吗！很吓人啊！而且也没人想跟你聊天！

兰芽在心中咆哮。

风讯公司的人是她这辈子最不想见到的人了，现在莫问衡突然出现，还要跟她聊聊，怎能不让她全身紧张，后背冒汗，肾上腺素拼命分泌？

【私聊】【刹雪无痕】：你别紧张，我跟你早就没有利益冲突了，纯属随便聊聊而已。

这倒也是，莫问衡一向跟她水火不容，她离开公司应该正中莫问衡的下怀，两人的关系应该比以前有所缓和才对。况且今天的莫问衡确实挺客气的，说不定真没什么事。于是，兰芽也就尽量压制自己不安的情绪，没有拒绝莫问衡的邀请。

两人来到路边的一棵大树下，看着街边的夜景。过了一会儿，莫问衡先开口了。

【私聊】【刹雪无痕】：你还在玩这个游戏？

【私聊】【赤血蓝牙】：是啊，不然我怎么会在线？

【私聊】【刹雪无痕】：我已经不玩了，今天上线是来处理一些装备，顺便看看以前收藏的珍品药，能不能在回春堂里卖掉。

【私聊】【赤血蓝牙】：为什么不玩了？跟谁结怨吗？

【私聊】【刹雪无痕】：不是，只是没兴趣了而已。我本来就不是游戏狂，对我来说玩幻剑3是兴趣，看足球也是兴趣，玩什么都是一样的。

【私聊】【赤血蓝牙】：哦……

确实，无论在游戏里还是现实，她都没感觉莫问衡对幻剑3有多狂热。这也是网游里具有代表性的一部分玩家，游戏对他们来说只是单纯的消遣。

不过，游戏里的朋友怎么办？

【私聊】【赤血蓝牙】：那你走了，你老婆怎么办？就是那个……青草幽幽。

【私聊】【刹雪无痕】：她本来就是我现实里的老婆。

【私聊】【赤血蓝牙】：你已经结婚了？！

【私聊】【刹雪无痕】：很奇怪吗？

【私聊】【赤血蓝牙】：那你以前还跟我在游戏里老婆长老婆短的！

【私聊】【刹雪无痕】：……嗯，所以后来我老婆就到游戏里来抓奸了。

【私聊】【赤血蓝牙】：啊？

【私聊】【刹雪无痕】：你反应不要太奇怪了，情况没你想象的那么严重。

【私聊】【赤血蓝牙】：我也没想得太严重啦。

看青草幽幽平常说话的语气，就能想象出她现实里也是一个可爱的女子。估计发现自家老公在游戏里跟人亲热以后，也只会梨花带雨地哭着说"人家才是你老婆啦"。

然后莫问衡就被迷得全身发软，重新回到正宫娘娘的温柔乡里去了。嗯嗯，很有说服力的推断呢。看莫问衡那种奇葩的异性择偶观，说不定真是这样。

【私聊】【赤血蓝牙】：那么，以后我们在游戏里就见不到面了？

【私聊】【刹雪无痕】：应该是，所以今天真的挺走运。

【私聊】【赤血蓝牙】：哈哈，听你的口气，看到我好像很高兴？我以前可没从你这里受到过这么优厚的待遇啊。

【私聊】【刹雪无痕】：我们已经没什么瓜葛了，自然不用像以

前那样剑拔弩张。但是，我还是想问你一句，你……就想一直这么下去吗？

【私聊】【赤血蓝牙】：什么意思？

【私聊】【刹雪无痕】：我的意思是，你真的想躲着风讯公司和段凌风一辈子，不跟自己的过去彻底做个了断？

兰芽的脑袋"嗡"的一声大了。

她没想到，自己一直在刻意逃避的问题，居然被莫问衡如此直白地问了出来。

泡面已经变得冰冷，纸碗被孤零零地扔在桌子上。

兰芽的双手停在键盘上，良久，才发过去一个嘿嘿笑的表情。

【私聊】【赤血蓝牙】：哈哈，过去的事情还提它干什么呢。我现在过得挺好，你看起来也挺好，大家都挺好，这不就皆大欢喜了吗？

【私聊】【刹雪无痕】：如果是货真价实的挺好，那确实不错。但问题是，你真觉得这样好吗？

【私聊】【赤血蓝牙】：不太明白你的意思。

【私聊】【刹雪无痕】：那我可以慢慢解释，你晚饭吃了吗？没吃我请你。

【私聊】【赤血蓝牙】：不用客气了，我不想欠你的人情。再说，有什么话这里就可以说，为什么一定要见面？

【私聊】【刹雪无痕】：你不敢见我？

兰芽有点生气了，噼里啪啦打字的动作也快了起来。

【私聊】【赤血蓝牙】：谁说的？我只是不想再跟以前的事情扯上关系。

【私聊】【刹雪无痕】：呵，不想扯上关系？你和风讯的关系根本就没断吧？那个时候一声不吭地扔下一堆烂摊子就走人，既不解释也不为自己争辩，你以为这就算是完了？我一直敬佩你刚正不阿，敢作敢当，却没想到你也会有如此懦弱的时候！

兰芽的脸颊发烫，全身冰冷，犹如芒刺在背。

莫问衡是第一次用如此严厉认真的语气跟她说话，以往他总是阴阳怪气，让兰芽以为他是永远不会对她坦露真实心迹的。原来，是她错了吗？或者说，自己不辞而别的事情，真的让他这么生气？

【私聊】【刹雪无痕】：你到底在害怕什么？

【私聊】【赤血蓝牙】：什么害怕什么？

【私聊】【刹雪无痕】：如果你不是害怕，又怎么会像只丧家之犬似的落荒而逃？！

【私聊】【赤血蓝牙】：……那不关你的事。

【私聊】【刹雪无痕】：所以，你就打算这么一辈子逃避下去吗？你一点都不想知道你走了以后，风讯发生了什么事？

【私聊】【赤血蓝牙】：……

夜晚的燕京城热闹非凡，行人不断地从交谈的两人身边经过。红衣女侠和肉盾男号看起来就像是在轻松闲聊，谁都不知道两人之间的气氛已经剑拔弩张。

兰芽觉得自己快要招架不住了，她与风讯的往事就像扎在心中的一根刺。平常她可以装作若无其事，但是这件往事被人赤裸裸地提起的时候，她就瞬间被戳得鲜血淋漓。

她咬着牙，心中充满了不甘。说实话，她和莫问衡的关系直到今日也没有缓和，因此她并不想被他质问。在莫问衡面前丢脸，对她来说比在任何人面前丢脸都要痛苦。因此，兰芽作了好一会儿的心理斗争，终于还是下定了决心。

【私聊】【赤血蓝牙】：好吧，我真的不想被你这种人指责。我就跟你见一面，让你好好把风讯的事情说个够，你在哪里？

【私聊】【刹雪无痕】：早同意不就行了？真不明白你在挣扎个什么劲儿。就在我们第一次见面的咖啡馆吧，我等你。

说完，他的头像就暗了下去。

兰芽犹豫一会儿，也退出了客户端。

一言既出驷马难追,既然已经同意了莫问衡的邀请,就没有再拒绝的道理。

一个小时以后,兰芽来到了咖啡馆。因为已经不住在风讯员工公寓了,她现在的住处距离咖啡馆挺远的。在门外,兰芽远远就看见莫问衡坐在窗边,他的样子跟兰芽一个月前最后一次见到他的时候没有任何变化,依然是穿着休闲衫,看起来时髦而干练。

她拒绝了莫问衡请她吃饭的意愿,自己叫了一份咖喱饭。她已经做好了很快就能走的准备,没想到落座之后莫问衡说的第一句话,就让她大惊失色。

"风讯的财务部已经没有了。"莫问衡幽幽地说。

"你……说什么?"兰芽十分吃惊,"为什么?!公司不做了吗!"

莫问衡悠然一笑:"看你吓成这样,我话还没说完呢。财务部没有了,是因为进行了人员精简,将人事部和财务部合并为了行政部,顺便说一句,我就是新任的行政总监。"

听莫问衡这么说,兰芽总算松了一口气。幸好,风讯并不是倒闭了。

"你不觉得不甘心吗?"莫问衡问,"我升职了,如果你还在的话,就有机会阻止我或者跟我竞争。但是,因为你逃走了,这一切就轻轻松松落到了我的手里。"

兰芽苦笑:"我的确不太愿意看见你风光,但既然事已至此,也只能祝贺你。我并不羡慕你升职,那只说明你确实有能力,当然,我更不可能再回风讯去跟你竞争。"

莫问衡冷冷地看着她:"兰芽,你是什么时候变成这样的?"

兰芽皱眉:"什么叫变成这样?变成什么样?还有,别叫得这么亲热,我们的关系还没这么好。"

莫问衡摇头:"你真奇怪,我不能理解一个小小的误会,会让你有这么大的改变。我所认识的赤血蓝牙是无坚不摧的,她单纯而勇敢，虽然欠缺一点女性魅力，但是是一个真正的英雄。虽然我算不上有多喜欢你，但也不讨厌与你在一起工作，作为上司我有足够的信心可以把工作交给你，但是现在，你却让我失望了！"

"是我自己想让你失望的吗？"兰芽猛然提高了声音，"小小的误会？真亏你说得出口！是的，我的确看起来很坚强，很勇敢，我看起来就像一个披着女人皮的男人，但我本质上依然只是一个女人！我也有我脆弱的自尊心和羞耻感，我也会感到彷徨和无助，那天在会议室里当着所有人的面被黛西诬陷，没有一个人为我撑腰，所有人看我的眼神都充满了厌恶和怀疑，大家都恨不得把我千刀万剐。那样的遭遇和境地，你知道我那个时候是什么样的心情吗？遇到那种事，你居然还好意思说是小小的误会？！"

"但是如果你没有选择逃避，事情早就解决了！"莫问衡也失控地喊了起来，"如果你没有逃，如果你再等一等，再等一天……不，不等也可以。如果你当时立刻去跟段凌风澄清，一切都不会变成今天这样，你也不需要对风讯公司至今还满怀怨恨！"

"澄清什么？"兰芽难以置信地看着他，"他都已经……算了，过去的事情就别再提了。"

莫问衡皱眉看着兰芽，似乎在体会她话中的意思。

良久，他慢慢地说："原来如此，那天，你和薛雪莉在风讯公司门口的时候，段凌风果然在场。"

兰芽苦笑："是的，他在，而且还是他帮我解的围。薛雪莉一直想把我挖回原来的公司去，已经纠缠我很久了。那天她也是来劝说我的，我摆脱不了她。正在为难的时候段先生来了，因而我才能够脱身。"

"但是，他却在员工面前隐瞒了这件事。"

"是的。"

"你想过是什么原因吗？"

"不知道，也不愿意想。我已经说过了，过去的事情我不想再提,也请你不要总是幸灾乐祸地揭我的伤疤。"

莫问衡摇头:"我不是在揭你的伤疤,只是……唉,你真傻,如果你事后愿意花几分钟去跟段凌风谈一谈,一切事情……早就不是现在这个样子了。"

兰芽看着他:"什么意思?"

"你想过吗,如果让你来推断,你认为风讯公司的内鬼会是谁?"

"没想过,尔虞我诈方面的事情我一向很迟钝。"

"那你现在立刻想一想。"

兰芽想说她不愿意想,但是看莫问衡的表情很认真,话到了嘴边就没有说出口。

说实话,她一直相信段凌风的内鬼论不是空穴来风。而其中的嫌疑人她也暗自猜测过,她毕竟曾经是风讯公司的一员,对公司有感情,自然也痛恨叛徒。

想了一会儿,兰芽犹豫着说:"就我供职的这几年里,我觉得风讯上下基本都很团结。一定要说谁有嫌疑的话,就只有市场部的那几个人了……"

莫问衡笑笑:"不是嫌疑,确实就是。"

兰芽一怔:"真的?"

莫问衡点头:"千真万确,在你离职以后不久,我们就抓住了真正的叛徒。他是市场部的一名助理,叫卫小飞,以前曾经在IT公司当过程序员。卫小飞的职业素养不高,黑客技术却学了很多。程序开发部的人很早就发现市场部有奇怪的数据交换迹象,但因为没有确凿的证据证明是他干的,也就只能按兵不动。"

"在你走了以后,卫小飞以为自己的嫌疑已经完全被排除了,开始大肆入侵公司电脑,被程序开发部逮了个正着。因为证据确凿而且犯罪情节严重,公司就报了警,把卫小飞送进局子里去了,估计那家伙会判上好几年。此外,警方也怀疑黛西与卫小飞长期勾结,现在在收集证据，黛西也正处于取保候审的阶段，已经离开了风讯公司。因为这件事，公司里几个与她关系密切的家伙，前阵子也都纷纷辞职了，正因为如此，公司才需要重组行政部。"

兰芽听得一愣一愣的。

内鬼抓住了，有嫌疑的黛西已经辞职，跟她一派的家伙也都辞职了。

这么说，段凌风早就怀疑他们了？

她轻轻地说："既然如此，段先生为什么要那样做，他为什么……"

莫问衡笑笑："只能说，是你把他太神化了，老板虽然比员工要厉害很多，但他毕竟也是个平凡人。"

"是这样啊……"

"是的，所以你有时候不用把上司当一回事，当然，也不能太不当一回事。"

莫问衡的语气听不出是不是在开玩笑，但兰芽已经无所谓了。事情的真相已然清楚，一切都是市场部的人在搞鬼，而段凌风在盛怒之下采取了一个不太完美的解决方法。但幸运的是，坏人都已经受到了惩罚，谁都没有被冤枉，兰芽自己的冤情也已经被洗清。

其实，很早就可以洗清，是她自己逃走了，是她离开了风讯，让段凌风再也无法找到她，向她解释这一切。

不过，她并不后悔。

"那么，听了这些，你有什么新打算吗？"莫问衡问。

"没有，谢谢你让我心中的郁结消失了。但我现在的生活很平静，已经不想再跟过去有什么牵扯。"兰芽笑笑。

莫问衡看着她良久，皱眉道："所以，我的问题又回到了开始——你，到底在害怕什么？"

兰芽有些不悦："我没害怕，是你想多了。"

"如果不害怕，为什么你知道了这一切也不肯去见段凌风一面？

是他伤害了你,你去见他对你只有好处没有坏处,就这样一辈子跟他两不相见,并不是一个好方法,这很傻,也很幼稚。"

"也许吧,但我……真的不想见他。"

"为什么?"

"我说不清楚,就是不想见,我不想看到他的脸。"

"你还在生他的气?"

"也不是生气,我从来就没生过他的气,该怎么说呢……"兰芽纠结地思索了一会儿,"与生气相比,说是失望更加合适吧。"

莫问衡玩味地看着她,过了一会儿笑笑:"原来如此,我明白了。"

他站起来:"那既然如此,我也不勉强,该说的话都说完了,我也该走了。"说着,他把自己的那份咖啡结了账,转身离开了咖啡馆。

兰芽没有挽留,默默地看着他的背影,看着他走上街道,慢慢消失在夜晚的人流中。

这一次,恐怕真的是他们最后一次见面了吧。今后,他们的人生会各不相同,再也没有交集。

兰芽匆匆吃完咖喱饭,也叫来侍者结账。等待找零的时间里,她突然像想起什么似的,拿出手机取消了对段凌风号码的屏蔽。

时隔一个月,估计他也不会打电话来了。兰芽这么做,只是对自己的一种安慰。

她只是安慰自己,告诉自己说,自己已经解除了对段凌风的误会,他们不再是敌人了。

chapter19
与大神见面

回到家里,依然是一个人。兰芽看着待机的电脑,不知道该做什么。

她百无聊赖地趴在桌子上,登录幻剑3的客户端。因为明天是周末,虽然时间已经很晚了,线上的玩家还是很多。但是,那么多的人,那么热闹的燕京城,却还是无法排遣兰芽心中的寂寞。整个游戏世界里,都没有她可以说真心话的人。

现实里又何尝不是如此?人的一生中,可以推心置腹的朋友也无非就是那么几个,甚至可能一个都没有。

一剑天下依然没有上线,好友列表里虽然也有不少熟人在线,但兰芽一个都不想聊。她退出客户端,打开了网页和QQ。

自从玩了游戏以后,她连网页都很少刷了,QQ好友也有很多人断了联系。但是无所谓,工作上的伙伴她一般都用MSN联系,剩下的三个QQ,一个工作专用的几乎没加过人,另一个交友专用的都是一些狐朋狗友,聚散随意,没啥重要的人。最后一个游戏专用的,只加了少数几个包括胡雪嫣在内的游戏好友。

刹雪无痕和一剑天下也在里面。

三个企鹅的头像在右下角转动一会儿之后,全都隐身上线了。游戏和交友QQ上都没有消息,只有工作QQ有喇叭在弹跳,是系统消息。

兰芽点开一看，顿时愣了半晌。

是……她眼花了吗？屏幕上显示的是一个好友申请对话框，对方居然是……一剑天下？！

系统消息：【一剑天下】申请加你为好友。

附加消息：我是一剑天下，今晚想跟你在青贸商厦地见面。

兰芽一头雾水，手一滑就点了接受申请，把大神加进了自己的工作QQ里。她感觉有点奇怪，大神的这个QQ号很陌生，并不是之前加在她游戏QQ里的那个账号。

看到对方的QQ头像亮着，她就打了几个字。

【兰芽】：你换号了？

【一剑天下】：嗯，原来那个号被盗了。

【兰芽】：哈哈，大神也有今天？

【一剑天下】：大神也是人。

【兰芽】：但是，这个号码并不是我给你的，你是怎么知道这个QQ的？

【一剑天下】：我知道这是你的工作QQ。

兰芽一怔。

【一剑天下】：我也知道了，兰芽是你的真名。

兰芽彻底怔住了。

什么情况？这是什么情况？到底发生了什么事？他是从哪里知道赤血蓝牙的真实信息的？态度又为什么180度大转弯？

兰芽的脑子有点不够用了，今天晚上实在发生了太多的事情。

这时，一剑天下的消息又发了过来。

【一剑天下】：人呢？掉线了？

【兰芽】：不不，我是在思考，我觉得脑子有点转不过来。

【一剑天下】：转不过来也没关系，快点来见我真人就行了。

【兰芽】：你为什么突然改变主意了？之前不是说对真人见面没

兴趣吗？

【一剑天下】：哦……那是因为我之前不了解你的情况。

【兰芽】：什么情况？

【一剑天下】：总之，你赶快来见我就是了，有很重要的事情要跟你说。

兰芽深深皱起眉。

难道说，大神是通过某种途径知道了她的真实身份，所以才会态度大变？但真实的许兰芽也只是一个普通人，既没有显赫的身世也没有巨额的存款，更不是什么大老板或者公司高管，有什么可值得大神激动的？

不，还有一种可能！

或许……大神是她现实里的熟人？

游戏里关系密切的好友，突然发现彼此是现实中的熟人，肯定会十分惊喜。难道说，一剑天下真的是她认识的人？如果是的话，又会是谁呢？

【兰芽】：大神，难道……你认识我？或者说，我们认识吗？

【一剑天下】：是的，我们认识。

兰芽的脑袋"轰"的一声炸开了。

【兰芽】：你是谁？是我的同事、朋友还是同学？

【一剑天下】：先保密，你见到面就知道了。但我可以肯定，我们还算挺熟的。

兰芽的心脏狂跳起来。

一个现实中跟她很熟的人……这会是谁？因为工作繁忙，她几乎没有日常的交际，好朋友除了胡雪嫣之外就是同事了。至于同学……大家一两年才聚一次，根本算不上"挺熟"。

那么，会是公司同事吗？如果是同事的话，是德意，还是……风讯？

说到风讯，是别人都无所谓，但只有他，只有那个人是她不想见

的……但不可能啊,世界上怎么会有这么巧的事情?

不不,许兰芽,冷静一点。

一剑天下根本没说过自己是风讯公司的人,她不能胡思乱想。一定是因为刚才和莫问衡见面,让她回想起在风讯那些不快乐的事情,才会摆脱不了某人的身影。

不可能,大神不可能是风讯公司的人,更不可能是……段凌风。

对,不可能。

发生过污蔑事件以后,风讯同仁是不可能用这么轻松的语气跟她说话,而没有任何避嫌的意愿。段凌风更是不可能主动来跟她搭讪。如果一剑天下真的是风讯的人,就此跟她渐渐疏远,最后不相往来,才是比较正常的举动。

嗯,所以大神和风讯是不可能有任何关系的。

想到这里,兰芽平静多了。

【兰芽】:为什么非得今晚见面?另外约一个合适的时间不行吗?那样的话,我们也可以事先准备一下,免得见光死。

【一剑天下】:另外约时间也可以,不过我有个临时紧急出差的任务,要很久才能回来。我手上有一件保质期不太久的礼物,希望在出差前能够亲自送到你手上。

【兰芽】:保质期不太久?是吃的东西?

【一剑天下】:保密啦,要是你觉得太晚不方便出门的话,我到你家来也可以的,你住哪儿?

话说到这个地步,兰芽也没理由拒绝了。人家都愿意上门服务了,你难道还高贵冷艳地拒绝?当然,兰芽也不会真的让大神上门,那样太没礼貌了,她想了一会儿,还是答应了一剑天下的要求。

【兰芽】:好吧,我出来。你在哪儿?就是刚才验证消息里说的那个地方吗?

【一剑天下】:对。

【兰芽】:知道了,待会儿见。

她记下了地址，下线，关机，梳妆打扮，然后就出门了。

一剑天下约她的地方是位于闹市区的一处高端购物商厦，一楼到6楼是各种商店和娱乐设施，6楼以上是公司办公楼。兰芽到达那里的时候，也曾怀疑过大神是不是楼上某家公司的员工。但是，她很快打消了这个念头，因为熟识的人里没有在这里上班的。

到底是怎么回事呢？

坐在底层广场的休息长凳上，兰芽一边对着化妆镜整理自己的仪表，一边思索着。一剑天下约定的这个地方很繁华，让她可以放心与他见面。但是总觉得哪里怪怪的，兰芽总觉得今晚的一剑天下，跟平常有些不一样。

与平时相比，今天他的说话方式似乎少了一点个性，不再像一个清冷孤傲的大神，而像一名普通的网友。

兰芽正想着，手机收到一条新短信。

是一剑天下。

刚才临下线之前，两人交换了手机号，以免在约定的地点互相找不到，无法联系。

一剑天下的短信内容很简单，却把兰芽吓了一跳：

——我的车跟人碰了，需要花一点时间解决。你如果愿意，来地下停车场找我吧。

开车？碰了？

兰芽连忙到处找停车场，她不开车，对这种位于地下的迷宫般的东西总是摸不着头脑。那个时候她并没有多想，只以为一剑天下是真的遇到了麻烦，而她很想赶快见到他，不想傻傻地等在原地。

商厦的停车场位置很深，内部复杂而空旷。兰芽按照短信的指示去寻找停车位，一边走一边找，一边找一边走，不知不觉就越走越深，越走越远。

周围静悄悄的，一个人都没有。惨白的灯光照下来，将兰芽的影子拖得长长的。兰芽四处张望，觉得有些不安，附近一个人都没有，

也没有一丝声音,看起来并没有发生碰擦的迹象。

但是,短信所说的车位还没有到,她要继续走下去吗?

正在这时,背后传来一阵脚步声。

兰芽以为是一剑天下来了,欣喜地转过身。然而,还没等她看清来人的面目,一阵冷风迎面扑来。

一个硬物狠狠砸在她的太阳穴上,兰芽一阵眩晕,摔倒在地。

有一条黑影慢慢靠近她,站在她面前居高临下地望着,灯光被遮掩住。兰芽费力地想抬起头看清楚对方的样子,看见他举起一根木棒,再次狠狠砸向了她。

一阵剧痛,热乎乎的东西顺着额角流下来,似乎是血。然后兰芽就什么都不知道了。

Chapter20
被绑架了?

不知过了多久,兰芽才从昏厥中悠悠醒转。

她躺在一张破旧的皮沙发上,空气里弥漫着一股发霉生锈的陈旧味道。天花板上有些东西,在兰芽的视线里不停旋转。兰芽闭上眼睛深吸了几口气,再次睁眼的时候,才看清楚是些斑驳的污痕。

这是什么地方?

她一边想，一边小心地绷紧身体的每一个地方，再放松。幸好，除了前额和太阳穴微微疼痛之外，身上似乎没有受伤，每一个地方也都有知觉。

到底发生了什么事？

兰芽一边想着，一边慢慢起身，发现自己好像身处一间陈旧的办公室里。肮脏的水泥地上丢满了纸屑和烟蒂，各种家具七扭八歪地堆放在一起，看起来已经很久没人用了。

月光从脏兮兮的窗户里透进来，有好几块窗玻璃都已经碎了。微冷的夜风吹拂着兰芽的头发，让她的身体和心一样的冰冷迷茫。

兰芽站起来，走到窗边眺望窗外。外面的夜空雾蒙蒙的，深邃的夜色勾勒出几处陈旧建筑的剪影。映入兰芽眼帘的是一个废旧的厂区，工厂大概已经被人废弃了，只留下这些肮脏破败的厂房，等待着政府什么时候来回收。

她……这是被绑架了吗？凝视着厂房思考了很久，兰芽才得出一个看似合理的结论。

这个地方她完全不认识，它偏远而荒凉，确实很适合当囚禁肉票的地方。但是……绑架她图什么呢？她怎么看都不像是个有钱人啊。

一门之隔的房间外面还亮着灯，灯光从门缝里透进来。然后，传来了说话声，因为房间的隔音效果很差，因此兰芽听得十分清楚。

"我们临走前捞一票，然后，我们用这笔钱随便找个三线城市做点小生意，一辈子吃喝不愁啊，黛西姐，你说是不是？"

这一个声音，兰芽没有听过。但听到黛西两个字，她就什么都明白了。

又是他们这帮人在作怪。但是，兰芽依然想不通，为什么她出门和一剑天下见面，遇到的却是黛西的人？是他们凑巧在场……不，不可能……真相也许是……她知道了。

是的，她什么都知道了。今晚在QQ上找她的人并不是一剑天下，而是别人假扮的。

她上当了。

这时，外面沉默了一会儿，然后传来黛西窃笑的声音："小龙，真有你的，轻而易举就把那个女人骗出来了。"

被称作小龙的男子嘿嘿一笑："好歹我以前也是卫小飞的同行嘛，这种事干得多了。再说，许兰芽的工作QQ整个公司的人都知道，我都不用花力气，只要随便找个盗号的借口伪装成一剑天下，再装模作样地勾引一下她，她就自动上钩啦！"

黛西发出一阵娇笑，又问："但是，你为什么非要伪装成那个什么……一剑天下？装成别人不行吗？"

"黛西姐，你没玩过网游，这你就不懂行了。赤血蓝牙，也就是许兰芽在幻剑3里的账号，跟一剑天下打得火热，一剑天下就是段凌风。那对狗男女卿卿我我的私房话……哎呀，你是没见过，那个恶心哟！卫小飞以前测试黑客程序的时候，偷偷盗过他们好几次账号又还回去，然后回头跟我们狂侃那对狗男女的事情呢！你是真想不到，那个许兰芽看起来一副贞洁烈女的样子，内里居然这么风骚！"

兰芽的脸颊滚烫，她怎么风骚了？她自认为在游戏里和朋友聊天的分寸一向把握得很好，从来不会使用任何违禁词和过分激烈的言语。再说她和一剑天下是游戏里的夫妻，互相开开玩笑又怎么了？

黛西听到这些话，一下子就兴奋起来，音调提高了好几度："是吗？哈哈！我就知道那臭女人假正经的样子都是装出来的！不过，小龙，你真别嫌弃姐不懂行，我还是不相信，游戏里的感情能当真吗？段凌风在里面对许兰芽就算是一副情真意切的样子，现实里真有这么喜欢她？别到了最后，咱们花了这么大的力气把这女人绑架来，结果段凌风不肯付赎金！"

小龙大笑："哈哈，黛西姐，这你就别担心了，段凌风对那女人的感情绝对是其心可鉴，纯洁无垢！卫小飞说，段凌风好几个月之前就开始在游戏里打造一件九天玄女套装，肯定是准备送给许兰芽的。那东西做起来又贵又麻烦又花时间，要不是有真感情没人会去做的。

那对狗男女的感情好到什么程度我是不知道,不过段凌风知道许兰芽被绑架绝不会袖手旁观,这是肯定的!"

黛西得意地哼了几声:"行,我相信你。接下来就等着打电话叫段凌风送钱来了,不过真看不出那家伙这么幼稚,一把年纪了还学小孩子在游戏里搞网恋,真是笑掉人的大牙!"

兰芽躲在门口,双手握拳格格作响。听到黛西嘲讽的笑声,她再也忍不住了,一把推开门大喊:"你们说够了吧!"

黛西和小龙都被吓了一跳,黛西结结巴巴地说:"你……你怎么醒了?"

兰芽冷笑:"要不是我醒了,还真不知道你们居然这么恶毒!段先生念旧情,所以才把你们赶走而已,没把你们送进监狱已经够客气的了,你们居然这么厚颜无耻!"

然后,她又转向小龙:"你!刚才说的都是真的?段凌风就是一剑天下?"

小龙被兰芽的气势吓得怔住了一会儿,过了几秒钟才回过神,梗着脖子壮胆道:"是,是又怎么样?你该开心死了吧,游戏里的奸夫原来在现实里是个英俊多金的阔少爷!你现在后悔了吧?后悔当初一声不吭就离开风讯了吧!"

"闭上你的狗嘴!"兰芽怒不可遏,随手抄起一个砖头就砸向小龙。小龙躲避不及,头被砖头砸了个正着,顿时血流如注。

"你这个臭女人!"黛西尖叫起来,扑向兰芽想用指甲抓她的脸。兰芽也不示弱,蹬掉脚上的高跟鞋光脚迎战。

两个女人立刻扭打在一起,从会客室打到门口,从门口打到窗前。兰芽很快占了上风,正当她挥起拳头准备一拳打晕黛西的时候,身后突然伸出一只手,牢牢地握紧了她的手腕!

"啊!"对方的力气特别大,兰芽被握得生疼,忍不住尖叫出声。紧接着,一双强壮的胳膊把她的肩膀和手臂整个环住,就像一个铁箍似的令她动弹不得。

抓住她的是一个面相凶恶的壮汉,他瞪了黛西和小龙一眼,咆哮道:"你们都在干什么!连一个女人都看不好!"

黛西连忙赔笑:"姚哥,我们这不是没经验吗?不过肯定没有下一次了,我们会看好她的!"

被称作姚哥的壮汉没吭声,转身一把将兰芽推进了刚才的房间,仔细锁好门。然后,他回头恶狠狠地说:"黛西,你听着,你的事就是我的事,段凌风那小子跟你作对就是跟我作对!电话你赶紧打,这次不好好讹那小子一笔钱,我姚哥的名字就倒过来写!"

兰芽被关在房间里,心里乱成一团。突然被人绑架已经够可怕的了,而这可怕之中居然还带给她无数震惊的消息。

原来,段凌风竟然就是一剑天下。

是不是只有她一个人被蒙在鼓里,他早就知道她是赤血蓝牙了?风讯公司有数据监控系统,既然她在公司里登录过游戏,老板要知道她的账号简直轻而易举。

所以,她是被老板选中的同伴,在毫不知情的情况下跟老板在游戏里结了婚,还跟他一起组队打怪?兰芽想象不出段凌风操作任务奋勇厮杀的场面,她以为他只会用键盘敲打出一行行天书般的电脑程序。而且,他居然还在偷偷为她做九天玄女套装?

幻剑3的玩家都知道,九天玄女套装是女玩家专用的顶级套装,商店没有卖的,必须自己做。套装制作的难度非常高,首先是材料复杂,一部分材料要在游戏里经过复杂的手段才能得到,另一部分则只能花人民币高价购买。

其次,套装的铸造过程也很麻烦,许多收集够了材料的玩家,都在铸造过程中失去了耐心,浪费了大量的时间和金钱。九天玄女套装因此只是在玩家之间口口相传的极品套装。幻剑3的江湖上有一个传说,据说如果有一个男人真正爱一个女人,他就会为她铸造一件九天玄女套装。但是,游戏里哪会有真正的爱情呢?所以,这个传说就成了一个永远的传说。

兰芽在想，如果段凌风真的把套装做好了送给她，她还真不知道该怎么收下。就算已经不在一起工作了，他们之间曾经也是老板和员工的关系，兰芽对他总是有一丝敬畏的。

但是，兰芽在问自己。许兰芽，你真的从来没有过一丝期待吗？期待过一剑天下的真人也如他在游戏里那般英俊潇洒，风度翩翩。期待他在生活中也是那样的英俊迷人，才貌双全，你敢说，你从来没有这样期待过？

正是因为心底的那一丝期待，兰芽才会上了黛西他们的当，没有发现在QQ上跟她聊天的并不是真正的一剑天下。其实这件事从头到尾都有很多疑点，兰芽也有很多的机会去发现其中的矛盾之处，但是因为她那些充满少女心的期待，因为她在潜意识里对一剑天下怀着不切实际的幻想，因为她的愚蠢，才给了对方可乘之机。

她希望段凌风不要同意黛西的条件，一分钱也不要给她。这些人毕竟不是穷凶极恶的罪犯，应该不至于伤害她性命的。

兰芽呆呆地坐在沙发上，看着东方渐渐露出鱼肚白，天越来越亮。

有人从门缝里塞进几片面包和一杯水，让她吃喝。而把她重新关起来之后，那些人就在外面的房间里开始喝酒吃菜，一边吃，一边聊天说笑。随着酒意渐浓，他们的声音也越来越大，兰芽被吵得头疼。

在他们聊天的内容中，兰芽也得到了不少信息。

原来，从很久以前开始，市场部的卫小飞和小龙他们就已经对段凌风不怀好意了。他们几个是品行恶劣的程序员，和黛西都是因为跟风讯的股东有点关系，所以来到了段凌风手下干活。那些股东表面上一团和气，私下都心怀鬼胎，其中有些人为了利益勾心斗角，想要互相搞垮对方，段凌风的公司本质上也是属于股东的财产，就不幸成了牺牲品。

段凌风是搞技术出身，企划的项目很能赚钱，但是在人事管理上偶尔会优柔寡断，对犯错的员工太放纵。卫小飞就是抓住了他的这个

弱点,在他忙着开发新游戏的时候,偷偷钻研黑客程序,入侵公司电脑窃取情报。

因为风讯是游戏公司,很多员工都像兰芽一样喜欢玩游戏,卫小飞还喜欢窃取他们的游戏账号,玩弄一番之后再神不知鬼不觉地还回去,很多人在不知情的情况下都深受其害。

兰芽也是其中之一。

她那个赤血蓝牙的账号,在不知道的情况下被卫小飞盗了好几次,里面的装备和道具也被他偷走倒卖过。兰芽生性大大咧咧,根本记不住自己的包裹里有些什么,因此根本没发现这件事。

值得一提的是,刹雪无痕对赤血蓝牙莫名其妙的怨恨,也是因为卫小飞在从中作梗。

那个时候,兰芽和莫问衡在游戏里的感情还算不错,虽然算不上如胶似漆,但也算是相敬如宾。看见他们恩爱的样子,卫小飞心存歹念,盗窃了兰芽的账号以后,以她的口吻编造了一些莫问衡的坏话,并假装不小心发给了莫问衡。

几次以后,小心眼又多疑的莫问衡以为兰芽是个两面三刀的女人,因此对她的印象才会大打折扣。

到了这个时候,兰芽才终于明白之前刹雪无痕提出离婚,而且对她态度骤变的原因。坦白说,莫问衡在工作上是一把好手,在感情问题上的情商却不太高,确实很容易被人离间,受骗上当。

说来也怪,虽然知道了卫小飞所做的手脚,但兰芽并不生气。或者说,她已经不会为这种事情生气了。

她和莫问衡早就已经是过去式,甚至都没有产生过什么感情。卫小飞的行为只是让兰芽觉得厌恶而已,但并没有太多的愤怒。

兰芽知道,自己和莫问衡性格不合,离婚只是时间问题。就算没有卫小飞,他们也不可能永远在一起,他们终将会分离。真正让她在意的,是自己和段凌风,也就是一剑天下的交往情况,也被卫小飞尽收眼底。

按照小龙的说法，风讯公司长期处在技术人员饱和，而行政人员缺乏的状态，虽然后来股东派出了莫问衡前来协助，但段凌风不清楚他在股东那边的立场，并不完全信任他。

正因为如此，他没有精力来对付黑客的问题，让卫小飞有很长一段时间都尽情偷窥着他和兰芽的游戏账号，探听他们每天都在干什么。

与对莫问衡的伤害相比，卫小飞对段凌风的伤害更令兰芽怒不可遏。卫小飞是段凌风雇用的员工，享受着段凌风给予的酬劳，却暗中干着如此不可告人的勾当。这种事情让兰芽不但愤怒而且恶心，就好像某些正直光明的东西受到了亵渎。

一想到自己和一剑天下的对话全都被人看见，而且歪曲成不堪的意思之后又被转达给别人，兰芽就觉得更恶心了。

所幸，一切都结束了。段凌风已经得到了足够的证据指控卫小飞，那家伙现在正被上诉，即将择日宣判。

至于市场部的其他人，有的是卫小飞的帮凶，有的像黛西那样即使没有直接参与犯罪，也纵容了这些事情的发生。他们都处于取保候审阶段，段凌风很客气地没有为难他们，让他们自生自灭。

兰芽在想，如果他们不继续作怪，夹着尾巴逃离这座城市，段凌风肯定也不会追究，他本来就是个容易心软的人。然而他们却太愚蠢，原本有机会脱离这一切的，却不甘心地制造了这起绑架事件，企图逃跑之前再捞一笔。假设计划失败，估计他们的日子会比卫小飞更不好过吧。

真是愚蠢。

随着时间渐渐流逝，房间外面的气氛也越来越热烈，喝醉的男人和女人开始唱歌，似乎又有新的人加入了他们的行列。也许，那些被段凌风赶走的家伙，都聚集在这里了。

真是蛇鼠一窝。

从他们的谈话中，兰芽又了解到，这次段凌风进行了大刀阔斧的

人事改革，凡是跟黑客事件有关的人员，都被无情地驱逐了。这说明他一直都知道谁在背后干坏事，只是找不到证据。

这些人里，除了主犯卫小飞在拘留所之外，剩下的人都跟黛西在一起。刚才那个叫姚哥的壮汉不是风讯公司的人，好像是黛西在社会上认识的大哥，是社会上的小混混。

兰芽所在的这个地方也是姚哥找的，这里以前是一家纺织厂，倒闭之后就抵押给了政府。因为找不到接手的人，也没有合适的规划，这个地方已经被闲置了好几年，平常经常有小流氓过来聚众赌博，或者男女幽会。

正因为有姚哥在背后出谋划策，这些人才会想出绑架兰芽并向段凌风要赎金的计划。伪装成一剑天下去欺骗兰芽则是小龙的主意，兰芽的工作QQ风讯的人都知道，要骗她简直轻而易举。

虽然这个计划简陋而且漏洞百出，还是成功了。

兰芽躺在沙发上，再次痛恨着自己的愚蠢，手机和身上的其他东西都被搜走了，现在的她根本无法跟外界联系。但是她不想认输，虽然体力抵不过外面那群人，但她还有脑子。段凌风可能会报警，为了配合他，她要怎样向他告知自己的方位？

这时，天已经大亮了，太阳从东方慢慢升起，兰芽看着斜射进房间的晨光，突然灵机一动……

Chapter 21
出来混，总是要还的

那些人大吃大喝之后，就东倒西歪地睡下了。

兰芽额头被重击造成的后遗症，让她头痛欲裂。而且经过这一夜的折腾，肚子也饿得咕咕叫了，她把刚才从门缝里塞进来的食物吃了个精光，然后就倒头睡了过去。这一觉不知睡了多久，当兰芽被人叫醒的时候，已经日暮西沉了。

"许兰芽，起来！"

黛西一把揪住她的头发，让兰芽痛得一下子从睡梦中惊醒过来，挣扎着尖叫："你干什么啊？！"

"少废话！过来！"黛西硬是把兰芽从沙发上揪起来，揪出房间，来到外面的办公室。

肮脏的地板上一片狼藉，到处是空啤酒瓶，食物的包装纸和残渣，空气里弥漫着一股难以形容的臭味。兰芽被带到了茶几旁边。姚哥和小龙已经在那里等候了，茶几上摆着一部手机，两人一边催促兰芽赶紧过来，一边按下免提键拨通了电话。

兰芽的心脏怦怦狂跳着，她听见电话提示音响了几声之后，里面传来那个熟悉的声音。

"喂！"

是段凌风，一个多月没有听见他的声音，他还是那样的冷静平

淡。但是从那看似冷静的声音里,兰芽觉察到有些激烈的东西,在压抑地起伏着。

他在生气。

这些人是不会在乎这种小事的,见段凌风接了电话,就得意地威胁起来:"怎么样,考虑清楚了吗?五千万人民币,一分也不能少!否则,许兰芽就没命了!"

兰芽在心里咂舌。

她这副烂皮囊居然值五千万?就算把她全身都拆了卖器官,都卖不到这个数吧?同时,她又觉得有些不可思议,被当作肉票要求赎金,这种事情居然会有一天真真切切地发生在自己身上。

尽管黛西的价码很高,但段凌风一丝犹豫都没有,他斩钉截铁地说:"没问题,我答应你们的条件。自从你们第一次打电话来之后,我就已经在准备了。"

黛西大笑起来:"哈哈,不愧是环球集团的太子爷,大手笔,不同凡响!"

原来,他们之前已经联系过段凌风了,但环球集团的太子爷是怎么回事?如此帅气的称号,以前从来没听过啊。

兰芽满腹狐疑,听见段凌风又说话了。

他对黛西的揶揄毫无反应,冷冷地问:"那你们准备在什么时候,什么地点交换?"

黛西对姚哥他们使了个眼色,互相点点头之后,说:"明天早上8点,你带着钱一个人来。记住,不能报警,而且你带来的钱必须全部都是旧钞。至于地址,到时候我会告诉你的。"

原来他们还有点脑子。兰芽在心里想着,她知道旧钞的号码各不相同,难以记录而且很难追查用途,相对比新钞安全系数更大。如果这五千万落到了这些人手里,估计一辈子也追不回来了。

段凌风不是蠢货,他会就这样乖乖把钱送上门来吗?

兰芽已经有了一个跟段凌风里应外合的想法,但必须首先要段凌风有动作,这个想法才能付诸实践。而在交易的时间确定之后,黛西和段凌风似乎都没有了继续聊下去的意愿,眼看就要挂电话了。就在兰芽以为没指望了的时候,段凌风却突然说话了。

"等等,你先别挂电话。"他对黛西说。

"怎么了?"黛西一愣。

"我想跟许小姐说几句话,以确认她确实在你们手里,而且平安无事。"段凌风平静地说。

"你别太得意忘形!"黛西气愤地吼了起来,但一旁的姚哥却阻止了她。他们的目的是要钱,只要段凌风肯给钱,他想和许兰芽说几句话也无所谓,而且他们把兰芽拉到电话前来的目的就是要让她跟段凌风说话,来证明这个女人确实在他们手里。

于是,兰芽就被拽到了电话前。

她的心里欣喜不已,因为她现在需要的就是跟段凌风说话。但是她的表情却尽量维持着波澜不惊的样子,不让那些人起任何疑心。

电话那头安静了很久,两人都静默着。过了好一会儿,段凌风终于说话了:"许小姐。"

兰芽暗暗握住了拳头,轻声说:"段先生。"

"不用担心,我很快就会来。这些人只是想要钱,他们不会伤害你的性命,不用害怕。"

黛西在旁边发出一声嗤笑,暗讽段凌风挺识时务。

兰芽深吸一口气,鼓起勇气,说出了刚才就想好的台词:"我知道,我……会等你的,我还等着和你一起去刷月光堡垒的副本。"

电话那头,段凌风似乎愣了一下。他好像在思索着兰芽话里的意思,两人再次不约而同地沉默了。

这微妙的气氛维持了一会儿,似乎让那些人挺不爽。姚哥狠狠掐断了电话。

"呵呵,好一对狗男女,这种境地下居然还有心情刷副本。"小龙冷笑一声,一把抓住兰芽的胳膊,"走!滚回去!钱送来之前你一

步也不准离开房间!"

兰芽被推搡着,跌跌撞撞地回到了房间里。

门砰的一声被关上,周围再次陷入寂静。

兰芽心里不安极了,虽然段凌风头脑聪明,但是她能听懂自己话里的意思吗?不知过了多久,兰芽迷迷糊糊地睡着了。

等兰芽醒来,天已经彻底亮了,那些人没有再继续吃喝玩乐,贪婪地等待着段凌风把巨额赎金送上门。兰芽心中充满了不安,她爬起来慢吞吞地踱步到窗前吹风,让自己冷静一下。

兰芽被囚禁的房间在三楼,周围没有任何出入口,唯一的门就是外面的正门。这种房型结构很难说对哪方有利,既能让外面的人无法从其他地方进来,但也可能会使绑匪自己无处可逃。

眺望着楼下,兰芽心里一惊。她突然看见下面好像有动静。

那是一个人……不,不止一个人。有好几个人正躲在暗处偷偷观察地形,看见兰芽,其中一人朝她打了个手势。

兰芽心中大喜,立刻用力朝他们招招手——太好了,段凌风听懂了她的暗号,他知道该怎么做!

努力平复自己激动的心情,兰芽回到房间等待着。

正当兰芽思索的时候,外面突然传来动静。那些人全都发出惊喜的呼声,一边喊着"来了",一边乱作一团。

似乎是段凌风来了。

兰芽凑到门前,听见外面的门开了,段凌风被迎了进来,然后外面静默了几分钟。

兰芽竖起耳朵贴在门上,听见有人在压低声音说话,好像在交谈什么。突然传来一阵椅子翻倒的声音,还伴随着黛西的尖叫。

兰芽吓了一跳,下意识地后退了一步,又听见一声沉闷的巨响。

外面乱成了一团,有男人的怒吼和女人的尖叫,还有东西不断被扔在地上,以及肉体被殴打的声音。兰芽手足无措,站在房间里不知如何是好。

对了,逃!趁外面混乱的机会,她得赶快逃,楼下应该已经准备得差不多了,她……

正当兰芽这么想的时候,房门突然被人一脚踹开了。

黛西气势汹汹地闯了进来,只见她发丝散乱,衣襟敞开,面目狰狞,眼下一个乌青,整个人都像被胖揍了一顿。那副样子让兰芽既吃惊又好笑,差点就笑出声来。而在她身后,外面的房间已经一片狼藉,好几个人正扭打在一起,分不清楚谁是谁。

"你这个贱人!跟段凌风狼狈为奸!我饶不了你!"黛西指着兰芽尖叫,一副泼妇的样子,连最后一丝矜持也抛弃了。兰芽警戒地站在沙发后面,心里是说不出的憋闷,明明是她自己跟卫小飞那伙人狼狈为奸,给风讯公司造成了极大的损失,居然还有脸反过来指责她?

"外面出了什么事?"她尽量冷静地问。

"出了什么事!你还有脸问出了什么事!"黛西尖叫着,"段凌风带人杀过来了!一分钱都没有!我饶不了你们,我饶不了你们——"

一边歇斯底里地大喊,她一边不知从什么地方摸出一把枪,黑洞洞的枪口对准兰芽。

"你干什么?"兰芽不安地看着她,她发现黛西的手在剧烈地颤抖着,这种情况下是很容易走火的。

"嘿嘿,怕了吧,"黛西冷笑,"你就是我们最后的杀手锏,只要有你在我们手里,段凌风再厉害也不敢动我们一根汗毛!"

兰芽冷冷地注视着她:"黛西,你听我说几句话吧。"

黛西咬牙:"说什么?!"

"现在就放下武器自首,警方说不定还会宽大处理。"兰芽一边说着,一边不动声色地向后退,慢慢退向窗口。

情绪已经彻底失控的黛西,脑袋里已经一片混乱了。她并没有意识到兰芽的动作有什么不对劲,兀自双手颤抖地握紧枪,狠狠地瞪着她，眼神狰狞。

"自首？自首！这种话真亏你说得出口！你以为事到如今，我还有可能有机会自首吗？！"她咆哮着，"从我们被段凌风从风讯公司赶走的那天，就什么机会都没有了！行内的消息传递速度也远比你想象中快，虽然我们只是被辞退而已，但事实上，我们根本无法在这行混下去了，没有公司会收留我们！"

"但这不是你们自找的吗？"兰芽觉得有些可笑，"风讯没有错，是你们自己暗中搞鬼，吃里爬外，拿着段先生给的薪水却还背叛他，跟敌对公司暗中勾结。干了这种事情，只是把你们辞退而已，这种惩罚我觉得真是太轻了，你们还不知足？"

"呸，你懂什么！"黛西啐了一口，"天真的蠢女人，你别以为段凌风是什么好东西，大家都是为了利益而已，他也不例外！环球集团里一直有人想搞死段家，我们只不过是被人派出来充当了炮灰！"

"什么意思？"兰芽不解地皱眉。

"什么意思？"黛西冷笑，"要是你今天有命活着从这里出去，以后也有心情跟段凌风继续搞在一起，自然就会知道的！现在你给我滚过来，不然小心我一枪打死你！"

此时，兰芽已经站在了窗边。黛西的威胁对她已经不能起到任何作用，因为"有些东西"已经在下面等她。

"我不会滚过来的……后会有期。"朝黛西微微一笑，兰芽突然一个翻身从窗口跳了出去！

不过是眨眼工夫，长长的黑发在黛西眼前一晃，瞬间消失了。

黛西愣了一下，猛然尖叫起来："白痴！这里是三楼——"

她扔下枪冲向阳台，以为会看见血流满地的场面，然而，映入眼帘的情景却让她大吃一惊——

兰芽的身体在空中迅速下坠，长发在风中飞舞着。

眼前的一切好像是慢镜头，她看见久违的蓝天白云，看见那温暖的阳光照耀着自己。厂区陈旧的建筑好像是一块黑压压的石头，黛西愣愣地站在三楼的阳台上，表情惊悚，那扭曲的面容在兰芽的视线里越来越小，越来越模糊……

随着沉闷的一声，兰芽的身体重重跌进了一个柔软的东西里。

那是安全气垫，虽然从10多米的高空摔下来，就算有气垫的衬托也把兰芽痛得够呛，但总算平安无事。还没等兰芽爬起来，就有几个警察从四面八方围上来，把她牢牢地护住。

两个医护人员抬着担架不知从什么地方出现，迅速而仔细地给兰芽做了身体检查，确认她心跳血压一切正常，全身上下也没有骨折以后，就把她送上担架抬走了。

这一切，黛西都在阳台上愣愣地看着，而兰芽也目不转睛地望着她。就在医生给兰芽量血压的时候，她看见有人把黛西拽了回去。

一切都结束了。

兰芽疲惫地闭上眼睛。这次算是她运气好，传递给段凌风的消息他顺利接收到，而且也听懂了。

月光堡垒副本是幻剑3里一个著名的夫妻副本，参与人数限制为夫妻二人。按照副本剧情，某日夫妻路过一栋巨大的旧屋，女玩家突然被不明人士掳走，囚禁在旧屋的某个房间之内。这栋旧屋上下十层，有上百个房间，内部结构错综复杂，宛如迷宫。而在这个迷宫内，男玩家需要一边与女玩家进行灵魂交流（其实就是私聊），一边根据女玩家给出的线索，确认她到底被关在哪个屋子里。

副本中，女玩家被囚禁的地方是固定的，是面朝东方，能看见太阳升起的一个房间。然而男玩家进入旧屋之后，面对的迷宫构造却是各不相同，最初根本不知道自己身处何方。

所以，月光堡垒副本是一个考验男玩家智商的副本，兰芽故意在电话里对段凌风提起这个副本，是为了向他告知自己的所在地。

她被囚禁的房间就和月光堡垒的房间一样，是一个能够清楚看到日出的房间。段凌风明白了这一点，也找到了这个房间，并且事先布置好了安全气垫，让兰芽安然脱身。

真幸运。

获救之后，兰芽立刻被送上了救护车，前往医院接受进一步的检查。车上除了医护人员还有一个留板刷头、看起来很有活力的陌生青年在等待着。

一看到兰芽，陌生青年就热情地自我介绍说他叫秦渊，是幻剑3里曾经跟兰芽组过队的墨本清源，也是段凌风现实中的朋友。

救护车拉响了急救灯，白色的车子呼啸着离开旧厂区，离开了这个让兰芽充满噩梦的地方。

"段先生呢？"兰芽看着秦渊，有气无力地问。

"呃，凡是关于他的问题，我不能回答，这是事先说好的，"秦渊摸摸鼻子，"等他忙完之后，自己会来找你。"

兰芽想问他在忙什么，想起秦渊刚刚才说过有关段凌风的问题不能回答，只能把到了嘴边的话又咽了下去，换了一个问题："那……你们怎么会这么快找到我的？"

秦渊嘿嘿一笑："运气好而已，其实在他们打那个索取赎金电话之前，我们就已经知道了他们的大致方位，报了警，自己也行动了起来。"

"你们是怎么知道方位的？"

"全靠风讯公司发的手机里，内藏的GPS定位功能啦。"

兰芽恍然大悟。

风讯公司的福利很好，发手机就是其中之一。凡是新入职的员工，都会得到一部高端品牌的崭新手机，每月附送一定的话费。按照段凌风的说法，风讯是一家小型公司，办事灵活而且突发事件多，经常需要员工救火，因此公司发的手机里预先安装了GPS定位系统，以便能够随时随地找到人。

不过，这个救火似乎仅仅针对程序开发部的人而言，只有他们会没日没夜地干活。至于行政和市场之类的部门，至少在兰芽就职的几年里，根本就没用过这个系统。

长此以往，大家基本已经遗忘了这个功能。

按照秦渊的说法，周六下午，段凌风就接到了索要赎金的电话。他首先想到的就是用GPS搜索黛西这些人的所在地，幸运的是，一下子就搜到了。

参与绑架兰芽的除了黛西、小龙和姚哥之外，还有几个离职的市场部成员，其中有人还在使用公司的手机，就被段凌风逮了个正着。

报警之后，段凌风就跟警方一起研究了旧厂区的构造图，并且在附近不动声色地勘察了一番，确认那些人确实就在里面。而之后，兰芽所传递的那个月光堡垒的消息，则让段凌风推测出了她被囚禁的具体房间，所以，能够事先作好营救她的准备。

其实这个计划依然有风险，大家都没有想到黛西手里有枪。幸好黛西也不想杀人，并没有开枪射击兰芽，如果她真的开了枪，后果不堪设想。

想到这里，兰芽不禁一阵后怕。

很快，救护车就赶到了医院，而得到消息的胡雪嫣不久之后也冲到了医院，抱着兰芽哭了半天，一副劫后余生的样子。

胡雪嫣告诉兰芽，她参加同事聚会的第二天一早就返回家里，见兰芽不在，以为她出去了，但晚上还不回来，电话也打不通。直觉敏锐的胡雪嫣立刻意识到有问题，凭兰芽的性格绝不可能不跟她吭一声就突然失踪，肯定是出事了。

于是，胡雪嫣以最快的速度报了警，同时立刻回家检查兰芽的电脑。因为兰芽的手机被她带走了，电脑是她唯一会使用的通讯设备，上面可能会有线索。

事实也让胡雪嫣大有所获，兰芽的游戏和QQ在家里都是自动登录的，胡雪嫣不需要密码也能进入。她先在游戏里看到了兰芽跟一剑天下的聊天记录，大神的语气确实怪怪的；而接下来，大神在兰芽失踪的第二天中午，又在游戏上问她在忙什么，怎么没上游戏也不上QQ。

奇怪的是，在兰芽的工作QQ里，胡雪嫣看到了一剑天下在前一天晚上找过兰芽，并且说想跟兰芽在现实里见面。

这是怎么回事？按照他们谈话的时间和内容，时间线应该是这样的——

周五中午，一剑天下拒绝了兰芽的邀请，不想跟她在现实里见面。

周五晚上，一剑天下改变主意了，说是愿意见兰芽，理由是知道了她的真实身份，而兰芽也答应了。

周六中午，一剑天下问兰芽为什么不上线，没有谈起昨晚他们见面的事情。

从大神的语气中，似乎并没有迹象表明他们曾见过面，胡雪嫣甚至隐约感觉到，一剑天下似乎根本不知道见面这件事。她也来不及多计较，分别在兰芽的游戏账号和QQ账号上，以自己的名义向一剑天下问起了兰芽的事情。

当然，兰芽的工作QQ和游戏QQ上都有名为【一剑天下】的人，而且账号不一样。那个时候，胡雪嫣也不知道工作QQ上的那个人是小龙假扮的，直接给两个QQ都发了消息。

小龙没再使用那个QQ，自然没人回应胡雪嫣。但游戏QQ上的段凌风却立刻有了回音。

沟通以后，胡雪嫣终于得知段凌风就是一剑天下，也震惊地知晓了兰芽被人绑架的事情。段凌风也曾想过要联络兰芽的朋友，正在到处找人的时候，胡雪嫣居然主动找上门来了，自然再好不过。

在脾气直爽的胡雪嫣眼里，段凌风就是一个品行低劣的人渣，两人相识以后，她免不了要把段凌风大骂一顿。而段凌风也没什么可辩解的，低眉顺眼地被胡雪嫣骂完之后，让她在家里冷静地等消息，千万不要乱跑。

自从兰芽被绑架以后，她的手机就再也打不通了，远在他乡的兰芽父母联系不到兰芽，打了胡雪嫣的电话问她到底是怎么回事。他们还不知道兰芽换了工作，也不知道她跟胡雪嫣住在一起，只是因为他们两家从小就认识，第一念头就想到了这个兰芽从小到大的好朋友。

胡雪嫣当然不能说实话，不然两位老人绝对会心脏病发作。她只能欺骗他们说兰芽的手机坏了，正在修理，等修理好了之后，肯定会打电话回家的。

在应付二老的过程中，胡雪嫣在心里气得直咬牙，假如这次兰芽有什么三长两短，她这辈子跟段凌风没完！

还好，一切都结束了，兰芽平安归来，绑匪也悉数被捉拿归案。

后来，警察来到了医院，在病房里直接给兰芽录口供。他们经过确认归还了兰芽被绑匪们抢走的东西，包括手机、钱包和一些首饰。兰芽检查了一遍，确定东西一样不缺，全部都回来了。

拿到这些东西后，兰芽第一时间打了电话回家，当然是按之前胡雪嫣找的借口和父母解释了一番。

一场噩梦终于落幕。

Chapter 22
太子爷的忧郁

在这起案子中，兰芽因为头部受到击打而造成轻微的脑震荡，此外在跳楼逃生的时候没有掌握好角度，造成全身多处软组织挫伤。而且，因为长时间被监禁，她的全身都出现了脱水的症状，所幸这些伤都不是致命的，只要休息几天就能痊愈。

德意公司听闻兰芽受伤的消息之后,也派人前来探望。因为不想引起麻烦,兰芽和胡雪嫣编出一个谎话,说是在楼梯上被人碰撞,不小心摔下来受伤的。毕竟绑架这种事情可不寻常,被人知道变成话题的话,会很麻烦。

看起来段凌风也是这么想的,自从兰芽住进医院之后,只有警方前来录口供,然后就没有下文了。没有任何人来骚扰兰芽,也没有媒体介入,什么都没有。

绑架事件就像一场虚幻的梦境似的,从所有人的记忆里消失了。

兰芽知道,这是段凌风不希望他们这些人的生活受到影响,过去的就让它过去吧,用不着再挖开伤口给别人看。但是,并非所有人都一无所知,低调的消息还是有的。

过了几天,兰芽从报纸上看到一条新闻,说警方近期在本市捣毁了一个暴力团伙。照片里双手被铐住、一脸垂头丧气的正是姚哥,黛西和小龙这些人也满面沧桑地跟在后面。

原来,这件事是被当暴力团伙来结案的。

而在兰芽看到这条新闻之后,过了不久,警方又一次来到了医院。

这次的目的是为了确认兰芽对绑架事件有什么想法,希望有什么样的赔偿。

警方告诉兰芽,几个月之前他们确实捣毁了一个暴力集团,但是因为那件案子涉及的人员复杂,犯罪分子又十分狡猾,并没有将所有人一网打尽。这次策划绑架她的姚哥,就是其中之一。

姚哥是警方重点抓捕的犯罪分子,之前一直隐藏着自己的行踪,让警方无计可施。这次兰芽的事情,他放松警惕现身动手,才给了警方将他捉拿归案的机会。

根据黛西的口供,她与姚哥相识多年。在凤讯公司就职期间,黛西因为赌博欠下大量债务,因为偿还不起而受到债主的纠缠,是姚哥帮她解了围。他们之间可能有些不清不楚的关系,但是兰芽并不关心。

她只为黛西感到遗憾。黛西是金牌销售出身，原本是各公司竞相争夺的人才，却因为本身好吃懒做，想要不劳而获，才落到了今天的境地。她这一路上一直有很多机会可以回头，然而她却放弃了所有机会，选择了最糟糕的一条路。但是，兰芽并不会同情这种人，她完全是咎由自取。

为兰芽讲完案件的大致情况，警官问："那么，许小姐，您是否要向犯罪嫌疑人索求赔偿？我们会在公诉中通过律师提出。"

兰芽想了想，摇头："不，我不需要钱，给予犯罪分子应有的惩罚就够了。"

警官笑笑："许小姐，您跟段先生的想法真是不谋而合？"

"什么意思？"

"段先生同样不需要赔偿，他只要求法律给犯罪分子最严厉的惩罚。既然你们没有经济上的要求，最终对嫌疑人可能会从重处罚。"

兰芽若有所思地点点头，这倒是挺符合段凌风的办事风格。估计他对黛西等人痛恨已久，而那些人也实在太过分，不断挑战他的底线。因此段凌风也忍耐到极限了，干脆趁着这次机会将他们一网打尽。这真是黛西等人自找的。

想到这里，兰芽突然意识到一件事："对了，警官先生，您知道段先生最近在忙什么吗？"

警官觉得挺奇怪："段先生还没出院，能忙什么？"

兰芽一惊："他住院了？怎么回事？我怎么从来没听说过？！"——难怪自从那通电话交流之后，她压根就没见过段凌风，之前还以为他在处理绑架事件的后续工作，原来他住院了！

交赎金那天他肯定是亲自现身，难道是混战中受伤了？

看见兰芽一阵青一阵白的脸色，警官意识到自己说漏了嘴，连忙解释："其实也没什么大事，段先生就是受了一点皮外伤。不过，你们不是两口子吗？原来你不知道？"

兰芽满脸困惑："什么两口子？他是我以前公司的老板。"

"原来不是两口子啊，哈哈，抱歉我误会了。"警官尴尬地笑笑，"那么我就告辞了。在案件调查的过程中，有关您的部分已经全部完成了，将来出庭的时候也会有律师代理，您不需要再介入这起案件。就请您在医院里好好静养，然后忘记这件事，继续回到以前的生活吧。"

兰芽点了点头。

她想打听一下段凌风住在哪间病房，但觉得向陌生人打听这种事又不太礼貌，就作罢了。

至此，兰芽被绑架的事件，彻底落幕了。

不过虽然没向警察打听段凌风的事，可不等于兰芽不会向别人打听。等到胡雪嫣又一次来看她的时候，兰芽就把这个艰巨的任务光荣地丢给了她。

胡雪嫣的八卦之心可比兰芽强得多，立刻屁颠屁颠地调查去了。也不知道她用了什么办法，20分钟以后就把段凌风的病房打听清楚了。

外科，20楼2003室，是一间高级单人病房。

兰芽的房间也是单人病房，她想象不出高级该是个什么样子。她想让胡雪嫣陪着自己一起去壮壮胆，胡雪嫣却嬉笑着说："你们是两口子，我横插在里面算啥呀。"

兰芽瞪了她一眼："就你贫嘴！"然后就一个人跑掉了。

只是游戏里的两口子而已，较什么真呢。

坐电梯到顶楼，再七拐八拐，兰芽总算找到了传说中的高级单人病房区。这里与其说是病房，似乎更像高级酒店。

寂静的走廊里空无一人，地板上铺着厚厚的地毯，两边还摆放着郁郁葱葱的绿色植物。门是桃木的，每个房间的门牌号四周还雕刻了花纹，暴发户的世界啊！

她按照胡雪嫣给的病房号码一路找过去，很幸运地发现病房的门开着。一眼望进去，里面宽敞明亮，简洁低调，天蓝色的装饰风格让人眼前一亮。

段凌风正躺在床上闭目养神。

兰芽曾经以为，他们再也不会见面了。但是，现在他却清清楚楚地出现在了她的面前。一个多月不见，段凌风似乎脸色不太好，下巴上带着青色的胡茬儿。他的右手和左脚上都吊着绷带，额角也贴着一块纱布，看起来受伤的地方不少。

看他睡得挺熟，她就蹑手蹑脚地走了进去。

床头柜上摆满了鲜花、水果和各种营养品，都是探望病人常见的礼品。因为东西太多堆不下，连地板上都是。

走到段凌风床前，兰芽拖来一张椅子，坐下来默默地看着他。

就是这个人啊……在幻剑3里跟她并肩作战、形影不离、经常亲热地老婆来老婆去的大神一剑天下。也就是这个人，她曾经一直都很尊敬和敬仰的老板，却也是促使她离开风讯的帮凶。

他可恨吗？讨厌吗？令人生气吗？

似乎并没有。

与之相比，兰芽心中更多的似乎是迷茫。经历了这么多的事情，她有些不知道该如何再次面对段凌风，他们的关系也好像无法再用一个简单的"上司和下属"来描述。

兰芽知道，无论如何，段凌风对她来说是一个非常重要的人，而且这种重要，并不像她跟胡雪嫣那样热烈的友情，也不像她跟莫问衡那样哭笑不得的欢喜冤家。她和段凌风有着更加复杂的关系，那种让兰芽看不透的复杂，使得她无法忘记段凌风。

就算她离开他，他也不可能从她的记忆里消失。

有趣的是，兰芽虽然无数次猜测过一剑天下的真实身份，而那个身份也让她大感意外，可她并没有生气，也没有想要质问段凌风为何隐藏身份蒙骗她。这或许是因为经历了劫后余生的绑架事件，游戏里的一切已经不那么重要了。又或许，兰芽心里曾经有过那么一丝期待，期待游戏里叱咤风云的大神，现实中也会是一个迷人的男人。

段凌风确实很迷人。

就在兰芽胡思乱想的时候,床上传来响动,段凌风醒了。

他的眼神朝四周茫然地环顾了一会儿之后,慢慢定格在了兰芽的身上。兰芽背后一紧,一下子也不知道该说什么才好,两个人就这样默默地对看着。

看着段凌风略显苍白的脸,兰芽深感不安,犹如芒刺在背。情急之下,她不由自主地又犯蠢了:"我……削个苹果给你吃?"

段凌风的表情僵硬了一下,不过很快就恢复了正常。

"我刚才还在想……自己是不是在做梦。"他轻声说。

"当然不是了,我这种人怎么可能被你梦到,"兰芽继续说蠢话,"你真的不吃苹果?"

"不吃,"段凌风显得很头疼,"每个来看我的人都要削苹果给我吃,都快吃吐了。"

这就是电视剧看多了的后遗症吧。

兰芽在心里无奈地想着,几乎每部电视剧里的住院情节,都有家属朋友给病人削苹果的剧情,所以大家都这样效仿了。

想到段凌风一脸菜色地吃着一堆苹果的画面,兰芽差点笑出声。

"那我不削苹果了,你想吃什么?"她问。

段凌风想了一会儿:"随便找个贵的吧。"

……还真是言简意赅的表述呢。

兰芽转过头,四下张望着寻找最贵的水果,最后视线落在一篮子包得严严实实的榴莲身上。那东西她只见过没吃过,看那奇葩的外形,估计挺贵的吧。

看见兰芽盯着榴莲若有所思的样子,段凌风说道:"饶了我吧,我不想被熏死,换一个。"

最后被选中的是樱桃。

兰芽把樱桃仔细洗过,装在碗里,看着段凌风用没打绷带的手拿着樱桃放进嘴里,忍不住问:"你的伤是怎么回事?"

反正他们现在也不是上司和下属的关系了,也没必要再态度恭敬地用什么尊称,兰芽的口气就随便了起来。段凌风似乎也不在意,叹息了一声,说:"没什么事,一点小意外。"

"一点小意外需要打这么多绷带?"

"真的没什么事,医生和家里人太大惊小怪了而已。打架受伤真的挺常见,只是一点皮外伤而已。"

"打什么架?"兰芽一下子紧张起来,"那天在外面的房间跟黛西等人打起来的果然是你?"

"不止我一个人,"段凌风看了她一眼,"而且我可没打女人。"

"不管你打了谁,反正就是打了吧!"兰芽提高了声音,"你都已经报警了,为什么还要掺和到这种事情里来?让警察负责不行吗?你乖乖站在旁边看不行吗?"

段凌风看着兰芽,好像是不太明白她为什么这么生气。

良久,他把头转向窗外:"有些事情,光看着别人去做并不能觉得满足。我并没有你想象的那么宽容大度,对于那些人,我已经忍耐得够久了。"

"但是……但是,你也不能这么莽撞啊。"兰芽放低了声音,"你知道吗,黛西手里有枪。其他人我不清楚,但他们手里可能也有别的武器。万一他们那时被逼上绝路,狗急跳墙的话……"

段凌风没有说话,只是听到"枪"这个字的时候,他的肩膀突然微微颤动了一下。过了一会儿,他又叹了一口气:"是的,你说得对。是我太冲动,我真是一个傻瓜。"

兰芽刚在庆幸段凌风认识到了自己的错误,他又说:"不过,我不是后悔跟他们打架,而是在确认你的安危之前就动手了。是我太生气,生气他们对公司的所作所为,更生气他们对你的伤害,所以,在看到他们的那一刻我控制不住自己,一不小心就……"

"你的生气差点害了我!"兰芽喊了起来,"就跟那天在会议上

一样,我知道你明白我的苦衷,也知道我是清白的。可是你的好心并没让你采取正确的方法,你的好心反而把我送进更糟糕的境地,我宁愿你不要这么在乎我!"

段凌风沉默了。

兰芽继续说:"为什么你会这么不冷静呢?我相信你有更好的手段可以把犯人绳之以法,为什么你却没能做到?我很感谢你能在意我所受的伤害,但是……但是……我真的不想看到你对我的善意扭曲成为一种伤人的武器。相比较被别人伤害,我……更不想被没有恶意的你伤害……"说到最后,兰芽忍不住哽咽起来。

曾经遭受的种种羞辱和委屈,再一次浮现在她的脑海里。黛西的白眼、市场部的刻薄嘲笑、同事们怀疑的眼神、段凌风冷漠的态度……还有在封闭的室内醒来那一刻的恐惧、身处险境的无助……所有的一切都像一把把锋利的刀,深深刺在兰芽的心里。

看着兰芽的表情,段凌风心中一颤。

他情不自禁地伸出手,轻轻盖在了兰芽的手背上。兰芽一惊,抬起头的时候,只看到段凌风不自在地避开了她的视线。但是那掌心温暖的热度,还是通过手背源源不断地传递到她的身体里。

好温暖的手。

"我……真是个蠢货啊,"低头望着雪白的被单,段凌风低声说,"我曾经以为自己是个了不起的人,以为自己是有多么沉着冷静,运筹帷幄。可是,当真正需要我的冷静的时候,我却把事情……搞得一团糟。都是我的错,我……对不起你……我也不知道,在面对跟你有关的事情上我怎么会这么蠢,真是……对不起了。"

兰芽默默地抽回手,她觉得有些尴尬。

反正事情都已经过去了,也没有必要再反复计较。

她笑了笑:"算啦,我也只是发泄一下而已,毕竟这么奇妙的经历也不是人人都能有,就算我跟别人说,人家也不会懂。最重要的是,这一切都结束了,我还是我,你也还是你,今后我们还是朋友。

但无论如何，我是不可能再回风讯公司了，这一点请你记住，不要试图说服我。"

段凌风怔了怔，随即回头对兰芽苦笑一下："明白了，我记住了。不过，我本来就没打算说服你回风讯，因为，我很快就没那个资格了。"

"什么意思？"兰芽一惊。

"我要卸任了，不再担任风讯的老板，环球集团有新的任务在等着我。"

"环球集团？"兰芽想起之前从黛西口中也听说过这个名字，还说段凌风是太子爷什么的，于是，她脱口而出，"你要继承环球集团了？"

段凌风一愣："继承什么？你从哪儿听来的？"

兰芽挺奇怪："你不是环球集团的太子爷吗？"

"你这是从哪儿道听途说来的消息？"段凌风苦笑，"环球集团又不是一个人或者一个家族的产业，何谈继承？"

"不太明白。"兰芽摇头。

"环球集团这个名字，你到底是听说过没有？"

"听说是一个历史悠久、规模庞大的集团产业。"

"差不多吧，环球集团的历史已经有几十年了。与集团相比，它更像一个联盟。"段凌风说着看看兰芽，见她一脸好奇的样子，就继续说下去，"最早的时候，有一些人在商业圈子里崭露头角，他们有的资金雄厚，有的关系够硬，有的头脑聪明。为了更好地整合资源，这些人就联合起来成立了环球集团。时过境迁，当初的几个人已经扩展成了几个家族，环球集团也变成了一个规模庞大的商业联盟。它不像一般的企业那样有总裁或者董事长，而是一个由十几个人组成的董事会，凡是重要的事务都要由董事会开会决定。"

"那么，你们家也是其中之一？"

"是的，所以太子爷这种称呼是不准确的，在环球集团里，确切地说,没人能担得上这种身份。"

"虽然不太明白,不过听起来很厉害的样子的啊。"兰芽冒出了星星眼。

"没什么厉害的,"段凌风苦笑,"这些年来,董事会内部斗争激烈,每个董事都想占据更多的股份,并且分裂成了很多派系,每一派系的人都想把对手挤出环球集团。我的父亲7年前因脑溢血去世,竞争对手立刻乘虚而入,想要夺走我们段家在集团中的股份。他们在董事会上唱红脸伪装好人,以辅佐支持我的名义,硬是将很多他们的人塞进风讯公司。那时候公司刚起步,各方面都不健全,我也分身乏术,没有余力对抗他们。时过境迁,当初起步时候留下的这个问题成了风讯的顽疾,这造成的后果是不管我的技术能力有多强,风讯的财务大权依然掌控在环球集团的一部分人手里。这一点,恐怕你从莫问衡那里已经知道了。"

兰芽茫然地点点头。

段凌风继续说:"但就算这样,那些人还是不罢休,他们从风讯的盈利之中看到了游戏市场的前景,想要把我赶走,全面接管风讯公司。正在这个时候,你的前任上司叶婷怀孕了,环球集团就是找准了这个机会,把属于他们那一派的莫问衡给塞了进来。"

"那……难道市场部的黛西等人也是……"

"虽然没有确切证据,但黛西那伙人是人事部做主招聘来的,而人事部里有当初环球集团硬塞进来的人。再加上卫小飞后来的所作所为,我大致可以确定这是集团的人在背后搞鬼。"

兰芽觉得后背发冷。

她没有想到,一个小小的风讯公司,背后居然隐藏着这么多商业阴谋。

"但是你就心甘情愿这样吗?"她接着问,"风讯是你一手创办的公司,但听你现在的口气,好像是不打算再跟环球集团抗争,把公司拱手让人?"

"怎么会？"段凌风笑笑，"公司只是一个名头而已，如果我把该带的人都带走，随时随地都可以东山再起。在卫小飞等人被捕之后，公司的人事情况已经发生了大幅度的调整，而且我走了以后还会继续调整，到最后只会变成一个彻彻底底的环球集团下属公司，真正属于我的人，一个都不会留在那里。"

兰芽惊讶地捂住嘴："你准备走了以后偷偷挖墙脚？！"

"那可不算挖墙脚，只是正常的人事变动而已，我不会让股东们知道离职的那些人都去了哪里。"

"可是还有莫问衡在呢，他是环球集团的人，难道不会觉察到你的小伎俩？"

"关于这一点，我已经旁敲侧击过了，他似乎只在乎公司的财务问题，并不在意公司的人员流动。我就当他是装傻吧，因为我已经暗中调查过了他的情况，他只是被环球集团雇来的，并没有无条件地效忠他们。所以，他只是看起来可疑，实际上并没有什么威胁。"

段凌风和兰芽的看法一样，在兰芽跟莫问衡一起工作的这段时间里，她发现莫问衡虽然看起来挺讨厌，事实上却并没对她做什么过分的事情，只是单纯地处理好自己分内的工作而已。而且，在咖啡馆的那一席谈话之后，她更是觉得莫问衡说不定是个好人，只是不肯把自己好的一面坦诚地表达出来。

"不过，你把这么多事情都告诉我，放心吗？"她狐疑地问，"你不怕我说出去？"

"有胆子的话，你就随便说，"段凌风幽幽地说，转而又微微一笑，"不过，我想你肯定不是这种人。"

兰芽汗颜，这到底是在威胁她呢，还是在信任她呢？

"事情的大致情况就是这样，"段凌风继续说，"我很抱歉把你卷进这些麻烦里来，这些事里最无辜的就是你了。不过我不会让你白白受损失，等到我痊愈出院之后，会到环球集团去一次，把你受委屈和被绑架的遭遇说清楚，让股东好好补偿你。"

"我也一起去行吗？"兰芽脱口而出。

"你？"段凌风一愣。

"是啊，听你的口气，那些股东老奸巨猾，光凭你一面之词说不定他们会为难你。如果有我这个当事人作证的话，一切就会方便很多吧？"兰芽笑笑，"而且有了我亲自现身，也许还能得到更多的补偿？"

"哦？"段凌风又一愣，"我还以为你会大发善心，谢绝赔偿要求的。"

"为什么要谢绝？"兰芽反问，"他们算计了你，也伤害了我，为什么还要我大发善心？"

"也是啊……"段凌风怔了一会儿，如释重负地笑笑，"多谢你直爽的态度，如果你好心地谢绝赔偿，我倒不知道怎么办才好了。"

"不会的，"兰芽摇头，"我不是那种受了欺负还任人宰割的软柿子。"

"但是那时候我没有站出来为你说话，你并没有和我计较，反而一个人逃走了？"段凌风打趣。

"那是因为……"兰芽一阵恼羞，"我也说不清楚，我也不知道为什么，我明明不是那种胆小怕事的人，连被绑架的时候也没有害怕得不知所措，甚至还想过跟他们单独打一架，然后逃出去。但是面对你的时候，我却不知道该怎么做才是合适的，脑子里只想着要逃避你……"

段凌风静静地听着兰芽的倾诉，兀自沉默着。

兰芽说完以后，也略微觉得丢脸，低头不再吭声。

两人就这样谁都不说话，良久，气氛渐渐尴尬起来。兰芽不明白段凌风为什么不说话，也不知道他是不理解，还是在心里嘲笑自己的失态，只能站了起来，因为她看见查房的护士一直在外面徘徊，自己似乎在病房里打扰了太久。

"那么，我先走了，你好好休息吧。什么时候定下了去环球集团，再联系我。"她说着，转身就走。

"……我，何尝又不是这样呢……"就在这时，段凌风突然又幽幽地开了口。

兰芽一惊，回头看见段凌风正望着窗外，看不见他脸上的表情。

他轻轻地说："……那个时候，你一声不吭地离开了风讯公司，凭我的能力把你找出来原本是不费吹灰之力的。我可以直接去德意公司找你，甚至可以让他们不雇用你，被迫让你接受我给你安排的职位——其实，那时候我早已有了建立新公司的想法，也想把你一起带过去，趁着让你被黛西欺负的机会说服你换工作，到一个真正纯净的环境继续协助我。但是不知为什么，我没有那个胆子，我知道自己辜负了你的期待，没有在你需要的时候为你撑腰，这让我踌躇不前，连找到你，对你说明真相的勇气都没有。所以在发现你屏蔽了我的手机号以后，我……就没再采取任何行动。"

兰芽站在门口，心中五味杂陈。最后，她只能笑了笑："算了，都是过去的事情了，还提它干什么呢。"

说完，她就离开了。

Chaper23 K城之行

兰芽伤势痊愈出院了。办出院手续的时候她得知所有的医药费

已经有人预先支付,却怎么也问不出究竟是谁做了这件好事。不过不用想就知道是段凌风做的如此妥善的安排,就是去问他也对不会承认吧。就算承认,他也会说这是一点小小的补偿吧。

兰芽只能让护士带了一些礼物给段凌风,就算是对他的回礼了。

就这样,一切又恢复了正常,兰芽重新回到工作岗位,继续正常地上下班,继续跟胡雪嫣过着愉快的同居生活。

除了胡雪嫣之外,所有人都不知道兰芽在请假期间的真正遭遇,纷纷好心提醒她要当心身体,别太劳累,该休息的时候就要好好休息之类的。兰芽苦笑着接受了大家的问候,暗地里想胡雪嫣到底胡说八道了些什么啊!

而在兰芽等待段凌风联络的时候,幻剑3里始终没有一剑天下的身影,看来段凌风要不就还是在养伤,要不就是忙于工作无暇上游戏。

没有了一剑天下的幻剑3,似乎也不再是完整的幻剑3,虽然线上还有兰芽的其他朋友,但她怎么也提不起劲组队刷副本,每次上线都匆匆做了一下日常任务就百无聊赖地下线了。胡雪嫣也发现了她的异样,嘲笑她是不是爱上了大神,而兰芽在一次次上线时候的期待和下线时候的失落中,也逐渐发现自己的确无法反驳胡雪嫣。

她想见段凌风。虽然她不知道这种感觉算不算是爱,但可以肯定的是,她对段凌风的感情和对别人肯定是不一样的,甚至比对闺蜜胡雪嫣还要强烈。

胡雪嫣对此感到愤怒,强烈要求兰芽滚回原来的住处,继续跟段凌风伪同居。兰芽知道胡雪嫣这么做也是为了她好,感情的真相必须自己直面去确认,光逃避是永远也解决不了问题的。

一周以后,在某个周五的午休时间,兰芽终于接到了段凌风的电话。他已经出院了,也收集好了足够的证据,与股东们约定周日中午在环球集团见面,解决这次风讯公司的内鬼事件和兰芽的绑架事件。

兰芽期待已久,果断献出周日宝贵的睡懒觉时间,与段凌风搭乘班机前往K城。那里与兰芽所在的城市相距不远,是国内知名的一线城市,但是兰芽还从未见过它的真容。

一下飞机,她就被豪华宽阔现代化的机场吸引住了,好想在机场的免税店里逛一圈。但段凌风提醒她时间有限,兰芽只能依依不舍地跟着他登上早就在那里等待的车子,以最快的速度前往目的地。

股东们的时间很紧,容不得一秒钟的迟到。

车子在华丽时尚的K城里穿行,喧闹的街道和琳琅满目的商店让兰芽看得眼花缭乱。很快,车子将她和段凌风送到市中心商业区一栋25层的大厦前,这里就是环球集团大中华区总部的所在地。

大厦内部构造奢华而复杂,兰芽之前以为自己就职的德意公司已经很高端了,但与眼前的办公楼比又是小巫见大巫。她晕头转向地被段凌风拖进电梯里直达顶楼,总算到达了旅途的终点。

环球集团的顶楼只有一间巨大的会议室,董事会的成员坐成一排,已经在里面等候。那些人的性别、年龄和装扮各不相同,但外表无一例外的威严,让兰芽觉得有些紧张。

当初大学毕业参加应聘的时候,面对考官她好像都没有这么紧张过。

这时,她在那些人里突然看见一张熟悉的面孔,悄悄拽了拽段凌风的袖子:"我看见伯母了。"

段凌风轻声说:"没错,她目前暂代我父亲的位置,是集团的临时董事。"

段夫人似乎也看见了兰芽,冲她微微一笑,温暖的笑容似乎安抚了兰芽焦躁不安的心,她觉得自己似乎能冷静下来了。段凌风嘱咐了一番让她不要紧张,好好把自己的经历说清楚就行了之类的话以后,跟她一起走进了会议室。兰芽明白自己肩上的重担,她这次并不仅仅是来向股东索要赔偿的,更是作为段凌风的同伴,跟他一起用证据来还原事实真相的。

两人站在会议桌前,接受着股东们的审视。过一会儿,一名头发花白的老者首先开口:"凌风,开场白我就不多说了,你觉得董事会

239

里有人跟你过不去？"

段凌风笑笑，不紧不慢地说："我并没有那样觉得，只是之前，诸位之中的有些人出于好心而在我公司里安排的帮手，却给我的正常工作带来了一些困扰，甚至伤害到了我的员工。所以我今天就把之前提到过的许小姐一起带来了，希望诸位能还给她一个公道。"

老者眯眼看了看兰芽，不冷不热地问："哦？那许小姐，请问你是哪里受了委屈？"

兰芽深吸一口气，尽量冷静地说："我……被绑架了，风讯公司市场部的员工与敌对公司狼狈为奸，泄露了公司的消息被段先生发现并开除。然而，他们不但不悔改，还绑架我并勒索段先生，企图在离开圈子之前最后捞一笔，我……"

不知不觉，她就滔滔不绝地说了起来。其实并不需要什么华丽的言辞，她只要把自己的遭遇清清楚楚地说出来就行了。

听完她的讲述，股东们起先还不当一回事，以询问细节为由向兰芽提出了很多刁钻刻薄的问题，兰芽从来没有被这么多老奸巨猾的商业大鳄围攻过，一时阵脚大乱，说话也语无伦次起来。

涉事的几名股东立刻抓住这个机会，找出兰芽情急之下胡言乱语的矛盾之处，企图将她逼到绝地，被迫承认这一切的遭遇都是自己疏忽导致的，跟风讯公司和环球集团根本没有关系。

这一次，段凌风没有袖手旁观，就在股东们的注意力全部集中在兰芽身上，绞尽脑汁为难她的时候，段凌风从随身携带的公文包里拿出一沓资料，重重拍在了会议桌上。

"诸位，请先安静一下，"他冷冷地环视众人，"因为这次的事件非同寻常，所以我自己暗中调查了一下，并且得到了一些算不上详细的资料，大家可以先看看再问问题。"

兰芽不知道段凌风是什么时候准备了这些东西，但有了资料，形势立刻逆转。

资料中是对风讯公司的部分员工，包括卫小飞、黛西以及人事部招聘专员的一些背景调查。调查不但表明市场部涉案员工是人事部没有经过正规程序招聘上岗的，并且有足够的证据证明他们与环球集团的两名股东——杨某与贺某有直接关系。

更令人惊讶的是，策划兰芽绑架事件的姚哥曾经因抢劫罪入狱，将他保释出狱的也是这两位股东。而经过调查，与卫小飞勾结窃取风讯公司商业机密的是一家名叫飞腾的科技公司，其背后的控股人也正是这两名股东。

证据确凿，什么都不必再说。

此时，兰芽究竟是被人陷害还是自己的责任都不重要了，重要的是有充分证据表明这一切的阴谋都是那两名股东从中作梗。段夫人也适时表达了段凌风父亲重病期间，董事会对段家的一些不公正对待，但那些股东毕竟老奸巨猾，立刻纷纷转变态度，或是撇清自己与卫小飞等人的关系，或是看似真心实意地向兰芽和段家道歉，或是信誓旦旦地要补偿他们。

兰芽看得瞠目结舌，她不知道这些位高权重的股东也能这样无耻。他们的道歉丝毫不能给她安慰，只让她觉得好笑，好笑得就像在看一场戏。

这样一来，到了最后也没有调查出股东之中有哪几个人对段家图谋不轨。但所幸在段凌风的据理力争之下，兰芽得到了比预想中更多的赔偿，也算是没有白来一趟。

"我还有点事，你一个人回去吧。"离开会议室，段凌风一边对兰芽说，一边扬手招来一个秘书模样的女孩子，"回程的事宜，这位林小姐会帮你搞定。"

林小姐走过来，对兰芽客气地笑了笑："许小姐，如果您准备好了的话，跟我说一声就行。当然，现在时间还早，想要在市内逛逛也可以，我会带您去本城著名的特色店。"

兰芽迟疑着："这……还是算了吧，太打扰你了。"

虽然她对K城挺感兴趣，但如果段凌风不在的话总觉得少了点什

么。再说,跟会议室里那些老家伙打交道真是身心俱疲,应付完他们,兰芽感觉比跑了一次马拉松还要累,还是早点回家休息吧。

正当兰芽这么想的时候,她的手机响了。

电话显示来电人是胡雪嫣,连忙接了起来:"喂……"

"喂你个大头鬼啦!"瞬间,电话那头传来胡雪嫣的尖叫声,吓得兰芽头皮一炸。

胡雪嫣叫声的分贝之大,连几米开外的段凌风和林小姐都被吓到了。

兰芽一脸尴尬,把手机举到距离自己尽量远的地方。胡雪嫣也不管兰芽没吭声,就抱怨起来:"你这个只会吃不会干活的懒蛋!周日一声不吭就跑出去算什么意思啦!跑就跑呗,走之前还不知道把我们晾在外面的衣服收进来,下大雨了你知不知道!可怜我昨晚洗了大半夜的大衣啊、外套啊、牛仔裤啊、连衣裙啊,统统都完蛋了!回来不叫你跪搓衣板我就不是人!"

旁边的林小姐扑哧一声笑了出来,段凌风则是无语。

兰芽因为只想着跟段凌风见股东的事情,她早上慌慌张张,一不小心就把收衣服的事情给忘记了。胡雪嫣今天去参加舞蹈课,一早就走了,临走之前还百般提醒兰芽不要忘记收衣服。

呜呜呜,要知道她可是自诩家务一把手,怎么会犯如此大错!

此时的兰芽也顾不上丢脸了,连忙赔笑脸道歉:"对不起对不起,是我不好,只顾着段先生那边,就把我们的家务事忘记了。衣服你都放着,回头我来洗就行了,记得啊!"

"洗你个大头鬼!"胡雪嫣不依不饶,"段先生段先生,就知道你的段先生。干脆你滚回原来的地方去算了,别在我家里碍我的眼!"

说完,她就"啪"的一声挂掉了电话。

兰芽握着手机,一脸悲伤。

段凌风和林小姐则在一旁目瞪口呆,然后,前者对后者使了个眼色，小姑娘就知趣地悄悄退开了。等到周围没人，段凌风觉得讨论兰芽的家务事会有点尴尬，谨慎地说："胡小姐……好像挺生气啊？"

自从绑架事件里的交集之后，他已经对胡雪嫣的声音很熟悉了，知道她是一个性格直爽的人。

兰芽叹息："不用在意啦，她那个人脾气来得快去得也快，估计我回家的时候她已经把衣服都洗好了。"她确实是一点都不在意，她听得出胡雪嫣的主题并不是洗衣服，而是她把段凌风的事情放在第一位。最近胡雪嫣一直督促着兰芽，要她好好想清楚怎么处理跟段凌风之间的问题，逃避不是解决的方法。

而她不知道，此时的段凌风心里也是五味杂陈。其实在绑架事件期间，胡雪嫣就已经跟他谈论了不少事，其中也有怒骂他这个男人没有男人的样子，该胆大的时候胆子大不起来，只知道躲在角落里自己憋屈。

或许，在这一连串的事件里，身为局外人的胡雪嫣反而比他们两个当事人看得更通透吧。

段凌风心里有些愧疚，对兰芽笑笑："既然这样，你就赶快回去吧。"

虽然嘴上没有说什么，但他心里已经有了一个决定，在某个重要的转折点上，他应该踏出第一步。

觉得段凌风的态度有些冷淡，见她被好友骂了居然连一句安慰的话也没有，兰芽不免心中失落。但转念一想，人家是大忙人，肯定还惦记着段家和股东的那些纷争，哪有闲心来安慰她？

想到这里，兰芽似乎也坦然了。

既然胡雪嫣催促，她也不在K城久留了，与段凌风告别之后就随着林小姐离开了环球集团大厦，一路赶往机场。回去的路程很顺利，华灯初上的时候，兰芽已经走在自家的小区里了。

想想还真奇妙，今天她居然去一座陌生的城市出了一趟差。

Chapter 24 他真的爱你

回到家里,胡雪嫣果然消气了,正哼着歌坐在沙发上一边吃零食一边看电视,阳台上刚洗好的衣服正在迎风飞舞。不过兰芽为了赔罪专门买回来胡雪嫣最喜欢吃的芒果慕斯蛋糕也功不可没。

吃完了以后,胡雪嫣提醒:"赶快洗澡换衣开电脑上线刷副本,今晚要出新的双夫妻团队副本,咱们想办法搞到首杀。"

兰芽一怔,这才想起胡雪嫣所说的消息,她好像在官方网站上看到过。但因为最近脑子里都塞着别的事,也就没有在意。对啊,新副本,首杀,这不是她和一剑天下最关心的事情吗?最初他们就是为了这个才联系在一起的。

兰芽以最快的速度把自己上上下下收拾了一番。进入最舒适的家居状态以后,她悠闲地坐在电脑前,一边啃雪糕一边登录了幻剑3的客户端。

挺巧的,段凌风居然在线。这段时间里,兰芽还是头一次上去的时候看到他在线。

她丢了一条消息过去。

【私聊】【赤血蓝牙】:在?

【私聊】【一剑天下】:嗯。

也不用再说什么了,简简单单的一个字,就让兰芽感觉段凌风就在眼前，而对方似乎也是这么想的。段凌风好像已经发觉兰芽知道了自己的游戏ID，但并没刻意提起这件事，这样反倒让兰芽自在很多，如果段凌风非要解释自己大神身份的来龙去脉，她会觉得挺尴尬的。

【私聊】【赤血蓝牙】：今天不忙？

【私聊】【一剑天下】：嗯，大部分事情都告一段落了，上来放松一下。

【私聊】【赤血蓝牙】：以后股东不会再为难你了吧？

【私聊】【一剑天下】：短期内应该不会，但是长期很难说。让我更爽快的是，今后上游戏的时候可以自由自在地说话，不用担心再被人偷窥甚至盗号了。

【私聊】【赤血蓝牙】：哈哈。

【私聊】【一剑天下】：我真佩服自己忍耐了这么久，这个号的得来可不容易。但为了让程序开发部得到更多卫小飞做手脚的证据，我只能装作不知道，让他肆意在我的电脑上横行霸道。可惜的是，为了不让他警觉，我只能把这件事向所有人都保密，结果害苦了你们大家在公司里的游戏账号。

【私聊】【赤血蓝牙】：呵呵，在公司玩游戏本来就是我们不对，怎么能怪你？再说，卫小飞只是偷窥而已，也没对我们的账号动什么手脚，就算啦。

对了，现在可不是聊天的时候，新上线的副本还在等着他们呢。

【私聊】【赤血蓝牙】：你在哪儿？新的双夫妻副本今晚上线，胡雪嫣他们在等着我们组队，赶快去吧。

【私聊】【一剑天下】：你们自己玩吧，我就不去了。

【私聊】【赤血蓝牙】：为什么不去？你累了？

【私聊】【一剑天下】：不，只是突然觉得，副本刷来刷去都一样，没什么兴趣了。

兰芽怔了怔。

【私聊】【一剑天下】：你注意过我们得到的那些成就了吗？

【私聊】【赤血蓝牙】：没有……

老天，每次上线只顾着打怪都来不及了，她倒是真没注意过自己打下来的奖励到底长的什么样子。

【私聊】【一剑天下】：去看看吧，然后跟我说说有什么感觉。

兰芽有点奇怪，按照段凌风的指示打开了奖励成就栏。

幻剑3的奖励系统没什么特色，每得到一个奖励就由系统自动颁发相应的奖章。奖励的缘由可能是做出了一件珍奇装备，到达了某种级别，获胜了多少战斗，也可能是完成了某些首杀。自然，兰芽获得奖励最多的就是副本首杀了。

在首杀奖励专栏里，奖章琳琅满目。它们的外观和名称都各不相同，不过，一眼看上去长得都差不多。如果是让一个没有玩过幻剑3的外行人来看，可能都分辨不出奖章的差别。

兰芽看了一会儿，越看越没劲，越看越无聊。很快，她关掉了奖励栏。

【私聊】【赤血蓝牙】：成就都看过了，觉得只是名字不同而已，其他都大同小异。

【私聊】【一剑天下】：我也这么觉得。

【私聊】【赤血蓝牙】：……

【私聊】【一剑天下】：……

两人不约而同地沉默了。

【私聊】【一剑天下】：我以前从来没看过奖励栏。

【私聊】【赤血蓝牙】：我也是。

【私聊】【一剑天下】：我喜欢的是瞄准一个目标，然后为之努力的过程，结果如何倒是不觉得重要。

【私聊】【赤血蓝牙】：我也是。

【私聊】【一剑天下】：但是你的战斗记录很辉煌，操作也很好。

【私聊】【赤血蓝牙】：因为我努力的时候很专心嘛，你不也是一样。

【私聊】【一剑天下】：……娘子客气了。

兰芽脸一红。

都知道电脑对面坐着的是谁了，被他叫娘子真是不好意思啊。

【私聊】【赤血蓝牙】：那，你现在是连努力都没兴趣了？

【私聊】【一剑天下】：是有一点，我今天回到游戏上，突然觉得副本的本质都差不多，获得的成就也都大同小异，突然就不想再争首杀了。

【私聊】【赤血蓝牙】：大侠，你老了。

【私聊】【一剑天下】：或许吧，幻剑3我也玩了很久，说不定退隐江湖的时间真的到了。

【私聊】【赤血蓝牙】：你要删号？

【私聊】【一剑天下】：不会，但以后可能不会再跟别人去争什么东西了。

【私聊】【赤血蓝牙】：哦……

【私聊】【一剑天下】：不过你别担心，就算不刷副本，我也不会跟你离婚的，跟有些人不一样。

有些人是指刹雪无痕吗？兰芽汗颜，她一直知道大神挺记仇的，不过不清楚他到底知道刹雪无痕的真实身份没有。最好是没有，否则发现一个自己超级不齿的男人就在身边，又会引发一场腥风血雨。

【私聊】【赤血蓝牙】：哈哈，我知道我知道，大神品行端正，为人正直，怎么会做出始乱终弃的事呢？

段凌风沉默了，好像有点窘迫。

这时，兰芽的私信框跳了起来，是胡雪嫣。

【私聊】【东湖侠女】：你俩干吗呢？等你们好久了，快滚过来。

【私聊】【赤血蓝牙】：呃，你们先去吧，我们今天不参加了。

【私聊】【东湖侠女】：惊！战斗狂夫妻突然说他们不想战斗

了，太阳是从西边出来了吗？

【私聊】【赤血蓝牙】：别埋汰我了啦，谁是战斗狂！

一秒钟后，胡雪嫣从隔壁冲到了兰芽卧室门口。她对着兰芽左看看右看看，然后又飞速冲回了自己的卧室。

很快，新的消息也来了。

【私聊】【东湖侠女】：我明白了，你们去吧。

【私聊】【赤血蓝牙】：你到底明白什么了啦！

胡雪嫣没理她，状态显示成了忙碌，看来是去刷副本了。

兰芽也知趣地不去打扰她，继续跟段凌风聊天。

【私聊】【赤血蓝牙】：胡雪嫣刚才来找我们刷副本，我推掉了。

【私聊】【一剑天下】：真对不起她的一片热心……不过这次新副本难度不小，我今天不在状态，还是不要硬组队拖你们的后腿了。

【私聊】【赤血蓝牙】：你现在在哪儿？

两人已经聊了半天，兰芽却还在复活点。她看段凌风的所在地显示为隐藏，看来是不想被人打扰，

【私聊】【一剑天下】：我在缥缈峰的最高处。

呃，果然是不想被人打扰。但是对兰芽来说，这不在话下。

【私聊】【赤血蓝牙】：你等着，我来。

红衣女侠施展纵云步，离开复活点进入了燕京城。夜晚的城里人头攒动，群众看见兰芽纷纷表示惊讶，以为她又要去抢副本首杀了。

【燕京城】【玩家】：赤血蓝牙出现了！

【燕京城】【玩家】：跑得这么凶猛，这是要冲去罪人谷抢副本首杀的节奏啊！

【燕京城】【玩家】：谁在哪里？快看看一剑天下有没有到，本八卦委员会这次一定要抢到他们完成首杀的镜头！

【燕京城】【玩家】：报告，没看到一剑大神，而且他给自己的所在地设置成了隐藏！

【燕京城】【玩家】：那还不快去找人？！

【燕京城】【玩家】：女侠给我签个名吧！求拜师求好友求组队！

兰芽看着燕京城频道里乱七八糟的发言，心里暗自好笑，头也不回地飞身跳上最高的城墙，在夜色中离开了燕京城。

这次可要让大家失望了，她真的不是去刷副本啊。

离开燕京城，兰芽一路北行来到缥缈峰。这又是一个云山雾罩的人间仙境，而且是整个地图里海拔最高的地方。说到海拔，大部分人都会想起缺氧，没错，幻剑3在气候方面做得特别逼真，缥缈峰也不例外。玩家登上山峰之后，随着高度的增加会发生各种不适症状，HP也会逐渐下降，不设任何防备的话很快就会变成零，所以没学会技能的中低级玩家，就算想登峰都登不了。但这难不倒兰芽，她给自己加了一个龟息技能，跃身飞上了缥缈峰。

在山顶的一处平原上，一剑天下果然站在那里，兰芽很远就看到了他在薄雾中白衣飘飘的身影。她默默走向一剑天下，一剑天下也没有说话，只是回头淡淡地看了她一眼。

两人就这样肩并肩地站着，看着夜空中繁星点点，偶尔有一丝云雾飘过。

电脑前，兰芽向后躺在了椅子里，尽情放松自己。虽然一上游戏就刷副本很热血沸腾，但偶尔这样懒散地欣赏一下夜景也不错。

过了一会儿，一剑天下说话了。

【缥缈峰】【一剑天下】：我有个东西要送给你。

兰芽还没回过神，已经听到了叮咚的一声提示音。

【系统消息】：夫君【一剑天下】赠送给您一件九天玄女套装。

兰芽震惊了。

不该震惊啊，之前被绑架的时候，黛西等人已经在背后把段凌风偷偷做套装的事情八卦了一通了，还把兰芽的形象歪曲成一个两面三刀的坏女人。所以，兰芽私下已经知道这件事了，只是因为之后乱

七八糟的杂事太多，就把事情忘到了脑后。

没想到，黛西等人没有夸大其词，段凌风真的锻造出了这件超级难做的装备。

见兰芽一直没有动静，段凌风催促。

【缥缈峰】【一剑天下】：人呢？快接受。

兰芽手忙脚乱地点了接受，忍不住又问。

【缥缈峰】【赤血蓝牙】：你……干吗要送我这么珍贵的东西？我又不是没衣服穿。

【缥缈峰】【一剑天下】：当初婚礼办得太仓促，聘礼不够。

【缥缈峰】【赤血蓝牙】：那也不用送这么贵重的……

【缥缈峰】【一剑天下】：你见过我一剑天下有落于人后的事吗？

大神又在炫耀自己的实力了吗？

兰芽有点不好意思，大神在游戏里真是超级争强好胜的，除非他没兴趣，否则只要是参与的活动，必定要取得别人得不到的成就，赢别人赢不到的胜利。

就算在夫妻副本里，虽然他还没能拿到所有的成就，但从数量上来说，已经胜过所有玩家一大截了。

【缥缈峰】【一剑天下】：快穿上试试。

【缥缈峰】【一剑天下】：九天玄女套装和一般装备不一样，必须穿在身上才能升级属性提高等级。

兰芽有点不好意思，这就是幻剑3设定里的坑人之处了。就跟段凌风说的一样，九天玄女套装必须穿在身上才能升级，这也就是说，为了让这套衣服有用，就得把它穿出来给大家看。

她有点郁闷地点击了试穿。

瞬间，整个夜空仿佛被金光照亮，兰芽整个人都焕然一新。九天玄女套装以金、红、紫为主色调，流光溢彩，非常华丽，兰芽能在屏幕上看到套装的全貌，被衣服美丽的程度震惊得说不出话来，连一剑天下都好像吃了一惊，久久没有吭声。

过了一会儿，他才继续说话。

【缥缈峰】【一剑天下】：……穿起来果然比挂着的时候好看多了。

【缥缈峰】【赤血蓝牙】：这衣服你花了多久做的？花了多少钱？

【缥缈峰】【一剑天下】：时间大概花了3个月，钱嘛……不重要，衣服好看就行。

【缥缈峰】【赤血蓝牙】：这也太贵重了！

【缥缈峰】【一剑天下】：客气什么，你跟着我东奔西跑，却还穿着系统自带的红衣女侠装，我一直觉得对不住你。

【缥缈峰】【赤血蓝牙】：夫君太慷慨了。

【缥缈峰】【一剑天下】：是娘子太好养活，好了，话不多说，我们去燕京城逛一圈吧。

【缥缈峰】【赤血蓝牙】：这怎么好意思？我穿得像个新娘子似的，跑到燕京城里还不被围观啊？

【缥缈峰】【一剑天下】：那不是正好？我可不想自己花这么多精力的衣服，整天扔在包裹里做摆设。

【缥缈峰】【赤血蓝牙】：这……

【缥缈峰】【一剑天下】：怎么，你不想把我送给你的东西炫耀给别人看？

算你狠！这么漂亮的衣服，不想给别人看才怪啦！就是太漂亮了有点不好意思……

兰芽扭捏着，慢吞吞地启程离开缥缈峰。

一剑天下念了一个日行千里法术，两人在空中腾云驾雾，一下子就回到了燕京城。城里最热闹的时间还没有过去，在城里闲逛的玩家们很快就发现了降落在城墙上的两个人。兰芽身上华丽的套装立刻吸引了所有人的眼球，瞬间公共频道里就炸开了锅。

【燕京城】【玩家】：是一剑天下和赤血蓝牙！

【燕京城】【玩家】：震惊了！赤血蓝牙穿的是传说中的九天玄女套装吗？

【燕京城】【玩家】：货真价实，而且目测等级是顶级的九级！

【燕京城】【私聊】【赤血蓝牙】：套装还分等级？

【燕京城】【私聊】【一剑天下】：九天玄女套装分一到九级，当然，既然是出自我手，就不可能是顶级以外的级别。"

兰芽无语了。

而频道里的炸锅还在继续。

【燕京城】【玩家】：啧啧，既然赤血蓝牙得到了九天玄女套装，就证明她跟一剑天下又完成了一个夫妻副本首杀吧？

【燕京城】【玩家】：肯定是！新副本玄天变内容这么怪这么变态，除了这对大神夫妻还有谁能办到？

【燕京城】【玩家】：但是系统怎么没出公告？

兰芽看着频道里的聊天记录，一头雾水。

后来她才知道，这天晚上胡雪嫣约她去刷的副本，也就是幻剑3新开的副本玄天变，刷出的奖励就是九天玄女套装，不过是四级的。玩家们从远距离看不清兰芽身上套装的等级，下意识地以为她穿的就是副本的奖励。

当然，后来这个副本的首杀是由别人完成的。很多不了解实情的玩家，依然会口口相传，告诉新人说幻剑3曾经有一对多么厉害的夫妻，他们完成了多少高难度的副本，老公一剑天下有多么潇洒，老婆赤血蓝牙穿上九天玄女套装以后又是多么美丽迷人……

这些都是后话了，总之那天晚上，兰芽在燕京城里大出了一把风头，好多在城外的、山上的、刷副本的、不在线的听说消息以后都呼朋唤友前来瞻仰，把偌大的燕京城挤得水泄不通。到了最后，不得不让GM出面让大家注意秩序，不要挤占城里的主要道路。

至于两位当事人，兰芽和段凌风，则在城墙上悠闲地转了一圈，好似散步，如履平地。兰芽看着下面汹涌的人潮，不知如何是好，段凌风倒是全程都很淡定，兀自摇着扇子闲庭信步。

一圈快要逛完的时候，兰芽试探着问。

【私聊】【赤血蓝牙】：呃……我们该走了吧？

【私聊】【一剑天下】：是差不多了，我还有一样东西要送给你，你先去换件外套——在现实里。

兰芽摸不着头脑，正想问的时候，门铃突然响了，伴随着胡雪嫣从她卧室里发出的喊声："兰芽去开个门，我忙着刷副本没空！"

兰芽应了一声，披上外套就去开门。

外面站着一个戴帽子的快递员："请问您是许兰芽小姐吗？有一位段先生托我交给您一份急件。"

所谓的急件是一个小包裹，兰芽好奇地一边拆包裹一边回到卧室，发现包裹里是一个小盒子。

小盒子里躺着一张门禁卡。

看见那张门禁卡，兰芽讶异地睁大了眼睛。她太熟悉这张卡了，它不属于别的地方，正是属于她曾经暂住过的段凌风的公寓。

回到电脑前坐下，兰芽默默打出一长串的省略号。

【燕京城】【一剑天下】：东西收到了吧？

【燕京城】【赤血蓝牙】：你啥意思啊？

【燕京城】【一剑天下】：没啥意思，之前是因为一些误会你才离去的。现在误会解除了，是不是应该……当然，决定权在你。要是你觉得那个地方有哪里不舒服或者不方便，我也不会强求你搬回来。

【燕京城】【赤血蓝牙】：……

【燕京城】【一剑天下】：要不然，再考虑一下？

【燕京城】【赤血蓝牙】：也不是不行啦，住在这边太久，胡雪嫣看我也看烦了，天天叫我滚呢。

【燕京城】【一剑天下】：是吗？哈哈。

【燕京城】【赤血蓝牙】：是哟，呵呵……

【燕京城】【一剑天下】：哈哈……

【燕京城】【赤血蓝牙】：呵呵……

于是，无辜的胡雪嫣同学被推出来做借口，让兰芽半推半就地又搬回了段凌风的住处。

当然，还是他隔壁。

Chapter 25 有情人终成眷属

搬家的那一天，段凌风亲自出马，跟他喊来的工人一起挥汗如雨地干活。胡雪嫣在旁边大呼小叫，一会儿嫌弃段凌风搬箱子的动作不够专业，一会儿警告他不许偷懒。旁观的兰芽有些不好意思，想说几句客气话让段凌风别那么辛苦，换来的却是胡雪嫣的白眼。

"蠢蛋！有了男人还不知道怎么使唤，我这是在示范给你看！"

段凌风对此表示没有意见，乐于接受。

一番混乱之后，终于搬好了。

为了庆祝兰芽乔迁之喜，大家在一起吃了顿饭。等到饭后夜深，朋友们各自回家休息，兰芽独自站在客厅里，环视着自己的新居。

不，应该说是旧居。

搬回原来的住处，带给她无与伦比的亲切感，与其说是从胡雪嫣家搬走,似乎说是从胡雪嫣那里搬回来了更加合适。

在兰芽离开的这段日子里,这个房间一切如常,所有她没能带走的东西都好好地放在原位。她似乎可以幻想出自己不辞而别的那个时候,段凌风震惊而郁闷的脸,忍不住莞尔一笑。

如果不是风讯公司这些变故,段凌风在她心目中只会是一个永远遥不可及的大神吧。他在她的幻想中就会是一直完美无缺、不食人间烟火、凡事全都运筹帷幄、永远不知失败为何物的人。

后来,因为发生了各种意外,她才有机会知道大神也不是那么完美,他会困惑、会迟疑、会失败,也有不知所措的时候。段凌风只是一个普通人,他也会累会倦,甚至比普通人承担了更多的东西。

与段凌风亲密接触,看清他的平凡一面,兰芽并没觉得有什么不好。正因为跟他一起经历了很多事情,她才能真正了解了段凌风真实的一面,在自己的脑海里把他勾勒成一个有血有肉的形象。

段凌风在她心里才成了一个真正的人,而不再是一个高高在上的虚幻的影子。

而且……主动邀请自己回来,他应该也是鼓了很大的勇气吧。

兰芽在心里笑笑,既然如此,她也应该来做些什么感谢他的好意。

客厅墙角的那扇门还好好地在原位,门口堆着好多杂物,把门掩饰得相当好,一眼根本看不出端倪。而打开的时候,隔壁段凌风家客厅也依然摆放着一堆塑料箱子,一切都跟兰芽离去的时候一模一样。

看段凌风那种办事风格,估计也不会趁她不在的时候把屋子翻个底朝天,所以那扇门依然是属于兰芽一个人的小秘密。

那么,就从这扇门开始做文章吧。

就这样,兰芽开始了偷偷摸摸……啊不,是低调的感谢行动。

第一天,她穿过那扇门,偷偷收拾好了客厅茶几上乱七八糟的杂志。

第二天,她在冰箱里偷偷塞进一碗自己煮的冰糖银耳羹。

255

第三天,她从沙发上一堆刚收下来的衣服里发现一件衬衫的扣子松了,立刻好好缝补了一番。

第四天……

偷偷摸摸的事情就这么干了一周,其间运气很好一直没有碰到过段凌风。听说他最近在忙于新公司的筹备事宜,游戏也不上了,整天都忙着东奔西跑。

不行啊,筹备公司是体力和脑力的双重考验,一个人死命扛怎么行。既然知道了段凌风在忙什么,自己也得做点什么才行。

于是,兰芽周日外出买了鸽子、葱、姜、枸杞、木耳等……炖了一碗好吃的鸽子汤准备送给段凌风喝。可惜天不如人愿,汤炖好了,去隔壁敲了好几次门却一直都没人回。真是忙人啊,大好的休息日居然也在外面忙碌,兰芽不禁心生敬佩与同情。

那,怎么办呢?

要不就直接偷偷放到他家里去?前几次做好事的时候段凌风都无动于衷,估计他以为是清洁工干的,兰芽相信就凭他那个工作狂的劲儿,在家居生活上肯定很迟钝。

那么,趁着月黑风高……不,趁着风和日丽,偷偷把汤送出去吧!

打定了主意,兰芽端着锅回到家里,然后从客厅穿门而过,顺利来到了段凌风家的客厅。

这个要放在哪里好呢?

兰芽东张西望,正在思考的时候,房间的某个角落突然传来一个低沉的声音。

"许小姐。"

"啊?"兰芽瞬间发出一声尖叫,差点把手里的锅扔出去。她颤巍巍地转过头,看见这家的男主人正站在客厅通往卧室的门口,淡淡地看着她。

段凌风好像是刚起床,穿着白色的棉T恤,懒洋洋地靠在门边。

感觉多看一眼美男起床图就要长针眼了,兰芽连忙窘迫地避开视线,结结巴巴地问:"你……你在家啊?"

"今天一直在。"段凌风笑笑。

"那,那刚才为什么不开门?"要知道她刚才可是足足按了五分钟的门铃啊!

"不开门啊,那是因为我想知道你今天又要在我家里搞什么花招。"段凌风又笑。

兰芽震惊了。

是她想象的那个意思吗?他其实已经把不该知道的事情全知道了吗?他真的知道她背地里都干了些什么吗?!

情急之下,兰芽脱口而出:"那,那些好事肯定都是清洁工干的!"

啊呸,话一出口她就悔死了,你怎么这么笨啊!这么说不就等于承认自己那些偷偷摸摸的行为了吗!而更让兰芽震惊的是,段凌风不但听懂了她在说什么,还淡定地回了她一句更加石破天惊的话:"哦?但是我记得,我的清洁工一个月前就回老家办喜事了,已经辞职了啊?"

兰芽说不出话了。

段凌风还不罢休,故作认真地看了看墙上的那扇门,惊讶地说:"哦?我真不知道这里居然有个密道。难道这两套房子原本是当一个大套间?"

"够啦,你!"兰芽又羞又恼,"是我偷偷摸摸跑到你家来了还不行吗!我也是好意,谁叫你……谁叫你光顾着工作,把私生活搞得一团糟……"

说到最后,她都觉得自己是多管闲事的八婆了。

段凌风看着她,笑了笑,走上来把她手里的锅拿了下来:"谢谢你的好意,但这会让我觉得亏欠你更多,不知道怎样才能还清。"

兰芽瞪着他:"我什么时候要你还了?只要你别再装神弄鬼地吓

我,害我差点打翻锅浪费我的汤就行啦!"

"这么说,你还想继续做好人好事?"

"我无聊不行啊!"

"无聊啊……"段凌风露出玩味的表情,"原来如此,原来你是无聊。嗯嗯……没关系,我会有办法让你不无聊的。"

"什么办法?"兰芽一脸困惑。

"明天你就知道了。"段凌风诡秘地一笑。

兰芽一头雾水,完全不知道段凌风卖的什么关子。但是真相在周一上班的时候揭晓了。

周一早上,她正在办公桌前整理报表,突然看见一群人拥着一个人走了过来。而当看清楚来人是西装革履的段凌风的时候,她整个人都惊呆了。

为什么他会跟德意公司扯上关系?

当然,这位帅哥的出现让大家都大为好奇,互相纷纷打听他的身份。后来从一个八卦王口中知道,段凌风一手创办的新游戏公司在业内被大家看好,而他也颇为重视这项计划,希望通过德意公司寻找靠谱的投资者,目前已经与几家投资公司达成了初步合作意向。

兰芽一下子就猜透了段凌风的打算,他想借这次机会完全脱离环球集团的控制,建立真正属于自己的产业,再也不在别人的屋檐下生活。而他是搞技术出身,到哪里都自带价值,实现目标应该不是难事。

专注于和同事聊天的她没有发现,通过会议室的单面玻璃镜,段凌风在会议间隙一直偷偷地看着她。许兰芽,这个女孩还是一如既往地朝气蓬勃,一如他第一次见到她的时候那样。

那个时候,她满头大汗地扛着桶装水的形象,一直在他的脑海中挥之不去。

虽然如今的背景和以前大不相同,但是兰芽身上透出的气息一直没有变——直白、纯粹而真诚。这种阳光般的气息随着她的笑容和爽朗的声音一起,感染着身边的每一个人。

段凌风曾经想过,如果他需要一个不离不弃的人,或许那就是拥有兰芽这样笑容的人。

经过了这么多的风波,如今他对这一点更加确信。

兰芽很快就知道了段凌风所谓的"不让你无聊"是什么意思,因为后来合作会议开到一半的时候,销售总监亲自把她请进了会议室,向她传达了段凌风的意愿。

这位德意公司的新客户,指名要求挖她。

新的公司里,财务总监的职位正在等待着她。

当然,兰芽和德意公司都不可能立刻答应,经过一个月的拉锯战,才总算宣告了段凌风的胜利。这对命中注定的伴侣,最终走到了一起,而兰芽后来也在不知不觉中,从段凌风的工作搭档,逐步演变成了他的生活搭档。

半年后,兰芽已经有了双重的身份。

她在职场上是雷厉风行麻利爽快的许总监,回到家里就摇身一变成为温柔贤淑的"段少夫人"。

至于,阻隔她和段凌风两家的那扇门,那自然是被拆除了啦。